위대한 개츠비

The
Great
Gatsby

위대한 개츠비

황금 모자를 써라

그것으로 그녀를 움직일 수 있다면.

그녀를 위해 높이 뛰어라

높이 뛸 수만 있다면.

그리하여 그녀가 이렇게 외치게 하라.

"사랑하는 이여,

황금 모자를 쓰고 높이 뛰어오르는 그대여,

난 반드시 그대를 차지하고 말겠어요!"

———

토머스 파크 딘빌리어스
(프렌시스 스곳 피츠제럴드의 필명—옮긴이)

차 례 The
Great
Gatsby

/

/

I 장

나는 지금보다 어리고 쉽게 상처받던 시절에 아버지에게 들은 말을 아직도 기억한다. 아버지는 이렇게 말했다.

"남을 비판하고 싶거든 세상 사람들이 다 너와 같은 혜택을 누리지는 못한다는 사실을 명심해라."

아버지는 더 이상 아무 말도 하지 않았지만 군이 말로 하지 않아도 아버지와 유독 잘 통했던 나는 그 말에 담긴 더 큰 뜻을 이해할 수 있었다. 그때부터 나는 모든 일에 판단을 미루는 습관이 생겼다. 그러지 내 주변엔 궁금함을 참지 못하는 사람들이 꼬여들었으며, 결국 떠드는 데 일가견이 있는 적지 않은 사람들의 먹잇감이 되어야 했다. 정상적인 사람한테서 이런 면이 나타나면 정상적이지 않은 사고를 하는 사람들은 재빨리 그 점을 알아채고 들러붙는다. 그 바람에 나는 대학 시절 정치인처럼 군다는 부당한 비난에 시달리기도 했다. 세상 물정에 어두운 데다 잘 알지도 못하는 사람들의 은밀한 사연을 알고 있다는 이유에서였다. 하지만 내가 알게 된 그들의 비밀은 대부분 내가 원해서 알아낸 것이 아니었다. 그들이 지극히 사적인 비밀을 털어놓고 싶어 하면 오히려 잠을 자는 척하거나 바쁜 척했다. 어떤 때는 작정하고 입이 헤픈 사람처럼 굴기도 했다. 젊은 사람들의 개인적인 고백이나 적어도 그들이 고백할 때 쓰는 표현은 남의 말을 표절하는 경우가 많고, 진실을 드러내기보다는 무조건 숨기는 경우가 흔하기 때문이다. 판단을 미루면 무한한 희망을 품게 된다. 아버지는 세상일에 달관한 듯 "근본적인 품격에 대한 지각은 사람마다 불공평하게 타고난다"고 말씀하셨는데, 나 또한 뭘 좀 아는 사람처럼 이렇게 말하며 다닌다. 그렇지만 지금도 나는 그 점을 잊어버린 채 중요한 것을 놓치고 있는 게 아닌지 조금 두렵기도 하다.

'나는 스스로 이렇게 관대한 사람일네' 하고 과시하지만 그 아량에도 한계가 있음을 인정한다. 사람의 행실은 단단한 바위에든 축축한 습지에든 뿌리를 둘 수 있지만 나는 일정한 시점이 지나면 그 뿌리가 어디에 있든 상관하지 않는다. 지난가을 동부에서 돌아왔을 때 나는 이 세계가 똑같은 제복을 차려입고 도덕적인 면에서 한 치의 흐트러짐도 없는 태도를 보여주길 원했다. 무슨 특권이라도 지닌 양 사람의 마음속을 기웃거리는 요란스러운 외도를 더는 하고 싶지 않았다. 하지만 단 한 사람, 이 책에 자신의 이름을 내어준 개츠비만은 예외였다. 개츠비, 그는 내가 경멸해 마지않던 것들의 총체였다. 연속선상에 놓인 성공적인 제스처를 인간의 성격이라고 부를 수 있다면 그는 더할 나위 없는 매력의 소유자였다. 마치 1만 6천 킬로미터나 떨어진 곳에서 발생하는 지진을 탐지하고 기록하는 복잡한 장치가 몸에 달려 있기라도 한 듯 그는 탁월한 민감성으로 삶의 가능성들을 잡아냈다. 그러한 민감성은 흔히 '창의적 기질'로 미화되는 나른한 감수성과 확연히 구분된다. 그것은 희망을 포기하지 않는 탁월한 능력이며 어떤 상황에도 대처할 수 있는 낭만적인 적응력이었다. 지금까지 나는 누구에게서도 그런 재능을 본 적이 없으며 앞으로도 볼 수 없을 듯하다. 아니, 결국 개츠비는 문제가 없었다. 무산된 삶의 괴로움과 즐거움, 벅찬 환희에 내가 한때나마 관심을 닫아버린 이유는 개츠비의 꿈이 지나간 자리를 떠도는 더러운 먼지 때문이었고, 그것이 바로 개츠비를 잠식한 원흉이었다.

우리 집안은 이 중서부의 도시에서 삼대에 걸쳐 풍족함을 누리며 살아온 명문가다. 캐러웨이 가문은 말하자면 씨족공동체와 비슷한데, 버클루 공(公)의 후손이라는 이야기도 전해 내려온다. 하지만 부계로 보면 우리 가문의 실질적인 조상은 큰할아버지다. 1851년 이곳에 정착한 큰할아버지는 남북전쟁 때 다른 사람을 대신 내보내고 철물 도매업을 시작했으며, 지금은 아버지가 가업을 잇고 있다.

한 번도 본 적은 없지만 아무래도 나는 큰할아버지를 닮은 모양이다. 아버지 사무실에 걸린 옹고집쟁이처럼 보이는 그분의 초상화를 보면 특히 그런 생각이 든다. 나는 아버지의 뒤를 이어, 그러니까 아버지보다 정확히 이십오 년 뒤인 1915년에 뉴헤이븐(예일대학을 뜻함—옮긴이)을 졸업했고 얼마 뒤 '제1차 세계대전'으로 알려진 지리멸렬한 '튜턴족(Teutonic)의 대이동'에 참가했다. 반격의 묘미에 흠뻑 빠져 있다가 고향으로 돌아오자 따분해서 견딜 수가 없었다. 세계의 온화한 중심지였던 중서부가 이젠 낡아빠진 변방처럼 보였다. 결국 나는 동부로 가서 채권업을 배우기로 했다. 아는 사람들이 너나 할 것 없이 채권업에 몸담고 있어 그 일이라면 남자 하나쯤은 먹고살 수 있을 것 같았기 때문이다. 내 계획을 두고 집안 어른들은 마치 내가 들어갈 사립 고등학교라도 고르는 양 논의를 거듭했고, 마침내 심각한 표정으로 마지못해 이렇게 말했다.

"뭐, 그래 보든지."

나는 일 년 동안 아버지에게 생활비를 지원받기로 한 뒤에도 이런저런 이유로 미루다가 1922년 봄, 그때 생각으론 아주 눌러앉겠다며 동부로 삶의 터전을 옮겼다.

그곳에 살려면 우선 시내에 방을 구해야 했다. 하지만 봄이어서 날씨도 좋고 넓은 잔디밭과 쾌적한 나무가 많은 시골에서 살다가 이제 막 도시로 나온 참이라 같은 사무실의 젊은 동료가 통근할 수 있는 소도시에 집을 얻어 나눠 쓰자고 했을 때 좋은 제안이라는 생각이 들어 받아들였다. 그는 교외에서 비바람에 닳은 월세 80달러짜리 단층집을 구했다. 하지만 이사를 앞두고 갑자기 워싱턴으로 발령이 나는 바람에 결국 그 집엔 나 혼자 살게 되었다. 그 대신 개 한 마리가 내 벗이 되어주었다. 적어도 도망치기 전 며칠 동안은 그랬다. 결국 내 곁을 지켜준 건 낡은 닷지(자동차 상표명—옮긴이) 한 대와 핀란드인 가정부였다. 그녀는 내 잠자리도 봐주고 아침밥도 차려주었는데 전기스토브 앞에서 음식을 준비할 때면 늘 혼잣말로 핀란드 금언을 웅얼거리곤 했다.

하루 이틀쯤 외로운 시간을 보내고 있던 어느 날 아침 길을 걷는데 웬 남자가 불러 세웠다. 보아하니 나보다 늦게 이 동네에 들어온 사람처럼 보였다. 그는 기진맥진한 목소리로 내게 물었다.

"웨스트에그 마을엔 어떻게 가야 합니까?"

나는 그 남자에게 길을 알려주었다. 그러고 나서 다시 길을 걷는데 더는 외롭지 않다는 생각이 들었다. 나는 이 동네의 안내자이자 길잡이이고 토박이였다. 의도한 것은 아니겠지만 나는 그 남자 덕분에 비로소 그 동네의 주민이 된 듯한 자유를 느꼈다.

나는 빨리 돌린 영화 장면처럼 나뭇가지에서 무럭무럭 싹을 틔우고 쑥쑥 자라나는 잎사귀와 햇빛을 보며 이 여름과 함께 삶이 다시 태동하기 시작함을 확신했다. 무엇보다 읽어야 할 책이 많았고, 젊은 숨결을 내뿜는 공기를 마음껏 호흡하자 온몸 구석구석까지 건강해지는 기분이 들었다. 나는 은행과 신용 그리고 투자증권에 대한 책을 열 권 정도 샀다. 그 책들은 조폐공사에서 갓 찍어낸 지폐처럼 붉은색과 황금색으로 찬연히 빛을 발하며 내 책꽂이 한쪽을 차지했는데, 마치 미다스 왕과 J. P. 모건 그리고 마에케나스(고대 로마의 정치가이며 예술의 보호자로 유명함—옮긴이)만이 아는 눈부신 비밀을 낱낱이 펼쳐 보이겠다고 약속하는 듯했다. 그뿐 아니라 내겐 그 옆에 꽂힌 수많은 책까지 반드시 독파하겠다는 야무진 기대가 있었다. 대학 시절 나는 제법 글재주가 있었는데 어느 해인가는 〈예일 뉴스〉에 비록 내용은 뻔하지만 자못 근엄한 어조로 사설을 연재한 적도 있다. 그 때문에 학창 시절의 모든 경험을 현재의 삶 속으로 되살려 전문가들 가운데 아주 소수만이 도달한다는 이른바 '전인격을 갖춘 인간'이 되려는 큰 포부를 품었다. 결론부터 말하면 삶은 하나의 창문으로 바라볼 때 훨씬 더 제대로 보인다는 말은 단순한 경구가 아니었다.

내가 북미 대륙에서 별나기로 유명한 지역 가운데 한 곳에 집을 얻은 것은 순전히 우연이었다. 내가 정착한 곳은 뉴욕에서 정확히 동쪽으로 뻗어 나간 지점에 자리 잡은 폭이 좁고 시끌벅적한 섬이었다. 뉴욕 부근에는 자연이 빚어낸 진귀한 산물이 많은데 그중 특이하게 생긴 섬이 둘 있다. 둘다 뉴욕 시에서 30킬로미터 조금 더 떨어진 거리에 있었는데 아주 커다란 달걀처럼 생겼다. 이 두 섬은 좋게 봐서 만이지 그저 좁디좁은 바닷물을 사이에 두고 서반구에 있는 바다 가운데 인간의 손을 가장 많이 탄 롱아일랜드 해협의 안뜰 쪽으로 불쑥 튀어나와 있다. 엄밀히 말해 타원형은 아니며 콜럼버스 이야기에 나오는 달걀처럼 맞닿은 면이 납

작하게 찌그러졌다. 하지만 생김새가 워낙 닮아서 그 위를 날아다니는 갈매기 떼에겐 영영 풀리지 않는 수수께끼로 남을 게 분명하다. 날개 없는 생명체들에게는 이 두 섬이 생김새와 크기 말곤 전혀 닮은 게 없다는 사실이 더 흥미롭다.

군이 비교하면 나는 둘 중 덜 세련되고 덜 화려한 쪽인 웨스트에그 섬에 살았다. 두 섬을 대조해 이상하고 악의적으로 표현하는 가장 피상적인 꼬리표에 따르면 그렇다는 말이다. 내가 살던 집은 섬의 맨 끄트머리에 있었는데 해협에서 불과 50여 미터 떨어진 곳이었다. 그것도 계절당 1만 2천 달러에서 1만 5천 달러의 세를 받는 대저택 두 채 사이에 찌그러져 있었다. 오른쪽 집은 어느 모로 보나 화제가 될 만큼 규모가 어마어마했다. 실제로 노르망디 시 청사를 그대로 본떠 지은 집으로, 한쪽에 세운 첨탑은 야트막한 야생 담쟁이넝쿨에 덮인 채 싱그러운 위용을 자랑했고 대리석으로 만든 수영장과 함께 16만 제곱미터가 넘는 잔디밭과 정원을 갖추고 있었다. 그곳이 바로 개츠비의 저택이었다. 아니, 그보다 그때는 개츠비를 몰랐으니 그런 이름의 신사가 사는 저택이라고 말해야 옳다. 그 집에 비하면 내가 사는 집은 보잘것없었고 그마저 너무 작아서 남의 눈에 잘 띄지도 않았다. 그 덕분에 나는 탁 트인 바다와 이웃집의 잔디밭 일부를 내다보는 호사와 더불어 백만장자와 지척에 산다는 뿌듯함까지 누릴 수 있었다. 그것도 한 달에 단돈 80달러만 내고 말이다.

이름이 좋아 만이지 좁은 바닷물 너머에 있는 이스트에 그 섬에서는 하얀 궁전 같은 저택들이 해안선을 따라 휘황찬란한 빛을 내뿜고 있었다. 그해 여름의 역사는 그곳에 사는 톰 뷰캐넌 부부와 저녁 식사를 하러 차를 몰고 가던 날 저녁에 시작된다. 톰의 아내 데이지는 나와 팔촌쯤 되는 먼 친척 여동생이었고, 톰은 대학 시절부터 알고 지낸 사이였다. 전쟁이 끝난 직후 시카고에서 이틀간 두 사람과 함께 보낸 적도 있었다.

데이지의 남편은 몸을 쓰는 분야에선 다방면으로 독보적인 성과를 이루었는데, 특히 '뉴헤이븐'의 풋볼 선수들 가운데 가장 막강한 엔드(end, 풋볼 포지션의 하나—옮긴이) 가운데한 사람이었다. 전국적인 유명 인사라 해도 지나치지 않지만, 스물한 살에 이미 인생의 정점을 찍고 이후 줄곧 내리막길을 걷고 있었다. 톰의 집안은 어마어마한 갑부였다. 심지어 대학 시절에도 제멋대로 행동하며 돈을 물 쓰듯 해서 비난을 받기도 했다. 지금은 시카고를 떠나 동부에 정착했는데 그 면면을 보면 숨이 막힐 정도였다. 이를테면 레이크포레스트(시카고 북쪽의 미시간 호 연안에 있는 도시—옮긴이)에서 폴로 경기용 조랑말을 한 마리도 아니고 몇 마리나 옮겨왔다고 했다. 내 또래의 남자가 그런 짓을 할 만큼 돈이 넘쳐난다는 것은 도무지 이해할 수 없는 일이었다.

두 사람이 왜 동부로 왔는지는 모른다. 두 사람은 특별한 이유 없이 프랑스에서 일 년을 지낸 뒤 부자들끼리 모여 폴로 시합을 연다고 하면 어디든 마다하지 않고 찾아다니며 정처 없이 여기저기 떠돌아다녔다. 데이지는 나와 통화하면서 이번만큼은 완전히 정착했다고 말했지만 나는 그 말을 믿지 않았다. 데이지의 속마음은 알 수 없다 쳐도 왠지 톰은 다시 선수로 돌아갈 수 없는 풋볼 시합의 극적인 역동성을 동경하며 영원히 떠돌아다닐 것만 같았다.

그리고 그 일은 비록 나와 알게 된 지는 오래됐지만 실은 거의 알지 못하는 두 사람을 만나러 차를 몰고 이스트에그 섬에 갔던 어느 따스하고 바람 부는 날 저녁에 일어났다. 두 사람의 집은 예상보다 공을 많이 들인 듯 보였는데, 생기 있는 붉은색과 흰색이 조화를 이룬 조지 왕조풍의 저택이 만을 굽어보고 있었다. 해변에서 시작된 잔디밭은 해시계와 벽돌로 만든 인도 그리고 불타는 듯 화려한 정원을 건너뛰고 현관까지 4백여 미터를 죽 내달렸다. 그러다 저택에 다다르면 이제껏 이어온 질주에 가속도를 내듯 밝은 포도 넝쿨로 변해 집의 옆면을 타고 올라갔다. 저택 앞면을 한 줄로 장식한 유리문들은 반사된 햇빛 때문에 황금색으로 이글거리며 오후에 불어오는 따스한 바람을 향해 활짝 열려 있었다. 승마복 차림의 톰 뷰캐넌은 현관 앞에서 다리를 떡 벌리고 서 있었다.

뉴헤이븐 시절과는 사뭇 다른 모습이었다. 톰은 뻣뻣한 머리칼에 건장한 체격을 지닌 삼십 대 남성이 되어 있었고 굳게 다문 입에선 완고함이, 몸에선 거만함이 묻어났다. 그의 얼굴에서 가장 두드러지고 오만한 광채를 내뿜는 눈은 남들에게 언제나 공격적으로 상체를 내밀고 있다는 인상을 풍겼다. 여성적인 화사함을 주는 승마복도 그의 체구에서 풍겨 나오는 거대한 힘을 감추기엔 역부족이었다. 번쩍이는 부츠도 그의 몸을 가두기가 벅찬 듯 맨 위 끈이 팽팽하게 당겨져 있었다. 그가 어깨를 움직일 때마다 얇은 겉옷 아래로 엄청난 근육 덩어리가 따라 움직이는 게 그대로 보였다. 엄청난 지렛대 역할을 해낼 법한 가히 비인간적인 몸이었다.

약간 쉰 듯 걸걸하면서도 높은 톰의 음성은 성마른 인상을 더욱 강하게 풍겼다. 그의 목소리에는 상대방에 대한 가부장적인 멸시가 담겨 있었는데 좋아하는 사람한테도 예외가 될 수 없었다. 그래서 뉴헤이븐에는 그의 후안무치한 태도를 증오하는 사람들도 있었다.

"자, 단지 내가 당신들보다 힘이 세고 더 나은 인간이라는 이유로 이 문제에 대한 내 의견이 최종적이라고 보지는 마시오."

톰을 보면 마치 이렇게 말하는 듯했다. 그와 나는 같은 사교클럽(senior society, 특별한 자격이 있어야 들어가는 예일대학의 폐쇄적인 클럽—옮긴이) 소속이었지만 친하게 지낸 적은 없었다. 하지만 그는 내게 호감을 보였으며 뭐랄까 거침없는, 일종의 반항적인 동경심에서 나도 자기에게 호감을 가져주었으면 한다는 인상을 늘 받았다.

우리는 해가 내리쬐는 현관 앞에서 잠시 이야기를 나눴다.

"이 집 근사하지 않나?"

톰은 불안하게 눈빛을 번뜩이며 말했다. 그러고는 한 팔로 나를 돌려세우더니 크고 평평한 손으로 원래 바닥보다 낮게 꾸며놓은 이탈리아식 정원에서 톡 쏘는 향기를 내뿜는 2천 제곱미터에 이르는 빽빽한 장미꽃밭과 파도가 일어나는 앞바다에 코를 박고 있는 넓적코 모양의 뱃머리가 달린 모터보트까지 눈앞의 경치를 죽 훑었다.

"드메인이라는 석유 업자의 집이었네."

그는 정중하지만 갑작스럽게 나를 다시 돌려세웠다.

"안으로 들어가지."

우리는 천장이 높은 복도를 지나 장밋빛으로 환하게 빛나는 방으로 들어섰다. 양쪽 가장자리에 달린 유리문에 의지해서 본채와 아슬아슬하게 연결되어 있는 곳이었다. 약간 열린 창문들은 아스라하게 흰색으로 반짝거리며 미치 집 안으로 자라는 것 같은 착각을 불러일으키는 바깥의 싱싱한 풀빛과 대조를 이뤘다. 방 안으로 스며들어 온 산들바람에 커튼 끝이 창백한 깃발처럼 한쪽은 안으로, 다른 한쪽은 밖으로 나부끼며 웨딩케이크처럼 꾸민 우윳빛의 천장 장식을 향해 돌돌 말려 올라갔다. 그렇게 올라간 커튼은 포도주 빛 바닥 깔개 위로 물결치듯 내려앉으며 바람결에 일렁이는 바다처럼 그림자를 드리웠다.

방 안에서 유일하게 고정된 사물은 거대한 소파 하나였

다. 젊은 여인 둘이 마치 닻을 내린 풍선 위에 탄 듯 소파 위에 사뿐히 올라앉아 있었다. 똑같이 흰 드레스를 차려입은 두 여인은 집 주변을 잠시 날아다니다 막 집 안으로 날아들어 온 듯 둘 다 옷자락에 잔주름이 물결치고 있었다. 아마도 그때 나는 커튼이 빚어내는 '획' 또는 '찰싹' 하는 소리 그리고 벽에 걸린 그림이 삐걱거리는 소리에 잠시 귀를 기울였던 것 같다. 톰 뷰캐넌이 뒤쪽 창문을 쿵 하고 닫자 방 안에 나부끼던 바람은 잦아들었고 이내 커튼도, 바닥 깔개도 그리고 두 젊은 여인도 풍선이 내려앉듯 바닥에 서서히 내려앉았다. 두 사람 중 나이가 더 어린 쪽은 낯설었다. 그녀는 턱을 살짝 치켜든 채 꼼짝도 하지 않고 소파 끄트머리에 몸을 쭉 뻗고 누워 있었다. 마치 턱 위에 뭔가를 올려놓고 떨어지지 않도록 균형을 잡고 있는 것처럼 보였다. 곁눈질로 나를 본 것 같았지만 정작 본인은 시치미를 뗐다. 솔직히 나는 방해가 됐나 싶어 제 발 저린 사람처럼 미안하다는 말을 입 밖에 낼 뻔했다.

또 다른 여인은 데이지였다. 그녀는 적어도 몸을 일으키려는 시늉은 했다. 그녀는 애써 성의 있는 표정을 지으며 상체를 살짝 일으키곤 생뚱맞지만 매력적이고 귀여운 웃음을 터뜨렸다. 나도 덩달아 웃으며 안으로 들어섰다.

"나, 행복해서 온몸이 마비됐나 봐요."

데이지는 대단히 재치 있는 말이라도 한 양 또다시 웃음을 터뜨리며 내 손을 잡더니 이 세상에서 나만큼 보고 싶어

애태운 사람이 없다는 듯한 표정으로 내 얼굴을 가만히 들여다봤다. 그것이 그녀가 가진 매력이었다. 데이지는 소파에 누워 균형을 잡고 있는 여자의 성이 베이커라고 내게 귓속말로 속삭였다. 항간엔 그녀가 속삭이듯 말하는 이유는 사람들이 그 말을 들으려고 자기 쪽으로 몸을 기울이게 하기 위해서라는 소문이 있었다. 하지만 그녀의 매력을 깎아내리는 데 아무 도움도 못 되는 비난인만큼 합당한 평가는 되지 못한다.

어쨌거나 베이커 양은 입술을 달싹거리며 내게 보일락말락 고개를 까딱했다. 그러고는 애써 균형을 잡고 있던 물체가 떨어지기라도 한 듯 깜짝 놀라며 얼른 고개를 살짝 젖혔다. 내 입에서 또다시 미안하다는 말이 나올 뻔한 순간이었다. 어떤 모습이건 완벽한 자기 확신을 보여주는 사람을 보면 나는 넋 나간 사람처럼 찬사를 아끼지 않는다.

내 눈은 이제 나지막하고 떨리는 목소리로 내게 이런저런 질문을 던지기 시작한 여동생에게 향했다. 말 한 마디 한 마디가 두 번 다시 연주될 수 없는 곡조를 빚어놓은 듯 그녀의 목소리엔 절로 귀를 기울이고 음의 높낮이를 일일이 따라가게 하는 힘이 있었다. 밝고 환한 눈동자와 밝고 열정적인 입술처럼 밝은 요소들이 어우러진 그녀의 얼굴에서 우울함과 사랑스러움이 묻어났다면 그녀의 목소리에선 그녀를 사랑했던 남자라면 좀처럼 잊기 어려운 열정적인 흥분이 묻어났다. 즉 노래하고 싶은 충동, 속삭임으로 바뀐 '경청', 방금 전까지 한껏 신나고 재미있는 일들이 벌어졌으니 계속해서 똑같이 신나고 재미있는 일들이 기다리고 있을 거라는 약속과도 같은 흥분 말이다.

나는 동부로 오는 길에 하루 짬을 내서 시카고에 들렀던 이야기며, 열 명도 넘는 사람이 안부를 전해달라고 했다는 이야기를 데이지에게 들려주었다.

"그 사람들이 내가 보고 싶대요?"

그녀는 황홀한 표정으로 외쳤다.

"온 동네가 쓸쓸하던걸. 자동차란 자동차는 죄다 왼쪽 뒷바퀴를 장례식 화환처럼 새까맣게 칠했고 북쪽 해안가엔 구슬피 우는 소리가 밤새 끊이지 않았어."

"어머, 멋지다! 톰, 우리 돌아가요. 내일 당장요!"

데이지는 이 말 끝에 얼토당토않은 말을 덧붙였다.

"오빠한테 우리 애를 보여줘야 하는데."

"나도 보고 싶다."

"지금은 잠들었어요. 이제 세 살이 됐어요. 우리 딸 본 적 없죠?"

"한 번도."

"그렇담 꼭 봐야겠네요. 우리 앤⋯⋯."

이제껏 방안을 불안하게 서성이던 톰 뷰캐넌이 걸음을 멈추고 한 손을 내 어깨에 얹었다.

"요즘 뭐하나, 닉?"

"채권업에 몸담고 있어."

"누구하고?"

내 대답을 듣더니 그가 딱 잘라 말했다.

"생판 모르는 이름들이군."

나는 그 말에 짜증이 치밀어 짧게 대답했다.

"앞으로 듣게 될 거야. 물론 자네가 동부에 계속 있을 때 얘기지만."

"아, 그건 걱정 안 해도 돼. 당연히 동부에서 살 거니까."

톰은 뭔가 더한 충격에 대비하려는 듯 데이지와 나를 차례로 힐끗거리더니 이어서 말했다.

"이런 곳을 놔두고 딴 데 가서 산다면 그게 바보천치가 아니고 뭐겠나."

바로 그때 베이커 양의 목소리가 들렸다.

"두말하면 잔소리죠!"

나는 그녀의 갑작스러운 말에 깜짝 놀랐다. 그것은 내가 이 방에 들어오고 나서 처음으로 입 밖에 낸 말이었다. 그녀도 나 못지않게 놀랐음이 분명했다. 그녀는 하품을 하고 재빨리 몸을 추스르더니 자리에서 벌떡 일어나며 투덜거렸다.

"몸이 다 뻣뻣하네. 언제부터 이 소파에 누워 있었는지 기억조차 안 나."

그러자 데이지가 쏘아붙였다.

"그런 눈으로 쳐다보지 마. 내가 점심때부터 널 뉴욕에 데려가려고 얼마나 애를 썼는데."

때마침 주방에서 칵테일 넉 잔이 들어오자 베이커 양은 손사래를 치며 말했다.

"아뇨, 난 됐어요. 훈련 중이라 술은 절대 사절이에요."

집주인인 톰은 그녀를 수상쩍게 바라봤다.

"훈련 중이라!"

그는 유리잔 바닥에 남은 마지막 한 방울을 마시듯 칵테일을 단숨에 들이켜며 말했다.

"어떻게 그런 일을 해내는지 대단해."

나는 베이커 양이 해낸다는 '그런 일'이 무엇일까 궁금해하며 그녀를 바라봤다. 그녀를 바라보니 기분이 좋아졌다. 호리호리한 몸매에 절벽이나 다름없는 가슴 그리고 꼿꼿한 몸가짐. 젊은 사관생도처럼 어깨를 뒤로 젖힌 자세는 그런 특징들을 더욱 돋보이게 했다. 그녀는 햇빛에 혹사당한 잿빛 눈으로 정중한 호기심을 드러낸 채 나를 돌아봤다. 그녀의 얼굴은 창백하면서도 매혹적이지만 불만이 가득해 보였다. 그제야 나는 어디선가 그녀를 본 적이 있거나 아니면 그녀의 사진이라도 본 적이 있다는 생각이 들었다.

그녀는 비웃는 듯이 내게 말했다.

"웨스트에그 섬에 사시나 봐요. 저도 거기에 아는 사람이 있는데."

"저는 아는 사람이 하나도 없어서……."

"그래도 개츠비 씨는 아시겠죠."

그러자 데이지가 캐물었다.

"개츠비? 어떤 개츠비?"

내가 그 사람과 이웃이라는 말을 하려는데 마침 저녁 식사가 준비되었다는 연락이 왔다. 톰 뷰캐넌은 건장한 팔을 내 겨드랑이에 푹 쑤셔 넣곤 체커 판의 말을 옮기듯 나를 방 밖으로 끌어냈다.

젊은 두 여인은 엉덩이에 양손을 살짝 얹고서 가녀리고 나른한 몸을 이끌고 석양을 향해 품을 연 장밋빛 현관으로 앞장섰다. 현관에 놓인 탁자 위에서 촛불 네 개가 잦아든 바람결에 깜빡이고 있었다.

"웬 촛불이람?"

데이지는 얼굴을 찌푸리며 불쾌감을 드러냈다. 그녀는 손가락으로 촛불을 홱 낚아챘다.

"이제 이 주만 기다리면 일 년 중 해가 가장 긴 날이 와요."

그녀는 밝은 표정으로 우리를 바라봤다.

"어때요, 다들 일 년 중 해가 가장 긴 날을 애타게 기다리다가 막상 그날이 되면 잊곤 하나요? 일 년 중 해가 가장 긴 날을 애타게 기다리다가 그날이 되면 잊어버리고."

"우리도 뭐든 계획을 세워봐야겠네."

베이커 양은 하품을 하더니 마치 잠자리에 드는 사람처럼 힘을 빼곤 식탁 앞에 주저앉았다.

"좋아. 우리 어떤 계획을 세울까요?"

데이지가 말했다. 그녀는 대책 없는 얼굴로 나를 향해 돌아섰다.

"다른 사람들은 이럴 때 어떤 계획을 세워요?"

내 입에서 미처 대답이 나오기도 전에 그녀는 놀란 표정으로 자신의 새끼손가락을 바라보더니 투덜거렸다.

"이것 좀 봐! 상처가 났어요."

우리는 일제히 그녀의 손을 바라봤다. 손마디가 검푸른 색으로 변해 있었다. 그녀는 원망스럽게 말했다.

"톰, 당신 때문이에요. 본심이 아닌 줄은 알지만 어쨌든 당신이 이렇게 만든 거예요. 이게 모두 내가 짐승 같은 남자하고 결혼해서 생긴 일이죠 뭐. 그것도 크고 엄청나고 강압적인 체구의……."

"제발 그 강압적이라는 말 좀 그만해."

톰이 기분 나쁘다는 듯이 말을 잘랐다.

"장난으로라도."

"맞잖아요, 강압적인 것."

데이지는 물러서지 않았다.

데이지와 베이커 양은 식탁에 앉자마자 남들이 알 수 없는 은밀한 분위기에서 실속 없는 농담을 주고받았다. 잡담 축에도 못 끼는 두 사람의 대화는 그들이 입은 흰 드레스나 모든 욕구가 사라진 냉담한 눈빛 못지않게 심드렁했다. 두 사람은 톰과 나를 저녁 식사 자리에 받아들였으되 깍듯하고 유쾌한 태도로 손님을 접대하는, 또는 접대받는 정도로만 성의를 베풀고 있을 뿐이었다. 두 사람은 머지않아 저녁 식사가 끝날 테고 그러면 이 밤도 끝나고 무심코 잊힐 거라는 사실을 잘 알았다. 그들의 사고는 서부 사람들의 사고와 완전히 달랐다. 서부의 밤은 끊어질 줄 모르는 아쉬운 기대감 속에서, 아니면 그 순간순간에 대한 순전하고 초조한 두려움 속에서 시시각각 모습을 달리하며 종말로 치닫는다.

"데이지, 네 말을 들으니 내가 현대 문명과 완전히 동떨어진 사람 같다."

나는 코르크 냄새가 나긴 해도 제법 괜찮은 클라레(와인의 일종—옮긴이)를 두 잔째 마시며 솔직하게 말했다.

"농작물이나 그 비슷한 얘기 좀 할 수 없을까?"

별 뜻 없이 한 말이었지만 반응은 기대하지 않은 쪽으로 흘러갔다. 톰이 난폭하게 끼어든 것이다.

"지금 우리 문명은 산산조각 나고 있어. 난 요즘 매사에 지독한 염세주의자가 됐네. 자네 혹시 고다드라는 친구가 쓴 《유색 제국의 봉기》(로스롭 스토더드가 쓴 《색의 밀물 *The Rising Tide of Color*》을 빗댄 표현—옮긴이)라는 책 읽어봤나?"

"글쎄, 못 봤는데."

나는 그의 격앙된 말투에 적잖이 놀라며 대답했다.

"그래? 좋은 책이지. 그런 책은 누구나 읽어야 해. 그 책의 요지는 조금만 방심하면 우리 같은 백인종은 저들 밑으로 완전히 가라앉는다는 거야. 철저히 과학적인 근거에 따른 책이지. 물론 입증도 됐고."

"톰은 나날이 심오해지고 있어요."

데이지는 무념무상의 우울한 표정으로 말했다.

"긴 문장에 어려운 단어가 나열된 심오한 책들을 읽죠. 그 뭐였더라, 우리가……."

"과학적으로 철저히 입증된 책들이라니까."

톰은 그녀를 짜증스럽게 바라보며 말했다.

"난 이 친구의 주장에 전적으로 동의해. 우리가, 그러니까 이 세상을 지배하는 인종인 우리가 정신을 똑바로 차려야 한다는 얘기야. 그러지 않으면 생판 다른 인종들이 세상을 지배하게 된다고."

"우리가 그 사람들을 전부 때려눕혀야겠네요."

데이지는 이글거리는 태양빛에 눈이 부신 듯 눈을 연신 깜박이며 속삭이듯 말했다.

"두 사람은 캘리포니아 같은 데서 살아야 하는데……."

베이커 양이 입을 열었지만 톰은 앉은 자리에서 육중한 몸을 움직여 자세를 바꿔 앉으며 그녀의 말을 가로챘다.

"이 친구 주장은 우리가 북유럽 인종이라는 거야. 나도 그렇고 너도 그렇고 당신도. 그리고……."

찰나에 가까운 망설임 끝에 그는 가벼운 고갯짓과 함께 데이지도 같은 범주에 넣었다. 그녀가 나를 보고 또다시 눈을 깜박였다.

"게다가 문명이라고 이름 붙일 수 있는 건 다 우리가 만들었잖아. 그렇지, 과학이며 미술이며 모두. 안 그래?"

예전보다 한층 신랄해진 자만심이 양에 안 찼는지 한껏 열을 올리는 톰의 모습이 어딘가 모르게 안쓰러웠다. 그때

안쪽에서 전화벨이 울렸다. 현관에 있던 집사가 안으로 들어가자 데이지는 그 틈을 놓치지 않고 얼른 내 쪽으로 몸을 기울였다.

"이 집의 비밀 한 가지 알려줄까요?"

그녀는 의욕에 넘쳐 속삭였다.

"저 집사 코에 관한 이야기예요. 어때요, 듣고 싶어요?"

"오늘 밤에 내가 여기 온 게 바로 그 때문이야."

"그게, 저 사람은 원래 이 집의 집사가 아니에요. 예전엔 뉴욕에서 2백여 명의 손님에게 은제 식기 서비스(격식을 차린 만찬에서 은으로 된 포크와 스푼으로 음식을 대접하는 일—옮긴이)를 제공하는 업체에서 식기 닦는 일을 했대요. 그러다 그 후유증으로 코에 이상이 생겨서……."

"갈수록 악화되었죠."

베이커 양이 거들었다.

"맞아요. 상태가 점점 나빠져서 하던 일을 그만둘 수밖에 없었대요."

마지막 햇빛이 낭만적인 따사로움을 품고 데이지의 눈부신 얼굴에 아주 잠깐 내려앉았다. 그녀의 목소리는 나를 끌어당겼고, 나는 저절로 숨을 죽이면서 그녀의 말에 귀를 기울였다. 눈부심은 곧 희미해졌고 가닥가닥의 햇빛 역시 해질 녘에 신나게 놀다 거리를 떠나는 아이들처럼 그녀에게 아쉬운 회한을 남기고 떠나버렸다.

집사가 돌아와 톰의 귀에다 뭐라고 속삭이자 그는 인상

을 쓰며 의자를 뒤로 밀치더니 아무 말도 없이 안으로 들어
갔다. 그가 자리를 비운 게 그녀 안에서 뭔가를 치밀어 오르
게 했는지 데이지는 또다시 내 쪽으로 몸을 숙였다. 그녀는
은은한 매력을 풍기며 노래하듯 말했다.

"우리 집 식탁에서 오빠를 보게 돼서 진짜 좋아요. 음, 오
빠를 보니 장미꽃 생각이 나요, 흠 잡을 데 없이 완벽한 장
미꽃. 그렇지 않니?"

그녀는 맞장구를 쳐주길 기대하며 베이커 양 쪽을 돌아
봤다.

"완벽한 장미꽃이 떠오르지 않아?"

그건 거짓말이었다. 나는 눈곱만큼도 장미꽃과 닮은 데
가 없었다. 데이지가 즉흥적으로 꾸며댄 말에 불과했지만
그럼에도 그녀에게선 마음을 흔드는 온화함이 물결치듯 흘
러나왔다. 마치 숨 막히도록 짜릿한 말 한 마디 한 마디에
감춰진 그녀의 심장이 나를 향해 튀어나오는 것 같았다. 갑
자기 그녀가 냅킨을 식탁에 팽개치더니 먼저 일어선다며
양해를 구하고 집 안으로 들어갔다.

베이커 양과 나는 별 뜻 없이 의식적으로 짧은 눈길을 주
고받았다. 내가 막 입을 열려고 하자 그녀는 재빨리 몸을 일
으키며 "쉿!" 하고 말했다. 식당 너머의 방에서 나지막하지
만 흥분한 목소리가 들려왔다. 그녀는 전혀 부끄러운 기색
없이 그 소리를 들으려고 몸을 기울였다. 중얼거림은 어느
순간 집요하게 이어지다가 낮게 가라앉았고 다시 흥분해서

고조되다가 거의 동시에 사라졌다.

"당신이 말한 개츠비 씨가 실은 제 이웃에……."

나는 말을 시작했다.

"입 다물어요. 무슨 일이 벌어지고 있는지 들어야겠어요."

"벌어지다니, 무슨 일이 벌어진다는 겁니까?"

나는 순진하게 물었다.

"정말 몰라서 묻는 거예요? 세상 사람들이 다 아는 줄 알았는데."

베이커 양은 진짜로 놀란 표정을 지으며 되물었다.

"네?"

"이런……."

그녀는 망설이며 말했다.

"톰이 뉴욕에 여자를 숨겨놨거든요."

"여자요?"

나는 멍하니 다시 물었다.

베이커 양은 고개를 끄덕였다.

"교양 있는 여자라면 저녁 식사 시간에 남자 집에 전화를 걸진 않겠죠. 안 그래요?"

그녀가 한 말이 무슨 뜻인지 간신히 알아차릴 즈음 드레스 자락이 펄럭이는 소리와 가죽 부츠의 쨍그랑거리는 소리가 나더니 잠시 후 톰과 데이지가 식탁으로 돌아왔다.

"피치 못할 사정이 있어서 그만!"

데이지가 한껏 활기찬 목소리로 외쳤다.

그녀는 자리에 앉아 베이커 양과 나를 탐색하듯 번갈아 바라보며 말을 이었다.

"잠시 밖을 내다봤는데 어쩌나 낭만적이었는지. 잔디밭에 새 한 마리가 앉았는데, 내가 볼 땐 틀림없이 커나드(선박회사 이름—옮긴이)나 화이트 스타 라인(선박회사 이름—옮긴이) 배를 타고 건너온 나이팅게일이었어요. 그 새가 콧노래를 흥얼거리는데……."

그녀의 목소리는 곧 노래가 되었다.

"톰, 낭만적이지 않아요?"

"대단히 낭만적이군."

톰은 이렇게 대답한 뒤 우울한 목소리로 내게 말했다.

"저녁을 마치고 나서 해가 좀 남아 있으면 자네한테 마구간 구경을 시켜주고 싶군."

그때 갑자기 집 안에서 전화벨 소리가 울리자 데이지는 톰을 향해 단호하게 고개를 저었다. 그 순간 마구간 이야기는, 사실상 모든 이야기는 허공으로 사라졌다. 그날 식탁에서 마지막 오 분 동안 산발적으로 벌어진 일들 가운데 내가 기억하는 것은 무슨 이유였는지 모르지만 촛불들이 도로 켜져 있었다는 사실이다. 그리고 나는 그 자리에 있는 사람들을 똑바로 보고 싶어 했으면서도 누구와도 시선을 마주치지 않으려고 했다. 데이지와 톰이 무슨 생각을 하고 있었는지는 알 수 없지만, 과연 겉보기에 뼛속까지 회의론자임이 분명한 베이커 양마저 과연 다섯 번째 손님이 보낸 찢어지는 금속성의 다급한 신호를 머릿속에서 철저히 배제할 수 있었는지 의문이다. 기질에 따라 어떤 사람들은 호기심을 느끼고도 남을 상황이었다. 내가 본능에 따랐다면 당장 경찰서에 전화했을 것이다.

당연히 말 이야기는 두 번 다시 나오지 않았다. 톰과 베이커 양은 1, 2미터 정도 떨어진 석양을 사이에 두고 뒤쪽 도서관으로 산보를 나갔다. 그 모습은 마치 손이 닿을 듯한 거리에 시신을 두고 그 옆에서 밤샘 기도라도 하러 가는 사람들 같았다. 그동안 나는 신이 나고 흥미로운 척, 귀가 잘 안 들리는 척하면서 데이지를 따라 앞 현관과 차례로 이어진 베란다들을 둘러보았다. 그리고 우리는 주위에 내려앉은 깊은 어둠 속에서 등나무 의자에 나란히 앉았다.

데이지는 자신의 사랑스러움을 촉감으로 느껴보려는 듯 두 손으로 얼굴을 감싸곤 비단결 같은 황혼을 음미하듯 주위를 천천히 둘러봤다. 그녀가 감정적으로 몹시 흥분한 상태인 줄 알고 있었기에 나는 그녀의 마음을 가라앉히기 위해 어린 딸에 대해 이것저것 물었다.

"우린 서로 별로 아는 게 없네요."

그녀가 난데없이 말했다.

"친척인데도 말이에요. 오빠 내 결혼식에도 안 왔잖아요."

"전쟁터에서 돌아오기 전이었으니까."

"그랬지 참."

그녀는 머뭇거렸다.

"오빠, 그런데 나 정말 힘들었어요. 그래서 매사가 영 시큰둥하고 한심해요."

데이지가 그렇게 된 데는 분명한 이유가 있었다. 다음 말을 기다렸지만 그녀는 아무 말도 하지 않았다. 나는 하는 수 없이 그녀의 딸 이야기로 맥없이 돌아갔다.

"이제 말도 하겠네. 또 밥도 먹고, 이것저것 다."

"아, 그럼요."

그녀는 멍한 표정으로 나를 바라봤다.

"있잖아요, 오빠. 그 애가 태어났을 때 내가 뭐라고 했는지 오빠한테 말해주고 싶어요. 내 얘기 들어줄래요?"

"물론이지."

"이 얘길 들으면 내가 매사에 어떤 기분이 드는지 알 수 있을 거예요. 아이가 태어난 지 채 한 시간도 안 지나서였어요. 도대체 어딜 갔는지 톰은 코빼기도 볼 수 없었죠. 마취에서 깨어나니 세상에 나 혼자 버려진 기분이었어요. 난 간호사를 보자마자 물었어요. 우리 아이가 아들인지 딸인지 말이에요. 딸이라는 대답을 듣곤 고개를 돌리고 엉엉 울었죠. 그러고서 '그래, 차라리 잘됐어. 기왕에 딸로 태어났으니 제발 바보천치가 돼라. 그게 이 세상에서 여자가 할 수 있는 최선이니까. 예쁘고 작은 바보'라고 말했어요."

그녀는 확신에 찬 목소리로 말을 이었다.

"이젠 내가 매사에 얼마나 비관적인지 알겠죠? 다들 그래요. 특히 가장 진보적이라고 주장하는 사람들이 그렇죠. 확실해요. 안 가본 데 없이 다 가봤고 안 본 것 없이 다 봤고 안 해본 것 없이 다 해봤으니까요."

데이지는 톰이 지어야 어울릴 법한 교만한 표정으로 주위를 쓱 훑어봤다. 그러고는 이내 소름끼칠 만큼 경멸스러운 표정으로 웃음을 터뜨렸다.

"아는 것도 참 많아라. 세상에나, 내가 이렇게 아는 게 많다니 말이야!"

데이지의 말소리가 끊기고 더는 억지로 내 관심이나 믿음을 보여줄 필요가 없어지자 나는 그녀가 지금까지 한 말이 곧바로 위선처럼 느껴졌다. 저녁 내내 있었던 모든 일이 자기네들이 바라는 감정을 내게서 이끌어내기 위한 일종의 술수인 것만 같아 마음이 불편했다. 나는 기다렸다. 아니나 다를까, 잠시 후 그녀는 사랑스러운 얼굴로 보란 듯이 야릇한 미소를 지으며 나를 바라봤다. 톰과 자신이 꽤나 잘나고 비밀스러운 사회의 번듯한 구성원임을 확인시켜주는 듯한 미소였다.

집 안으로 들어가니 진홍색 방에 불이 환하게 켜져 있었다. 톰과 베이커 양은 긴 소파 양쪽 가장자리에 앉아 있었는데, 그녀는 〈새터데이 이브닝 포스트〉 기사를 큰 소리로 읽고 있었다. 마치 중얼거리는 듯 굴절이 전혀 느껴지지 않는 말들이 마음을 달래주는 선율을 타고 그녀의 입에서 화음을 이루며 흘러나왔다. 전등 불빛이 톰의 부츠는 환하게, 베이커 양의 낙엽 같은 노란색 머릿결은 흐릿하게 비추고 있었다. 그녀가 두 팔의 가녀린 근육을 날렵하게 움직이며 페이지를 넘기면 불빛도 종이를 따라 함께 반짝였다.

우리가 들어서자 베이커 양은 손을 들어 잠시 조용히 해달라고 했다.

"다음 호에 계속됩니다."

그녀는 이렇게 말하며 잡지를 탁자 위에 던졌다. 그러고는 무릎을 불편하게 움직이며 기지개를 켜고 자리에서 일어났다.

그녀는 시계를 찾는 듯이 잠깐 천장 쪽을 보다가 말했다.

"열 시네요. 나 같은 착한 아가씨는 잠자리에 들 시간이죠."

"조던은 내일 웨스트체스터에서 시합이 있대요."

데이지가 설명을 해주었다.

"아, 당신이 바로 그 조던 베이커군요."

그제야 나는 베이커 양의 얼굴이 왜 눈에 익었는지 알았다. 유쾌하지만 냉소적인 표정으로 애슈빌과 핫스프링스, 팜비치의 수많은 스포츠 관련 사진 속에서 나를 바라보던 그 얼굴이었다. 그녀에 대한 비판적이고 불쾌한 소식을 들은 적이 있었으나 이미 잊어버린 지 오래였다.

"그럼 다들 안녕."

그녀는 다정한 목소리로 인사를 건넸다.

"여덟 시에 깨워주면 좋겠어."

"일어난다고 하면."

"일어날게. 캐러웨이 씨도 잘 자요. 조만간 봐요."

"당연히 봐야지."

데이지가 다짐하듯 말했다.

"실은 내가 두 사람을 맺어줄까 생각하고 있거든. 그러니 오빠, 자주 놀러 와요. 음, 내가 두 사람을 엮어줄게요. 우연을 가장해서 두 사람을 옷장에 가두든지 보트에 태워 바다로 내몰든지, 하여튼 온갖 수단과 방법을 동원해서……."

"안녕. 난 한 마디도 못 들은 걸로 할게."

베이커 양이 계단에서 외쳤다.

잠시 후 톰이 말했다.

"근사한 여자야. 이런 촌구석을 마음대로 돌아다니게 하다니 안 될 말이지."

"누구더러 하는 말이에요?"

데이지가 싸늘하게 물었다.

"베이커 양의 가족."

"조던은 가족이라야 꼬부랑 할머니가 다 된 이모밖에 없어요. 그리고 이젠 닉 오빠가 보살펴줄 텐데 무슨 걱정이에요. 안 그래요, 오빠? 조던은 여름 내내 우리 집에서 주말을 보내기로 했어요. 가정적인 분위기에서 지내면 조던한테도 큰 도움이 될 거예요."

데이지와 톰은 잠시 말없이 서로 바라봤다.

"뉴욕 출신인가?"

나는 얼른 물었다.

"루이빌이에요. 우리 둘 다 순수한 어린 시절을 그곳에서 함께 보냈죠. 아름답고 순수했던……."

"베란다에 나가서 닉한테 속 얘기라도 털어놓으셨나?"

톰이 별안간 따지듯 물었다.

"내가 그랬어요?"

데이지는 나를 바라봤다.

"잘 기억나지 않지만 북유럽 인종에 대한 이야기를 나눈 것 같은데. 맞다, 우리 그 얘기를 했어요. 어쩌다 보니 그 이야기에 빠져들었는데 중요한 건……."

"닉, 데이지가 하는 말을 곧이곧대로 믿으면 안 돼."

그는 내게 충고했다.

나는 아무 얘기도 못 들었다고 가볍게 대답한 뒤 집에 가려고 일어섰다. 두 사람은 현관까지 배웅을 나와서 사각형의 쾌적한 불빛 아래 나란히 섰다. 내가 차의 시동을 걸고 있자 데이지가 다급하게 외쳤다.

"잠깐만요! 물어볼 게 있었는데 깜빡했어요. 중요한 일인데, 오빠가 서부에서 어떤 아가씨와 약혼했다는 얘기를 들었어요."

톰이 친절하게 거들었다.

"맞아. 자네가 약혼했다고 하던데."

"중상모략이야. 나 같은 가난뱅이가 무슨."

"하지만 사람들이 그랬다니까요."

데이지는 물러서지 않았다. 꽃이 피어나듯 싱그러운 그

녀의 모습은 나를 새삼스레 놀라게 했다.

"세 사람에게 들은 얘기니까 절대로 틀릴 리가 없어요."

물론 나는 두 사람이 무슨 이야기를 하고 있는지 알았다. 하지만 솔직히 약혼 비슷한 것도 한 적이 없었다. 소문은 곧바로 결혼 공고로 이어졌는데, 사실 내가 동부로 온 데는 그 일이 한몫했다. 한낱 소문 때문에 오랜 친구와 더는 어울리지 못한다는 것은 말도 안 되었지만 소문에 떠밀려 결혼하고 싶은 생각은 더더욱 없었다.

두 사람이 보여준 관심에 빙퉁그러진 마음이 어느 정도 풀어지면서 나는 그들이 감히 다가갈 수 없는 갑부라는 생각에서 조금 벗어날 수 있었다. 그런데도 차를 몰고 집으로 돌아오는 내내 머리가 혼란스럽고 속이 메슥거렸다. 내가 볼 때 데이지는 당장 아이를 안고 그 집을 떠나야 했다. 그러나 정작 본인은 전혀 그럴 생각이 없어 보였다. 톰으로 말하자면, 솔직히 그 친구가 '뉴욕에 숨겨둔 여자가 있다'는 사실보다 어떤 책에 감명을 받았다는 사실이 훨씬 더 놀라웠다. 강인한 신체에서 생겨난 엄청난 이기주의도 위압적이고 독단적인 그의 심장에 더는 양분이 되지 못해서일까. 뭔가가 그에게 부패한 사고의 언저리를 갉아먹게 하고 있었다.

길가에 있는 여관의 지붕들과 자동차 정비소 앞은 이미 여름이 한창이었다. 정비소 앞마당에는 붉은색 새 주유기가 환한 불빛을 받으며 나와 있었다. 나는 웨스트에그 섬의 집으로 돌아온 뒤 자동차를 헛간에 들여놓고 마당에 팽개

처둔 잔디 깎는 기계에 한동안 걸터앉아 있었다. 소란스럽고 환한 밤, 바람이 나무 사이로 날갯짓을 하고 끊임없이 들려오는 오르간 소리는 마치 대지가 힘껏 함성을 지르듯 개구리들에게 힘찬 생명력을 불어넣었다. 고양이가 움직이면서 빚어내는 윤곽이 너울거리며 달빛을 가로질렀다. 그걸 보려고 고개를 돌리는 순간 나는 이곳에 나 말고 다른 사람이 있음을 깨달았다. 15미터쯤 떨어진, 바로 옆 대저택의 그림자 속에서 누군가가 나타나 호주머니에 손을 넣고 깨알처럼 다닥다닥 박힌 은빛 별들을 쳐다보고 있었다. 느긋한 몸놀림과 두 발로 잔디를 단단히 밟고 선 자세로 보아 개츠비가 분명했다. 이 근방 하늘에서 자기 몫이 얼마나 되는지 알아보러 밖으로 나온 게 틀림없었다.

처음엔 그 사람을 소리쳐 부르려고 했다. 저녁을 먹으면서 베이커 양이 그에 관한 이야기를 꺼내기도 했지만 이번에 인사를 나누면 좋을 것 같았다. 하지만 관두었다. 왠지 그가 혼자 있고 싶어 한다는 느낌이 들었다. 그는 어두컴컴한 바다를 향해 묘한 자세로 두 팔을 뻗었고 비록 가까이서 보지는 못했지만 분명히 떨고 있었다. 나는 나도 모르게 바다를 바라봤다. 저 멀리 초록색으로 빛나는 작은 불빛 한 줄기 외엔 아무것도 보이지 않았다. 그 불빛은 건너편 선창머리에서 나오는 듯했다. 다시 개츠비에게 눈을 돌렸을 때 그는 이미 자취를 감춘 뒤였다. 나는 요동치는 어둠 속에서 또다시 혼자가 되었다.

2 장

웨스트에그와 뉴욕의 중간쯤에 이르면 자동차도로는 급하게 철도와 만나 나란히 4백 미터가량을 달린다. 이는 황무지나 다름없는 특정 지대, 바로 '재(災)의 계곡'이라 불리는 환상적인 농장 지대에서 몸을 피하기 위해서다. 재가 밀처럼 자라나 등성이와 구릉과 기괴한 정원으로 변하다가 마침내는 집과 굴뚝과 피어오르는 연기가 되는 곳이다. 이 작품을 만들어내는 원동력은 이미 허물어진 몸을 이끌고 재로 뒤범벅이 된 공기를 뚫으며 유령처럼 움직이는 잿빛 인부들의 보이지 않는 수고다. 한 줄로 늘어선 잿빛 객차들이 보이지 않는 트랙을 기어와 기괴하고 섬뜩한 마찰음을 내며 간간이 멈춰 서면 잿빛 인부들이 무거운 삽을 들고 득달같이 우르르 몰려들어 끝이 보이지 않는 재의 구름을 휘젓는다. 그러고 나면 그 구름은 다시 그들의 작업을 가려주는 차단막 역할을 해준다.

그러나 이 잿빛의 땅과 그 위를 미친 듯이 떠도는 암울한 먼지 너머로 눈에 띄는 것이 있으니 바로 닥터 T. J. 에클버

그의 눈이다. 닥터 T. J. 에클버그의 눈은 푸른색이며 망막의 길이가 1미터에 육박할 만큼 거대하다. 얼굴 없이 밖을 내다보는 그의 눈은 역시 존재하지 않는 코 위에 거대한 크기의 노란 안경을 걸치고 있다. 모르긴 해도 이 광고판은 어느 안과 의사가 퀸스 자치구에서 돈 좀 벌어보려고 무모한 익살로 세웠다가 건강이 악화되어 영영 눈이 멀었거나 아니면 자기가 설치한 광고판은 나 몰라라 하고 멀리 이사를 가버린 게 분명했다. 하지만 맑은 날과 궂은 날을 번갈아 겪으며 오래도록 덧칠을 하지 않아 흐릿해지기는 했어도 그의 두 눈은 장엄한 쓰레기장을 여전히 준엄하게 굽어보고 있었다.

'재의 계곡' 한쪽에는 작고 더러운 강이 흐르고, 이 강의 도개교(큰 배가 밑으로 지나갈 수 있도록 위로 열리는 구조로 만든 다리—옮긴이)가 바지선을 통과시키기 위해 위로 열리면 잠시 멈춰 선 기차에 탄 승객들은 삼십 분이라는 긴 시간 동안 유쾌하지 않은 광경을 목격해야만 한다. 그렇지 않더라도 어느 열차든 적어도 일 분 정도는 그곳에 멈춰 서야 하는데, 내가 톰 뷰캐넌의 정부와 처음 마주친 것도 그 때문이었다.

톰에게 숨겨둔 여자가 있다는 사실은 그를 아는 사람들 사이에선 공공연한 비밀이었다. 톰을 아는 사람들은 그가 사람들이 많이 드나드는 카페에 여자를 데려와 탁자 앞에 팽개쳐두곤 여기저기 쏘다니면서 딴 사람들과 잡담을 나눈다며 몹시 화를 냈다. 나는 어떤 여자인지 궁금하긴 해도 직접 만나고 싶은 생각은 없었다. 그런데 만나고 말았다. 그 날 오후 나는 톰과 함께 뉴욕행 기차를 탔다. 기차가 잿더미에 가로막혀 멈춰 서자 그는 벌떡 일어나더니 내 팔꿈치를 움켜쥐고 막무가내로 기차 밖으로 잡아끌었다.

그는 나더러 내리라고 강요하면서 말했다.

"글쎄, 우린 여기서 내릴 거라니까. 내 여자를 자네한테 소개해주려고 그래."

생각해보니 톰은 이미 점심때 거나하게 취해 있었다. 나를 데려가겠다는 결심도 폭력에 가까웠다. 내게 일요일 오후에 딱히 더 나은 재밋거리가 없으리라고 멋대로 생각한 것이다.

나는 톰을 따라 허옇게 씻겨나간 나지막한 철길 담장을 뛰어넘은 뒤 닥터 에클버그의 집요한 시선 아래 놓인 길을 따라 다시 뒤로 1백 미터쯤 걸었다. 눈에 보이는 거라곤 황무지 꼭트머리에 있는 작고 노란 벽돌 건물 한 채가 전부였다. 대로변에 있는 가게들의 기능을 압축해놓은 듯한 곳이었지만 주변에는 아무것도 없었다. 건물에는 가게가 셋 있었는데 그중 하나는 이미 빈 곳으로 세입자를 구하고 있었으며, 다른 하나는 이십사 시간 동안 문을 여는 식당으로 재가 뿌옇게 내려앉은 좁은 길로 입구가 나 있었다. 그리고 나머지 하나는 자동차 정비소였는데 간판에 이렇게 쓰여 있었다. '자동차 수리 전문. 조지 B. 윌슨. 자동차 매매합니다.' 나는 톰을 따라 그리로 들어갔다.

가게 안은 초라하고 볼품없었다. 자동차 정비소라고 하지만 먼지를 뒤집어쓴 폐차 직전의 포드가 한 대 있을 뿐이었고 그마저도 어두컴컴한 구석에 놓여 있었다. 나는 정비소라는 간판은 눈가리개일 뿐이며 틀림없이 위층에 호사스럽고 낭만적인 방들이 숨어 있을 거라고 생각했다. 바로 그때 가게 주인이 더러운 헝겊 쪼가리에 손을 쓱쓱 문지르며 사무실 문 앞에 모습을 드러냈다. 옅은 금발 머리에 의욕이라곤 전혀 없어 보이는 사내였는데 혈색이 창백하긴 해도 인물이 나쁜 편은 아니었다. 우리를 보자 그의 눈에는 한 가닥 눅눅한 희망이 피어올랐다.

"어이, 윌슨. 잘 있었나? 가게는 좀 어때?"

톰이 그의 어깨를 기분 좋게 툭 치며 말했다.

"만날 그렇죠. 그 차는 언제 파실 겁니까?"

윌슨은 자신 없는 목소리로 말했다.

"다음 주. 지금 사람을 시켜 손보고 있네."

"어지간히 꾸물대네요. 그렇지 않나요?"

"아니, 전혀."

톰은 냉랭하게 말했다.

"자네가 정말 그렇게 생각한다면 나로서야 딴 데다 파는 게 더 낫지 않겠나."

그러자 윌슨은 얼른 둘러댔다.

"제 말은 그런 뜻이 아니고요. 전 그저……."

그가 말끝을 흐리자 톰은 초조한 얼굴로 가게를 둘러봤

다. 계단에서 발소리가 나더니 잠시 후 몸매가 제법 통통한 여자가 문 밖에서 들어오는 빛을 막아섰다. 삼십 대 중반쯤으로 보이는 여자는 날씬한 편은 아니었지만 끼 있는 여자들이 흔히 그렇듯 움직일 때마다 살집이 넉넉한 몸을 육감적으로 실룩거렸다. 여자는 남색 비단 크레이프로 만든 물방울무늬 원피스를 입고 있었으며, 얼굴 어디에도 미인이라고 칭할 만한 구석은 없었다. 그런데도 그녀의 몸에선 온몸의 신경이 끊임없이 타들어가는 듯, 당장이라도 밖으로 튀어나올 것 같은 뜨거운 생명력이 뿜어져 나왔다. 여자는 살짝 미소를 머금고 마치 유령을 지나치듯 남편을 지나더니 달뜬 눈빛으로 톰을 바라보며 그와 악수를 나눴다. 그런 다음 입술을 축이곤 여전히 남편에게 등을 돌린 채 부드럽지만 거친 목소리로 말했다.

"가서 의자 좀 가져와요. 손님을 이렇게 서 계시게 할 순 없잖아요?"

"아, 아무렴 그래야지."

윌슨은 아내의 말에 황급히 맞장구를 치곤 작은 사무실로 들어가 순식간에 벽면의 시멘트색과 뒤섞여버렸다. 희뿌연 재가 근방의 모든 것을 뒤덮고 있듯 그의 칙칙한 양복과 창백한 머리칼도 가려버렸다. 다만 그의 아내만은 예외였다. 그녀가 톰에게 다가왔다.

"보고 싶었어. 다음 기차를 타."

톰은 열정적인 목소리로 말했다.

"알았어요."

"아래층 신문가판대에서 만나자고."

그녀는 고개를 끄덕이곤 조지 윌슨이 의자 두 개를 들고 사무실 문에서 나오자 잽싸게 톰에게서 몸을 뗐다.

우리는 길 아래쪽의 후미진 곳에서 그녀를 기다렸다. 독립기념일을 며칠 앞둔 때라 이탈리아계로 보이는 칙칙한 잿빛의 비쩍 마른 소년이 철길에 폭죽을 늘어놓고 있었다.

"참 끔찍한 곳이야. 안 그런가?"

톰은 닥터 에클버그와 찌푸린 표정을 주고받으며 말했다.

"끔찍하군."

"여길 벗어나는 게 저 여자한테도 좋아."

"저 여자 남편이 싫어하지 않아?"

"윌슨? 그 인간은 자기 마누라가 뉴욕에 있는 동생을 만나러 가는 줄 알아. 워낙 멍청해서 자기가 살았는지 죽었는지조차 모른다고."

그렇게 해서 나는 톰 뷰캐넌과 그의 정부와 함께 뉴욕으로 향했다. 아니, 윌슨 부인은 다른 객차에 조신하게 앉아 있었으니 딱히 함께였다고 말할 수는 없었다. 톰은 같은 객차에 타고 있을지도 모를 이스트에그 사람들을 의식해서 그 정도는 참을 줄 알았다.

그녀의 옷은 어느새 갈색 모슬린 원피스로 바뀌어 있었다. 톰의 부축을 받아 뉴욕의 플랫폼에 내려서는데 꽤나 평퍼짐한 엉덩이가 옷에 꽉 끼었다. 그녀는 신문가판대에서

〈타운 태틀〉(1920년대에 발행되던 스캔들 잡지—옮긴이)과 영화 잡지를 한 부씩 산 다음 구내 약국에서 콜드크림과 작은 향수도 한 병씩 샀다. 위층의 차량 진입로에 올라가자 무거운 경적이 메아리처럼 울려 퍼졌다. 그녀는 택시 넉 대를 그냥 보내곤 라벤더색 몸체에 잿빛 천으로 좌석을 씌운 새 택시를 골랐다. 그렇게 우리는 북적대는 역을 미끄러지듯 빠져나와 눈부신 햇살 속으로 향했다. 그런데 차가 출발한 지 얼마 지나지 않아 그녀는 밖을 내다보던 고개를 홱 돌리곤 앞으로 다가앉으며 앞 유리창을 톡톡 두드렸다.

"저 강아지들 가운데 한 마리만 사줘요. 딱 한 마리만. 우리 아파트에서 기르게요. 모두 데려다 기르면 참 좋겠어. 안 되면 한 마리라도."

그녀는 졸라대듯이 말했다.

택시는 후진해서 우스꽝스럽게도 존 D. 록펠러를 닮은 칙칙한 노인 앞에 멈춰 섰다. 노인의 목에 걸린 바구니 안에는 품종을 알 수 없는 갓 태어난 새끼 강아지가 열 마리 넘게 웅크리고 있었다.

"이 개들은 품종이 뭐예요?"

노인이 택시 유리창으로 다가오자 윌슨 부인은 정말 궁금하다는 얼굴로 물었다.

"별의별 품종이 다 있지요. 사모님, 어떤 놈을 찾으시나요?"

"경찰견 종류요. 그런데 그런 품종은 없나 봐요?"

노인은 자신 없는 얼굴로 바구니 안을 들여다보다가 꼬물

거리는 강아지 한 마리의 목덜미를 움켜쥐고 끄집어냈다.

"저건 경찰견이 아니야."

톰이 말했다.

"맞습니다. 콕 집어 말하면 경찰견은 아니죠. 그보단 에어데일 비슷한 놈이에요."

노인이 실망한 목소리로 말했다. 그러고는 마른 행주처럼 뻣뻣한 강아지의 갈색 등을 쓰다듬었다.

"이 털 좀 보세요. 대단하지 않습니까? 감기로 골골대서 귀찮게 할 일은 절대 없는 품종입니다."

"고거 귀엽네. 걘 얼마나 해요?"

윌슨 부인이 흥분해서 말했다.

"이놈이오?"

개장수는 그녀가 말한 강아지를 감탄하듯 바라봤다.

"10달러만 주십시오."

에어데일이라, 다리가 지나치게 흰 게 마음에 걸리지만 에어데일과 비슷한 구석이 있는 것은 분명했다. 윌슨 부인의 무릎은 주인이 바뀐 강아지의 새 보금자리가 되었다. 그녀는 황홀한 표정으로 비바람에도 끄떡없다는 강아지의 털을 사랑스럽게 쓰다듬었다.

"수컷이에요, 암컷이에요?"

그녀가 우아하게 물었다.

"그놈이오? 수컷이지요."

"저건 암캐야. 돈 여기 있소. 그거면 열 마리도 더 살 수 있을 거요."

톰은 주저하지 않고 딱 잘라 말했다.

그 여름날의 일요일 오후, 우리를 태운 차는 목가적인 느낌이 묻어나는 따스하고 포근한 5번가로 향했다. 당장이라도 흰 양 떼가 길모퉁이를 돌아 나온다고 해도 전혀 이상할 것 없는 풍경이었다.

"잠깐. 난 여기서 내려야겠어."

내가 말했다.

그러자 톰이 얼른 끼어들었다.

"무슨 소리야, 안 돼. 자네가 아파트에 같이 안 간다고 하면 머틀이 속상해할 거야. 안 그래, 머틀?"

"같이 가세요. 나한테 캐서린이라는 여동생이 있거든요. 걔도 전화해서 오라고 할 거예요. 여자 좀 볼 줄 아는 사람들은 하나같이 걜 보고 대단한 미인이라고 한답니다."

그녀는 나를 보며 주르듯이 말했다.

"그게, 나도 그러고 싶지만……."

우리가 탄 차는 또다시 센트럴파크를 지나 100번가 서쪽으로 달려갔다. 158번가에 이르자 하얗고 기다란 케이크처럼 생긴 아파트 건물이 나타났고 택시는 그중 한 조각 앞에 멈춰 섰다. 드디어 내 집에 왔다는 듯 윌슨 부인은 자못 엄숙한 표정으로 동네를 한 차례 훑어보곤 강아지와 사들인 물건을 챙긴 뒤 고개를 빳빳이 들고 안으로 들어갔다. 그러고는 엘리베이터에 타면서 말했다.

"매키 씨 부부를 불러야겠어요. 아, 물론 내 여동생도 불러야겠죠."

꼭대기 층에 있는 아파트는 작은 거실과 작은 식당, 작은 침실 그리고 욕실이 각각 하나씩 있었다. 거실에는 태피스트리(직물로 짠 벽걸이 장식—옮긴이)로 덮인 가구들이 입구까지 발 디딜 틈 없이 놓여 있었다. 가구가 거실 크기에 비해 하나같이 지나치게 커서 어느 쪽으로든 가려고 하면 베르사유 궁 정원에서 귀부인들이 그네를 타는 그림 위에 엎어지기 일쑤였다. 거실 벽에 그림이 딱 한 장 걸려 있었는데, 자세히 보니 그림이 아니라 터무니없이 크게 확대한 사진이었다. 언뜻 보면 윤곽이 흐릿한 바위에 암탉이 올라앉은 것처럼 보이던 사진은 멀리 떨어져서 보니 암탉은 챙이 넓은 모자요, 바위는 건장한 몸집의 노부인이 거실을 내려다보는 모습이었다. 탁자 위엔 철 지난 〈타운 태틀〉 서너 부가 《베드로라 불린 시몬》(1921년 로버트 키블이 쓴 베스트셀러 소설—옮긴이)과 나란히 놓여 있었고, 브로드웨이의 온갖 스캔들이 실린 작은 잡지도 몇 권 보였다. 윌슨 부인의 최대 관심사는 강아지였다. 엘리베이터 보이가 마지못해 나가더니 지푸라기와 우유를 상자 가득 사서 돌아왔다. 제 딴엔 필요하다 싶었는지 큼지막하고 딱딱한 강아지용 비스킷 한 통도 사들고 왔는데, 그 비스킷 한 조각은 오후 내내 우유가 담긴 접시 안에서 무심히 썩어갔다. 톰은 자물쇠를 채운 책장에서 위스키 한 병을 꺼냈다.

나는 지금껏 술에 취해본 적이 딱 두 번 있었는데 그 두 번째가 바로 그날이었다. 저녁 여덟 시가 넘도록 상쾌한 햇살이 아파트 안을 가득 채웠는데도 그날 일어났던 일들이 뿌연 장막에 가려 흐릿하기만 한 것은 바로 그날 마신 술 때문이었다. 윌슨 부인은 톰의 무릎에 올라앉은 채 여기저기 전화를 걸었다. 나는 마침 담배가 떨어져 길모퉁이에 있는 약국으로 담배를 사러 나갔다. 집에 오니 두 사람은 어디론가 사라져버렸고 나는 하는 수 없이 거실에 얌전히 앉아 《베드로라 불린 시몬》을 읽었다. 내용이 형편없어 그랬는지 위스키 때문에 기억이 왜곡되어 그랬는지 와 닿는 내용이 하나도 없었다.

톰과 머틀(첫 잔이 오간 뒤부터 윌슨 부인과 나는 서로 이름을 불렀음)이 다시 나타나자 때 맞춰 초대한 손님들도 아파트 입구에 도착했다.

윌슨 부인의 여동생, 즉 캐서린은 날씬한 몸매에 세상 물정에 찌든 인상을 풍기는 서른 살쯤 된 여자였다. 단발로 짧게 자른 빨간 머리칼을 귀 뒤에 바싹 붙이고 얼굴에는 우윳빛으로 허옇게 분칠을 했다. 원래 눈썹을 뽑고 그 자리에 날렵한 눈썹을 그려 넣었는데, 원상복귀를 원하는 자연의 섭리를 거부하지 못해 도리어 인상이 묘해 보였다. 그녀가 몸을 움직일 때마다 양팔에 칭칭 감긴 도자기 팔찌들이 위아래로 오르내리며 끝없이 쨍그랑거렸다. 황급히 들어와 자기 물건이라도 되는 양 이 가구 저 가구를 둘러보기에 나는 처음엔 그녀도 이 집에 같이 사는 줄 알았다. 하지만 여기 같이 사느냐는 내 물음에 그녀는 과장된 웃음을 터뜨리며 큰 소리로 내 말을 따라 하곤 자기는 여자 친구와 호텔에서 산다고 대답했다.

아래층에 사는 매키 씨는 안색이 창백하고 여성스러워 보이는 남자였다. 방금 면도를 마쳤는지 광대뼈에 비누 거품 자국이 하얗게 묻어 있었다. 사람들에게 일일이 인사하는 품이 그 누구보다 깍듯했다. 그는 자신을 '예술적인 작업'에 종사하는 사람이라고 했다. 나중에 든 생각이지만 그는 사진작가가 틀림없었다. 물론 가상의 물질처럼 거실 벽 위에서 맴돌고 있는, 흐릿하게 확대된 윌슨 부인의 어머니 사진도 그가 찍었을 것이다. 그의 아내는 갈라지는 목소리에 전체적으로 권태로움이 묻어나는 여자였다. 외모는 괜찮았지만 상대하기에 끔찍했다. 그녀는 결혼한 뒤 남편이 자기 사진을 127번이나 찍어주었다며 자랑을 늘어놓았다.

윌슨 부인은 언제 갈아입었는지 이제는 크림색 시폰 소재의 허리선이 쏙 들어간, 제대로 만든 드레스를 입고 있었다. 그녀의 옷자락이 바닥을 쓸고 지나다닐 때마다 버스럭거리는 소리가 끊이지 않았다. 옷을 바꿔 입어서인지 그녀는 전혀 딴 사람이 되어 있었다. 자동차 정비소에서 유독 두드러져 보였던 강렬한 생명력은 어느새 인상적인 오만함으로 바뀌었다. 그녀의 웃음소리, 그녀의 몸동작, 그녀의 확신은 맹렬한 기세를 보이며 순간순간 가식적으로 변해갔고 그녀의 존재감이 커질수록 그녀를 에워싼 공간은 점점 오그라들었다. 마침내는 그녀가 자욱한 담배 연기 속에서 시끄럽게 삐걱거리는 중심축을 올라타고 빙글빙글 맴도는 것 같다는 생각마저 들었다.

"사랑하는 동생아."

그녀는 목소리를 높여 우아한 척 고상을 떨면서 자기 동생에게 소리쳤다.

"여기 있는 남자들 대부분은 번번이 너를 속이려 들 거야. 그 인간들 머릿속엔 오직 돈밖에 없거든. 지난주에 웬 여자를 불러서 발 좀 만져달라고 했더니, 글쎄 나중에 청구서를 내미는데 난 그 여자가 내 맹장이라도 떼어낸 줄 알았잖니."

"그 여자가 누군데요?"

매키 씨가 물었다.

"에버하트 부인이에요. 집집마다 방문해 발 마사지를 하는 일을 하죠."

"그 옷 마음에 드네요. 사람을 매력적으로 보이게 하는 디자인 같아요."

매키 부인이 한마디 했다.

윌슨 부인은 사람을 깔보듯 눈썹을 추켜세우면서 매키 부인의 칭찬을 묵살했다.

"촌티 풀풀 나는 구닥다리 옷인데요, 뭐. 남들 시선에 신경 안 써도 될 때 어쩌다 걸치는 거예요."

"하지만 정말 잘 어울려요. 내 말은 그런 뜻인데."

매키 부인도 물러서지 않았다.

"지금 그 포즈를 체스터가 찍으면 아주 훌륭한 작품이 나올 거예요."

우리는 말없이 윌슨 부인을 바라봤다. 그녀는 눈앞에 흘러내린 머리카락을 가만히 쓸어올리곤 눈부신 미소를 지으며 우리를 바라봤다. 매키 씨는 고개를 갸웃하곤 그녀를 가만히 뜯어보더니 한 손을 얼굴 앞에 놓고 앞뒤로 천천히 움직였다. 그러고는 잠시 후 말했다.

"입체감 있는 얼굴을 살려내려면 조명을 바꿔야겠는데요. 그리고 뒷머리도 전부 담아내고요."

"군이 조명을 바꿀 필요가 있을까요? 내가 볼 땐……."

매키 부인이 말했다.

그때 매키 씨가 "쉿!" 하고 외치자 우리 시선은 또다시 그들의 피사체로 향했다. 그러자 톰 뷰캐넌이 다 들릴 만큼 큰 소리로 하품을 하며 일어서더니 말했다.

"매키 씨 부부도 뭐 좀 마셔야지. 머틀, 가서 얼음하고 탄산수 좀 가져오지. 이러다 손님들 잠들겠어."

"그 애는 뭐하는 거야, 얼음 좀 가져오라고 했더니."

머틀은 하류 계층의 의욕 부진과 게으름을 탓하며 눈썹을 추켜세웠다.

"한심한 것들 같으니라고! 저런 것들은 한시도 감시를 늦춰선 안 된다니까."

그녀는 나를 바라보며 공허한 웃음을 터뜨렸다. 그러고

는 새로 산 강아지에게 보란 듯이 다가가 혼을 쏙 빼놓을 것처럼 입을 맞추곤 마치 열 명이 넘는 요리사가 자신의 지시를 기다리기라도 하는 양 주방으로 당당히 들어갔다.

"롱아일랜드에서 제법 괜찮은 작품들을 건졌습니다."

매키 씨가 자신 있게 말했다.

톰은 그를 멍하니 바라봤다.

"그중 두 개는 액자에 넣어 아래층에 걸어두었죠."

"두 개라니 어떤?"

"작품이지 뭐겠습니까. 하나는 〈몬타우크 포인트—갈매기 떼〉(여기서 몬톡 포인트는 미국 뉴욕 주 롱아일랜드 동쪽 끝의 곶—옮긴이), 다른 하나는 〈몬타우크 포인트—바다〉라는 제목입니다."

캐서린이 내가 앉은 소파 옆자리로 다가왔다.

"그쪽도 롱아일랜드에 사세요?"

그녀가 물었다.

"웨스트에그에 삽니다."

"그래요? 한 달 전인가, 그쪽 동네에서 열린 파티에 간 적이 있어요. 개츠비라는 분의 집이었죠. 그분을 아세요?"

"내 옆집에 삽니다."

"혹시 그거 아세요, 그 사람이 빌헬름 황제의 사촌인가 조카인가 그렇대요. 돈도 다 거기서 났다나 봐요."

"정말입니까?"

내 질문에 그녀는 고개를 끄덕이며 말했다.

"난 그 사람이 무서워요. 나한테 무슨 해코지라도 할 것 같아 싫어요."

그때 갑자기 매키 부인이 손으로 캐서린을 가리키는 바람에 내 이웃에 대한 귀가 번쩍 뜨일 만한 정보는 끊겨버렸다.

"여보, 캐서린하고 작업해도 좋을 것 같아요."

아내가 생각 없이 내뱉은 말에 매키 씨는 지겹다는 듯 고개만 까딱하곤 관심을 톰에게 돌렸다.

"만약 기회만 얻을 수 있다면 롱아일랜드에서 좀 더 일하고 싶습니다. 더도 말고 일에 착수할 기회만 얻게 된다면 더 바랄 게 없을 것 같습니다."

"머틀에게 부탁해보시죠."

마침 윌슨 부인이 쟁반을 들고 들어서자 톰은 짧은 외마디 웃음을 터뜨렸다.

"머틀이 소개장을 써줄 거예요. 그래줄 거지, 머틀?"

"뭘 써요?"

그녀는 화들짝 놀라 물었다.

"당신이 매키 씨에게 당신 남편 앞으로 소개장을 써주라고. 그럼 매키 씨가 그 친구를 소재로 괜찮은 작품 몇 개는 건질 수 있을 거 아냐."

그는 할 말을 지어내려는 듯 입을 잠시 달싹거렸다.

"음, '주유기 앞의 조지 B. 윌슨'이랄까, 뭐 그 비슷한."

캐서린은 내게 가까이 다가앉으며 귓속말을 했다.

"저 둘은 서로 자기 배우자가 지긋지긋하대요."

"그래요?"

"둘 다 못 참겠대요."

그녀는 머틀과 톰을 차례로 바라봤다.

"이해가 안 가요. 둘 다 못 참겠다면서 왜 그 사람들하고 계속 사는지 모르겠어요. 내가 두 사람 처지면 지금의 배우자와 이혼하고 당장 합치겠어요."

"머틀도 윌슨을 싫어합니까?"

이 물음에 대한 답은 예상치 못한 곳에서 나왔다. 답을 한 사람은 내 말을 어깨너머로 듣고 있던 머틀이었는데 그 내용은 격하고 혐오가 가득했다.

"보세요."

캐서린이 의기양양하게 외쳤다. 그러고는 다시 목소리를 낮췄다.

"두 사람을 떼어놓고 있는 건 실은 톰의 아내예요. 그 여잔 가톨릭 신자라서 이혼은 절대 안 된대요."

데이지는 가톨릭 신자가 아니었다. 나는 톰이 그런 식으로 교묘하게 거짓말을 꾸며냈다는 사실에 충격을 받았다.

캐서린이 말을 이었다.

"두 사람은 결혼하면 주변이 잠잠해질 때까지 한동안 서부로 가서 살 거래요."

"그보단 유럽으로 가는 편이 훨씬 안전할 텐데요."

"어머, 유럽 좋아하세요?"

그녀는 놀란 듯이 외쳤다.

"실은 몬테카를로에서 돌아온 지 얼마 안 됐거든요."

"그렇군요."

"바로 작년이에요. 다른 여자 친구하고 함께 갔었죠."

"오래 계셨나요?"

"아뇨, 그냥 몬테카를로에만 다녀왔어요. 가다가 마르세유에 들렀죠. 출발할 때는 1,200달러 넘게 가져갔는데 별실에서 이틀 만에 완전히 빈털터리가 되었지 뭐예요. 말도 마세요, 돌아오면서 얼마나 고생했는지 몰라요. 정말, 생각만 해도 끔찍한 곳이에요!"

늦은 오후의 하늘이 지중해의 파란 꿀물처럼 잠시 창가를 가득 채웠다. 잠시 후 매키 부인의 찢어지는 듯한 목소리가 나를 다시 방 안으로 불러들였다. 그녀는 힘이 넘치는 목소리로 선포하듯 말했다.

"나도 큰 실수를 할 뻔했잖아요. 나를 몇 년이나 쫓아다니던 별 볼 일 없는 촌뜨기랑 결혼할 뻔했으니까요. 나보다 수준이 떨어지는 남자인 줄은 이미 알고 있었어요. 사람들이 전부 날 붙잡고 그랬거든요. '루실, 저 남자는 너하고 상대가 안 돼!' 그래도 체스터를 만나지 않았으면 난 그 남자의 차지가 되고 말았을 거예요."

"그랬겠죠. 하지만 들어봐요. 적어도 당신은 그 남자랑 결혼은 안 했잖아요."

머틀 윌슨이 고개를 위아래로 끄덕이며 말했다.

"물론 안 했지요."

"그런데 난 그런 인간하고 결혼했거든요. 그리고 그 점에서 당신하고 난 달라요."

머틀은 알쏭달쏭한 말을 했다. 그러자 답답했는지 캐서린이 따져 물었다.

"언니, 왜 그랬어? 그러라고 등 떠민 사람도 없었는데."

머틀은 생각에 잠기더니 한참 만에 대답했다.

"그야 그 인간이 신사인 줄 알았으니까. 난 그 인간이 교양 있는 남자인 줄 알았거든. 그런데 내 발톱의 때만도 못한 인간이더라."

"그래도 한동안은 형부한테 미쳐 있었잖아."

캐서린의 말에 머틀은 기가 막힌다는 듯 소리를 꽥 질렀다.

"그 인간에게 미쳐 있었다고? 내가 그 인간에게 미쳐 있었다고 누가 그래? 저 남자한테도 안 미쳤는데 하물며 내가 그 인간에게 미쳤겠니?"

나는 난데없이 그녀의 표적이 되었고 사람들은 한심스러운 눈으로 일제히 나를 바라봤다. 나는 그녀에게 사랑을 구걸한 적이 없음을 표정으로 증명하려고 안간힘을 썼다.

"내가 한 번 미쳐 있었다면 그 인간하고 결혼했을 때일 거야. 하지만 실수했다는 걸 바로 알았어. 그 인간은 남의 양복을 빌려 입고 결혼식을 올려놓곤 나를 감쪽같이 속였지. 결혼하고 나서 그가 집에 없을 때 옷 주인이 찾아왔기에 '어머, 이게 당신 옷이에요? 그런 얘긴 처음 듣는데요' 하고 물었지. 하지만 어쩌겠어, 그 남자에게 옷을 내주곤 엎드려 오후 내내 대성통곡했지."

"언니는 그 남자한테서 빨리 벗어나야 해."

캐서린이 하던 얘기를 다시 꺼냈다.

"언니네 부부는 그 자동차 정비소에서 십일 년도 넘게 살았어요. 톰은 언니한테 처음으로 생긴 애인이죠."

두 번째 위스키가 사람들의 열화와 같은 요청으로 사라져가는 상황에서 단 한 사람, 캐서린은 술을 입에 대지 않았다. 그녀는 '맨 정신일 때 기분이 딱 좋은' 사람이었다. 톰은 벨을 눌러 아파트 관리인에게 최고급 샌드위치를 사오게 했고, 그 샌드위치는 그 자리에 모인 사람들의 훌륭한 저녁거리가 되었다. 나는 밖으로 나가고 싶었다. 동쪽 공원으로 부드러운 석양빛을 받으며 산책을 나가고 싶었지만, 일어설 때마다 번번이 말도 안 되고 짜증스러운 말싸움에 휘말려 밧줄에 묶인 것처럼 도로 주저앉아야 했다. 그동안에도 뉴욕이라는 도시의 드높은 하늘 위로 늘어선, 우리가 들어와 있는 이 노랗게 불 밝힌 집의 창문들은 필시 자신들이 알고 있는 인간의 은밀한 비밀을 저 밑의 점점 어두워지는 거리를 우연히 지나는 구경꾼에게 헌납하고 있을 터였다. 이곳을 올려다보며 저 안에선 무슨 일이 벌어지고 있을까 궁금해하는 그 구경꾼이, 바로 내 모습이 눈앞에 선했다. 이렇듯 나는 삶의 지칠 줄 모르는 다양성에 매혹당하기도 하고 환멸을 느끼기도 하며 창문 안의 삶과 바깥의 삶에 동시에 속해 있었다.

머틀은 의자를 내 옆으로 끌어당기더니 더운 입김을 내 뿜으며 톰과 처음 만났을 때의 이야기를 쏟아냈다.

"기차를 타면 늘 마지막까지 남는 자리가 있잖아요. 서로 마주보고 앉는 작은 의자, 우린 거기서 만났답니다. 동생을 만나 하룻밤 자고 오려고 뉴욕으로 나오던 길이었어요. 톰은 정장 차림에 명품 가죽구두를 신고 있었는데 그에게서 도저히 눈을 뗄 수가 없는 거예요. 하지만 그와 눈이 마주칠 때마다 난 그 사람 머리 위의 광고를 쳐다보는 척했어요. 기차가 역에 들어섰는데, 글쎄 그 사람이 어느새 내 곁에 와 있는 거예요. 흰 셔츠를 입은 앞가슴으로 내 팔을 꽉 누르고 있기에 내가 말했어요, 자꾸 이러면 경찰을 부르겠다고. 하지만 저이는 알더라고요, 그게 거짓말인 줄을. 얼마나 흥분 했으면 저이하고 택시에 올라타고서도 지하철이 아닌 다른 차를 탄 줄도 몰랐겠어요. 그때 내 머릿속엔 오직 '목숨은 영원하지 않아. 목숨은 영원히지 않다고'라는 생각밖에 없 었어요."

머틀은 매키 부인 쪽으로 고개를 돌렸다. 머틀의 가식적 인 웃음소리가 온 방 안에 울려 퍼졌다. 그녀는 큰 소리로 말했다.

"참, 이 옷 말이야, 지겨워서 못 입게 되면 당신한테 줄게 요. 내일 다른 옷을 한 벌 사야겠어요. 아예 내일 할 일을 미 리 적어놓아야겠네. 우선 마사지부터 받고 파마를 한 다음 우리 강아지 목걸이랑 스프링 달린 앙증맞은 재떨이를 사고 까만 실크 리본이 달린 화환도 하나 사야겠어요. 엄마 무덤에 달 건데 그래야 여름 내내 시들지 않지. 이렇게 적어놔야 할 일들을 하나도 까먹지 않고 챙길 수 있거든요."

그때가 아홉 시였다. 잠시 후 다시 시계를 보았을 땐 열 시였다. 매키 씨는 주먹을 쥐고 두 손을 무릎에 올려놓은 채 의자에서 잠이 들었는데 마치 정치가의 초상화를 보는 듯했다. 나는 손수건을 꺼내 오후 내내 신경에 거슬렸던 그의 뺨에 말라붙은 비누 자국을 닦아주었다.

작은 강아지는 탁자 위에 앉아서 아무것도 보이지 않는 눈으로 자욱한 연기 속을 바라보며 간간이 들릴락 말락 하게 낑낑거렸다. 사람들은 어디론가 사라졌다가 어느새 모여들어 어디론가 갈 계획을 세웠고, 그러다가는 다시 금세 서로를 잃어버리고 찾아다니다가 불과 1미터 앞에서 찾기를 거듭했다. 자정이 가까울 즈음 톰 뷰캐넌과 윌슨 부인은 마주 서서 잔뜩 화가 치민 목소리로 말다툼을 벌였다. 윌슨 부인이 데이지의 이름을 입에 담을 권리가 있느냐 하는 것이 싸움의 주제였다.

"데이지! 데이지! 데이지!"

윌슨 부인이 악을 썼다.

"난 부르고 싶으면 언제든지 그렇게 부를 거예요! 데이지! 데이……."

별안간 흥분한 톰 뷰캐넌의 손이 그녀의 콧잔등을 번개처럼 후려쳤다.

욕실 바닥에 피투성이가 된 수건이 여기저기 널렸고, 그를 비난하는 여자들 목소리와 함께 고통에 몸부림치며 길게 찢어지는 듯한 비명이 북새통을 뚫고 치솟았다. 매키 씨는 졸다가 깬 멍한 얼굴로 문가로 걸어가다 말고 돌아서서 눈앞에 펼쳐진 광경을 물끄러미 바라봤다. 그의 아내와 캐서린은 욕도 했다가 달래기도 했다가 하면서 꽉꽉 들어찬 가구 사이로 연신 엎어지며 구급약을 옮겼다. 긴 소파 위에선 절망에 빠진 누군가가 피를 철철 흘리면서도 행여 베르사유 궁의 풍경이 수놓인 태피스트리가 더러워질까 봐 그 위에 〈타운 태틀〉한 부를 펼치려고 용을 쓰고 있었다. 매키 씨는 그 광경을 보곤 돌아서서 다시 문 밖으로 향했다. 나도 샹들리에에서 모자를 벗긴 뒤 그를 따라 나갔다.

"언제 점심이나 하러 오시죠."

그는 좀 전에 빚어진 광경을 두고 엘리베이터 안에서 나와 함께 혀를 차다 말고 이렇게 제안했다.

"어디서요?"

"아무 데서나요."

그때 엘리베이터 보이가 쏘아붙이듯 말했다.

"손잡이 좀 만지지 마세요."

"이거 실례했군. 나도 내가 만지고 있는 줄 몰랐네."

매키 씨가 위엄 있게 말했다.

나는 그렇게 하겠다고 대답했다.

"좋습니다. 기꺼이 가죠."

……나는 그의 침대 옆에 서 있었고, 그는 뒤엉킨 침대 시트를 두른 채 자신의 대단한 포트폴리오를 두 손으로 받쳐 들고 꼿꼿이 앉아 있었다.

"〈미녀와 야수〉…… 〈고독〉…… 〈식료품 집의 노마〉……〈브루클린 다리〉……."

그러고 나서 나는 비몽사몽인 채로 펜실베이니아 역 아래층의 차디찬 승강장에 누워 네 시 기차를 기다리며 그날 새벽에 나온 〈트리뷴〉을 노려보고 있었다.

3 장

그해 여름 내내 개츠비의 집에선 밤마다 음악이 끊이지 않았다. 수많은 남녀가 그곳의 속삭임과 샴페인 그리고 별들과 뒤섞여 짙푸른 정원을 흡사 나방 떼처럼 들락거렸다. 오후의 만조 때가 되면 나는 손님들이 뗏목에 설치한 버팀대에 올라가 다이빙을 하거나 집주인이 소유한 바닷가의 뜨거운 모래사장에서 일광욕하는 모습을 지켜보았다. 그런 가운데 개츠비의 모터보트 두 대가 해협의 물살을 갈랐고, 뒤에 매단 수상스키들은 폭포처럼 물거품을 일으켰다. 주말이면 그의 롤스로이스는 승합차가 되어 아침 아홉 시부터 자정이 훨씬 넘은 시각까지 시내와 집을 오가며 사람들을 실어 날랐다. 또한 그의 스테이션왜건(좌석 뒷부분에 큰 짐을 실을 공간이 있는 승용차—옮긴이)은 기차에서 내리는 손님을 한 명이라도 놓칠세라 날쌔고 노란 풍뎅이처럼 부지런히 움직였다. 월요일이 되면 추가로 고용된 정원사까지 하인 여덟 명이 대걸레와 청소용 솔, 망치, 정원용 가위 등을 들고 전날 밤에 처참하게 부서지고 망가진 집 안을 손보느라 온종일 땀을 흘렸다.

매주 금요일이면 뉴욕에 있는 과일 가게에서 오렌지며 레몬을 담은 상자 다섯 개가 그의 집으로 배달되었다. 그리고 매주 월요일이 되면 반 토막으로 잘려나간 오렌지며 레몬 껍질들이 뒷문 앞에 피라미드처럼 수북이 쌓였다. 주방에는 작은 버튼 하나만 누르면 오렌지에서 곧바로 과즙을 짜낼 수 있는 기계가 있었다. 집사가 엄지손가락을 2백 번만 누르면 불과 삼십 분 만에 오렌지 2백 개로 만든 과즙이 나왔다.

최소한 이 주일에 한 번은 대부대의 물품 조달 차량들이 천막을 치는 데 필요한 몇백 미터나 되는 캔버스 천과 온갖 색상의 전구를 실어 날라 어마어마한 정원을 크리스마스트리처럼 장식했다. 화려한 전채를 곁들인 뷔페 식탁에는 양념해서 구운 햄이 어릿광대처럼 꾸민 샐러드 옆에 넉넉히 차려졌고, 바삭한 빵을 입힌 돼지고기며 짙은 황금색으로 구운 칠면조고기도 함께 곁들여졌다. 중앙 홀에는 황동 레일을 둘러친 바가 설치되었고, 진을 비롯한 각종 술은 물론이고 이제는 잘 먹지 않는 코디얼(과일 주스로 만들어 물을 타 마시는 단 음료—옮긴이)까지 없는 게 없었다. 하지만 그의 집을 찾아온 여자 손님들은 나이가 너무 어려서 뭐가 뭔지 제대로 알지 못했다.

저녁 일곱 시가 되면 오케스트라가 도착했다. 빈약한 오인조 앙상블이 아니라 오보에와 트롬본, 색소폰, 비올라 그리고 코넷(작은 트럼펫같이 생긴 금관악기—옮긴이)과 피콜로, 거기다 큰북, 작은북까지 갖춘 완벽한 오케스트라였다. 이 시간이 되면 마지막까지 물놀이를 하던 사람들은 해변에서 돌아와 위층에서 옷을 갈아입었다. 뉴욕에서 온 자동차들이 진입로에 다섯 겹으로 늘어서고, 각종 홀과 응접실과 베란다는 이미 화려한 색상의 명품 옷을 빼입은 사람들과 아직은 낯선 첨단 스타일의 단발머리를 한 여자들 그리고 카스티야(스페인 중부의 지역명—옮긴이) 여자들이 꿈꾸는 것들은 저리 가라 할 만큼 화려하고 값비싼 숄을 두른 여자들로 가득 차서 눈이 부시다 못해 아플 지경이었다. 이즈음 바는 성황을 이루고, 쟁반에 담긴 채 돌고 도는 칵테일은 저택 바깥의 정원까지 진출했다. 이윽고 대기는 수다와 웃음으로 활기가 넘치고, 즉흥적으로 주고받은 빈정거림과 인사말은 그 자리에서 바로 잊히며, 전혀 알지도 못하는 여자들 사이에 열띤 수다가 이루어졌다.

대지가 태양을 피해 몸을 움츠리면 불빛은 점점 더 환해진다. 이때가 되면 오케스트라는 선정적인 칵테일 음악을 연주하고 오페라단을 연상하게 만드는 사람들의 목소리는 한층 높아만 간다. 웃음소리는 시시각각 헤퍼지고 실없이 넘쳐나다가 누군가가 흥에 겨워 던진 말 한마디에 와락 쏟아진다. 무리를 이루는 움직임도 점점 빨라져서 새로운 사람들이 도착하면 우르르 모여들었다가 곧바로 흩어지고 또다시 새로운 무리가 생겨난다. 이맘때가 되면 이미 여기저기 떠돌아다니는 여자들이 생겨난다. 자기도취에 빠진 이 여자들은 이리 비틀 저리 비틀하면서 자기들보다 체격도 좋고 경제적으로 안정된 사람들 사이를 누빈다. 그러다 자신이 어느 무리의 중심이 되었다 싶으면 짜릿한 쾌감을 느끼고, 이내 승리감에 도취되어 끊임없이 변하는 불빛 아래에서 속속 달라지는 사람들의 얼굴과 목소리와 색색의 의상들 사이를 미끄러지듯 누빈다.

집시들 가운데 찰랑거리는 오팔색 드레스를 입은 아가씨가 어디서 났는지 갑자기 칵테일 한 잔을 움켜쥐더니 대담무쌍하게 바닥에 쏟아버린다. 그러고는 캔버스 천을 두른 천막 무대 위에서 프리스코(당시 유명한 촌극배우이자 영화배우였던 조 프리스코를 가리킴—옮긴이)를 흉내 내듯 두 손을 놀리며 독무를 펼친다. 그러자 오케스트라의 지휘자는 그녀를 위해 리듬을 바꾸는 친절을 베푼다. 문득 그녀가 〈지그펠드 폴리스〉(당시 유행하던 시사 풍자극—옮긴이)에 나오는 질다 그레이(〈지그펠드 폴리스〉에 출연하는 유명한 댄서—옮긴이)의 대역이라는 근거 없는 소문이 퍼져 나가면서 주위가 한바탕 와자지껄해진다. 비로소 파티가 시작된 것이다.

내가 알기로 개츠비의 집에 처음 갔던 날 밤 나는 실제로 파티에 초대받은 몇 안 되는 손님 중 한 명이었다. 대부분은 초대를 받은 게 아니라 그냥 온 사람들이었다. 롱아일랜드까지 오는 차에 올라탔다가 어찌해서 개츠비의 집에서 열리는 파티까지 온 것이다. 일단 이 집에 들어오면 그들은 개츠비를 안다는 사람을 소개받은 다음 놀이공원에서 지켜야 하는 행동 규칙에 따라 각자 알아서 처신했다. 개츠비와 한 번도 마주치지 않은 채 그냥 가는 경우도 있었다. 사람들은 그저 가슴이 시키는 대로 소박하고 단순한 마음으로 그의 파티장을 찾았다. 그것이 이 파티의 실질적인 입장권이었다.

나는 정식으로 초대받은 손님이었다. 토요일 아침에 청록색 제복을 입은 운전기사가 우리 집 잔디밭을 가로질러 오더니 주인님이 전하라고 했다며 메모 한 장을 건네주었다. 깍듯이 격식을 차린 메모장에는 이런 내용이 적혀 있었다.

"귀하가 오늘 밤에 저희 집에서 열리는 '작은 파티'에 참석해주신다면 저로선 크나큰 영광이겠습니다."

개츠비는 나를 여러 번 봤으며 오래전부터 집으로 초대하려고 했으나 이런저런 사정 때문에 그럴 수 없었다고 했다. 메모 끝에 위풍당당한 글씨로 '제이 개츠비'라는 서명이 적혀 있었다.

그날 저녁 일곱 시가 조금 지나서 나는 흰색 플란넬 양복을 입고 개츠비의 잔디밭으로 건너갔다. 낯선 사람들의 소용돌이와 회오리에 섞여 있자니 영 거북해서 괜히 이곳저곳을 거닐었다. 어쩌다 통근 기차에서 본 적 있는 얼굴들도 눈에 띄었다. 놀라운 사실은 제법 많은 영국 청년이 곳곳에서 눈에 띄었다는 점이다. 그들은 하나같이 말쑥하게 차려입고 뭔가에 굶주린 듯한 표정이었는데, 나지막하고 열정적인 목소리로 덩치 좋고 전도유망해 보이는 미국인을 붙잡고 이야기를 나누고 있었다. 내가 볼 땐 뭔가를 팔고 있는 게 분명했다. 그게 채권이든 보험이든 자동차든 말이다. 그들은 적어도 이 근방에 눈먼 돈이 넘쳐난다는 사실을 괴로울 정도로 잘 알았고, 표적을 정확히 겨냥해 요령껏 말재주만 피우면 그 돈이 자기들 수중에 들어올 거라고 믿었다.

나는 그 집에 들어서자마자 나를 초대한 집주인을 찾아다녔다. 하지만 그가 어디 있는지 아느냐고 묻자 두어 사람은 별 이상한 걸 다 묻는다는 식으로 나를 빤히 바라보며 모른다고 손을 내저었다. 하는 수 없이 나는 칵테일 테이블이 있는 곳으로 슬그머니 도망쳤다. 그곳은 개츠비의 정원에서 나 같은 독신 남자가 할 일이 없거나 궁상맞아 보이지 않게 붙어 있을 수 있는 유일한 장소였다.

순전히 어색함을 모면하려고 마셔댄 술에 얼큰하게 취기가 오를 즈음 조던 베이커가 집 안에서 나왔다. 그녀는 대리석 계단 위에서 허리를 약간 뒤로 젖힌 채 벽에 기대어 경멸인지 관심인지 알 수 없는 시선으로 정원을 내려다보고 있었다.

나는 옆을 지나치는 사람들에게 화기애애한 인사말이라도 건네려면 일단은 누가 됐든 그리고 그 사람이 반기든 말든 일행부터 만들어야 했다.

"안녕하세요!"

나는 큰 소리로 인사를 건네며 그녀에게 다가갔다. 내

귀에도 내 목소리는 정원 저 너머까지 들릴 만큼 부자연스럽고 컸다.

"어쩐지 여기 와 계실 것 같았어요. 개츠비 씨 옆집에 산다고 한 기억이 나서……."

내가 다가가자 그녀는 멍하니 대답했다.

그녀는 이 순간부터 나를 보살펴주겠다는 약속의 징표처럼 스스럼없이 내 손을 잡았다. 그러고는 노란색 드레스를 똑같이 차려입은 두 여자가 계단 밑에 멈춰 서서 하는 말에 귀를 기울였다.

"안녕하세요! 시합에 져서 유감이에요."

두 여자가 함께 외쳤다.

골프 시합 얘기였다. 조던은 일주일 전에 벌어진 결승전에서 지고 말았던 것이다.

"우리가 누군지 모르실 거예요. 하지만 우린 한 달 전에 여기서 그쪽을 본 적이 있거든요."

노란색 드레스를 입은 두 여자 중 한 명이 말했다.

"머리를 염색하셨네요."

조던의 말에 이어 나도 뭐라고 말하려는데 두 여자가 훌쩍 다른 데로 가버리는 바람에 결국 그녀의 말은 음식배달업자의 바구니에서 나온 저녁밥처럼 설익은 달을 보고 건넨 인사가 되고 말았다. 조던은 가녀린 황금빛 팔을 내 팔에 감았고 우린 계단을 내려가 정원 이곳저곳을 한가로이 거닐었다. 칵테일 잔이 놓인 쟁반이 석양을 뚫고 우리 곁을 떠다녔다. 우리는 아까 본 노란 드레스 차림의 두 여자 그리고 또 다른 세 남자와 한 테이블에 둘러앉았다. 세 남자는 자신들의 이름을 멈블이라고 소개했다.

"여기서 열리는 파티에 자주 오시나 봐요?"

조던이 옆에 앉은 여자에게 물었다.

"그쪽을 봤을 때가 마지막이었어요."

여자는 조심스럽지만 자신감에 찬 목소리로 대답했다. 그녀는 같이 온 친구를 돌아봤다.

"루실, 너도 그렇지?"

루실 역시 그렇다고 고개를 끄덕인 뒤 말했다.

"난 여기가 좋아요. 뭘 할까 전혀 신경 쓰지 않아도 되니 언제 와도 즐거워요. 지난번에 왔을 땐 드레스가 의자에 걸려서 찢어졌지 뭐예요. 그런데 그분이 내 이름과 주소를 묻더라고요. 일주일도 안 돼서 크루아리에서 소포가 와서 뜯어보니 그 안에 새 야회복이 들어 있었어요."

"그걸 받았어요?"

조던이 물었다.

"당연하죠. 원래 오늘 밤에 입으려고 했는데 가슴 부분이 너무 커서 할 수 없이 수선을 맡겼어요. 라벤더색의 자잘한 구슬이 달린 새파란 드레스랍니다. 가격이 자그마치 265달러짜리나 되는 드레스예요."

"그런 행동을 하는 걸 보면 이상한 사람이 틀림없어요. 그 사람은 누구와도 문제가 생기는 걸 원치 않은가 봐요."

다른 여자가 열심히 거들었다.

"그 사람이 누군데요?"

내가 물었다.

"개츠비 씨요. 누가 그러는데…….."

두 여자와 조던은 은밀한 이야기라도 나누려는 듯 함께 몸을 숙였다.

"누가 그러는데요, 그 사람이 예전에 사람을 죽였대요."

찌릿한 전율이 우리를 휩쓸고 지나갔다. 멈블 씨라고 소개한 세 남자는 상체를 숙이고 귀를 쫑긋거리며 이야기에 집중했다.

"내가 볼 땐 그 정도는 아니야. 그보단 전쟁 때 독일 스파이였다는 소문이 더 그럴듯해."

루실이 회의적인 말투로 이의를 제기했다.

세 남자 중 한 명이 맞다는 듯 고개를 끄덕였다.

"나도 그를 아는 사람한테 그렇게 들었어요. 독일에서 함께 자랐다고 하더군요."

그는 긍정적인 방향으로 우리를 설득했다.

"어머, 아니에요. 말도 안 되는 얘기예요. 그 사람은 전쟁 때 미 육군 소속이었다고요."

첫 번째 여자가 말했다.

우리의 맹신이 도로 자신을 향하자 그녀는 신이 나서 몸을 앞으로 기울였다.

"당사자가 까맣게 모를 때도 딴 사람들은 그 사람을 보게 마련이잖아요. 그는 사람을 죽인 게 틀림없어요."

그녀는 미간을 찌푸리며 몸서리를 쳤다. 루실도 몸서리를 쳤다. 우리는 일제히 고개를 돌리고 개츠비를 찾아 두리번거렸다. 이 세계에서 이런저런 소문이 얼마나 부질없는지 잘 아는 사람들의 입에서 그런 소문이 흘러나온 것을 보면 개츠비 자신이 사람들에게 얼마나 낭만적인 추측을 불어넣었는지 잘 알 수 있었다.

마침 첫 번째 저녁 만찬이 차려지고 있었다. 자정이 지나면 또 한 차례 식사가 예정되어 있다. 조던은 정원 반대쪽 테이블에 둘러앉아 있던 자기 일행과 합석하고자 했다. 그 자리엔 부부 세 쌍과 조던의 에스코트를 맡은, 고집 세고 사사건건 빈정거리는 버릇이 있는 대학생 청년이 있었다. 그는 정도의 차이는 있더라도 머지않아 조던이 콧대를 낮추고 자기한테 고분고분해질 거라고 믿는 모양이었다. 술에 취해 횡설수설하는 다른 사람들과 달리 엄숙한 분위기를 고수하는 그들은 고리타분한 지방 귀족들의 전형처럼 보였다. 웨스트에그 사람들 앞에서 짐짓 겸손한 척하면서 속으로 무차별적으로 난무하는 그들의 방종을 조심스럽게 경계하는 이스트에그 사람들 특유의 분위기 말이다.

"우리, 나가요."

쓸모없고 소모적인 시간을 삼십 분쯤 흘러보내고 난 뒤 조던이 속삭였다.

"우리가 있기엔 너무 점잖은 자리잖아요."

그녀는 함께 온 일행에게 파티의 주인을 찾아 나선다는 핑계를 대고 나와 함께 일어섰다. 내가 아직 집주인을 만나지 못해서 마음이 편치 않다는 게 그녀가 둘러댄 이유였다. 그녀의 에스코트를 맡은 청년은 냉소적이고 우수가 묻어나는 표정으로 고개를 끄덕였다.

우리가 처음 찾은 곳은 바였다. 사람들로 북적였지만 개츠비는 보이지 않았다. 계단 꼭대기에도 올라가 보고 베란다에도 나가봤지만 그의 모습은 보이지 않았다. 우연히 제법 중요한 방처럼 보이는 곳의 문을 열었는데, 들어가 보니 천장이 높은 고딕식 도서관이었다. 영국산 떡갈나무를 깎아 만든 벽면은 마치 폐허가 된 외국의 어느 곳을 그대로 옮겨놓은 듯했다.

체격이 건장한 중년 남자가 올빼미 눈처럼 생긴 커다란 안경을 쓰고 거나하게 취한 듯 아주 커다란 탁자 끄트머리의 의자에 앉아서 불안정한 눈빛으로 서가에 꽂힌 책들을 노려보고 있었다. 우리를 보자 그는 의자를 홱 돌리곤 조던을 머리끝부터 발끝까지 자세히 뜯어봤다. 그러더니 다짜고짜 물었다.

"어떻게 생각하시오?"

"뭘 말입니까?"

그는 책꽂이를 향해 한 손을 내저으며 말했다.

"저것들 말이오. 하긴 군이 번거롭게 확인할 필요도 없어요. 내가 다 확인했으니까. 저것들은 다 진품이오."

"저 책들이오?"

그는 고개를 끄덕였다.

"아무렴. 완벽한 진품이고말고……. 책장도 완벽하고 모든 것이 다 완벽하오. 처음엔 나도 겉만 번지르르하게 만든 튼튼한 마분지 껍데기인 줄 알았소. 맹세코, 사실대로 말하건대 저것들은 완벽한 진짜요. 책장도 그렇고……. 자! 내가 직접 보여주리다."

의심스러운 게 당연하다는 듯 그는 서둘러 책장으로 가서 《스토더드 강의록》 중 제1권을 뽑아왔다.

"봐요!"

그는 득의양양하게 외쳤다.

"이 인쇄본이 진품이란 말이오. 하긴 나도 깜빡 속았으니 말 다했지. 이 친구는 진짜 벨라스코(브로드웨이의 극작가이자 배우, 연출가―옮긴이)요. 이걸 다 갖추다니 정말 대단해. 이 완벽주의! 이 현실주의! 게다가 어디서 멈춰야 하는지도 아오. 낱장 하나 떼어내지 않은 걸 보면 바로 알 수 있지. 그건 그렇고 여긴 무슨 일로 온 거요? 뭘 찾으러 오셨나?"

그는 내 손에서 책을 낚아채더니 벽돌 한 장만 없어져도 도서관 전체가 무너지느니 어쩌느니 하면서 원래 있던 책장에 서둘러 갖다 꽂았다.

"여긴 누가 데려왔소?"

그가 따져 물었다.

"아님, 그냥 들어와 본 건가? 나는 안내를 받고 들어왔는데. 원래 그렇게 들어와야 하거든."

조던은 대답 대신에 경계심과 호감이 뒤섞인 눈빛으로 그를 바라봤다.

"날 여기에 데려온 사람은 루스벨트라는 여자라오."

그는 말을 이었다.

"클로드 루스벨트 부인이오. 그 여자를 아시오? 어젯밤에 어디선가 만난 여자요. 한 일주일 술에 절어 있었더니 하도 정신이 없어 여기 와서 좀 앉아 있으면 나아질까 싶어서 왔소."

"정신이 좀 드셨어요?"

"뭐, 조금은. 아직은 잘 모르겠소. 이제 겨우 한 시간밖에 안 지나서. 내가 책 얘기를 했던가? 저 책들 저게 다 진품이거든. 저 책들로 말할 것 같으면⋯⋯."

"이미 말씀하셨어요."

우리는 그와 진지하게 악수를 나누고 다시 밖으로 나왔다.

정원에 마련해놓은 천막 무대 위에선 댄스파티가 한창이었다. 늙수그레한 남자들이 염치도 없이 빙글빙글 돌면서 젊은 여자들을 연신 뒤로 밀쳐댔고, 남부러울 것 없는 커플들은 부둥켜안은 채 구석 자리를 차지하고 비틀거릴망정 근사하게 춤을 추었다. 짝 없이 온 많은 여자는 홀로 춤을 추었고, 간혹 밴조나 타악기를 연주하는 오케스트라 단원들의 짐을 잠시 덜어주는 여자도 있었다. 자정이 되자 흥은 절정으로 치달았다. 유명한 테너 가수가 이탈리아어로 노래를 불렀고, 소문난 콘트랄토(알토—옮긴이) 가수가 재즈 곡을 불렀으며, 정원에선 빽빽이 들어찬 사람들 틈을 비집고 별별 사람들이 온갖 '묘기'를 부렸다. 곳곳에서 터져 나오는 행복하지만 공허한 웃음소리가 여름 하늘 위로 솟구쳐 올랐다. 쌍둥이로 보이는 여자 둘이 의상까지 차려입고 무대 위에서 유치한 촌극을 펼쳤는데, 자세히 보니 노란색 옷을 입은 아까 그 여자들이었다. 핑거볼보다 큰 유리잔에 담긴 샴페인이 손님들에게 제공되었다. 달은 어느새 하늘 높이 솟아 있었고 롱아일랜드 해협에 떠 있는 세모난 은빛 비늘들은 잔디밭에서 들려오는, 깡통이 찌그러지는 듯 빳빳한 밴조 소리에 맞춰 파르르 떨고 있었다.

나는 여전히 조던 베이커와 함께 있었다. 내 또래의 남자 한 명과 걸핏하면 웃음이 터져 나와 도무지 통제가 되지 않는 수다스럽고 키 작은 아가씨가 우리와 같은 테이블에 합석했다. 비로소 파티가 재미있어지는 참이었다. 핑거볼만 한 잔에 든 샴페인을 두 잔이나 마시고 나니 눈앞의 광경이 아까와 달리 매우 중요하고 꼭 필요하며 대단히 심오해 보였다.

여흥이 잠깐 잠잠해지자 같은 테이블에 앉아 있던 남자가 나를 바라보며 미소를 지었다.

"낯이 익습니다만, 혹시 전시에 1사단 소속이셨습니까?"

그가 정중하게 물었다.

"아, 예. 28연대에 있었습니다."

"난 1918년 6월까지 16연대에 있었거든요. 어쩐지 어디선가 뵌 적이 있는 것 같았습니다."

우리는 잠시 프랑스의 어느 비 많고 칙칙하던 작은 동네 이야기를 나눴다. 얼마 전 수상비행기를 한 대 구입했는데 아침에 시운전을 해볼 생각이라고 말하는 걸 보면 그는 이 근처 사람이 분명했다.

"어때요, 친구(원문은 'old sport'으로 귀족이나 특권층끼리 서로를 부르는 호칭—옮긴이), 함께 나가볼 생각 없나요? 저 앞 바닷가 근처에서 시운전을 해볼 생각인데."

"몇 시에 말인가요?"

"그쪽이 가장 편한 시간으로 하죠."

내가 그의 이름을 물으려는데 조던이 우리를 돌아보며 미소를 지었다.

"이제 좀 흥이 나시나 봐요?"

그녀가 물었다.

"아까보다는 훨씬요."

나는 이렇게 대답하고 이제 막 얼굴을 익힌 그 남자에게 다시 고개를 돌렸다.

"나는 이 파티가 좀 이상합니다. 아직 주인 얼굴도 보지 못했거든요. 나는 저 집에 삽니다."

나는 저 멀리 눈에 보이지 않는 나무울타리 쪽을 손으로 가리켰다.

"그런데 개츠비라는 이 집 주인이 운전기사 편에 초대장을 보내왔더군요."

그는 무슨 말인지 이해가 안 간다는 표정으로 나를 잠시 바라보더니 난데없이 말했다.

"내가 개츠비인데요."

"네?"

나는 소리를 질렀다.

"오, 이런. 큰 실례를 했군요."

"난 또 알고 있는 줄 알았지요, 친구. 이거 참, 집주인으로서 내가 영 자질 부족인 것 같군요."

그는 포용력 있는, 아니 단순한 포용을 넘어선 미소를 지어 보였다. 그것은 영원히 안심해도 된다는 의미가 담긴, 평생 네댓 번 만날까 말까 한 보기 드문 미소였다. 순간적으로 온전하고 영원한 세계를 마주하고 이내 나는 당신 편이라는 도저히 거부할 수 없는 편애가 담긴 미소였다. 또한 당신에게 온 마음을 다하겠다는 미소였다. 당신이 이해받고 싶어 하는 만큼 정확히 당신을 이해하고, 당신이 자신을 믿고 싶어 하는 만큼 내가 당신을 믿는다는 미소였으며, 당신이 최선을 다해 전해주고 싶어 하는 인상이 내게 정확히 전달되었으니 안심하라는 미소였던 것이다. 내가 그런 생각을 하고 있는 사이에 그의 미소는 사라졌다. 그 대신 내 눈앞엔 서른하나나 둘쯤 된 품위 있고 젊은 그리고 공들여 격식을 갖추긴 했지만 간신히 우스꽝스러움을 면한 수준의 말을 구사하는 다소 거친 사내가 앉아 있었다. 사실 나는 그가 정식으로 자신을 소개하기 전부터 유독 말을 가려 한다는 인상을 강하게 받았다.

개츠비가 자신의 신분을 밝힌 직후 집사가 그에게 황급히 다가와 시카고에서 전화가 왔다고 알렸다. 그는 먼저 실례하겠다는 뜻으로 우리에게 일일이 가벼운 목례를 건넸다. 그러고는 내게 말했다.

"필요한 게 있으면 달라고 하세요, 친구. 그럼 먼저 실례하겠습니다. 나중에 다시 오지요."

그가 자리를 떠나자 나는 얼른 조던 쪽으로 고개를 돌렸다. 내가 얼마나 놀랐는지 알려줘야겠다는 강박증이 들어서였다. 내가 생각했던 개츠비는 요란하게 치장하고 몸집이 뚱뚱한 중년 남자였기 때문이다. 나는 그녀에게 물었다.

"저 사람 누굽니까? 아세요?"

"개츠비라는 사람이잖아요."

"내 말은 어디 출신이냐고요? 그리고 직업은요?"

"말이 나왔으니 말인데요."

그녀는 파리한 미소를 띠고 대답했다.

"글쎄요, 그 사람이 언젠가 그러더군요, 자기가 옥스퍼드 출신이라고."

배경 하나가 그의 등 뒤로 어렴풋이 모습을 드러내는 듯했으나 곧바로 이어진 그녀의 말에 서서히 사라지고 말았다.

"하지만 난 안 믿어요."

"왜요?"

그녀는 자신의 주장을 이어갔다.

"모르겠어요. 왠지 그 사람이 그 학교에 다녔을 것 같지가 않아요."

아리송한 조던의 말을 듣고 있자니 문득 그 남자가 사람을 죽인 것 같다던 다른 여자들의 말이 떠올랐다. 그녀의 말은 내 호기심을 자극했다. 만약 개츠비가 루이지애나의 습지대나 뉴욕 동부의 남쪽 지대에서 어느 날 갑자기 튀어나왔다고 했으면 나는 아무 의심 없이 받아들였을 것이다. 그랬으면 절로 고개가 끄덕여졌을 것이다. 하지만 젊은 남자들은, 적어도 경험이 부족한 시골 출신인 내 신념에 따르면 그들은 아무 데나 불쑥 나타나 초연히 떠돌다가 롱아일랜드 해협에 궁전 같은 집을 사는 짓은 하지 않았다.

"어쨌거나 그 사람은 큰 파티를 열잖아요."

조던은 구체적인 실체에 대한 도회지적 혐오감을 드러내며 대화의 주제를 바꿨다.

"그리고 난 큰 파티가 좋아요. 웬만해선 사생활을 건드리지 않거든요. 규모가 작은 파티는 아예 사생활이 없잖아요."

그때 큰북 울리는 소리가 쿵 하고 들리더니 오케스트라 지휘자의 목소리가 정원의 시끌벅적한 소리 너머로 울려 퍼졌다. 그는 큰 소리로 외쳤다.

"신사 숙녀 여러분. 개츠비 씨의 요청에 따라 이제부터 여러분을 위해 지난 5월 카네기 홀에서 성황리에 연주된 블라드미르 토스토프의 최신 곡을 연주해드리도록 하겠습니다.

신문을 보신 분들은 이 곡이 커다란 센세이션을 일으켰다는 사실을 아실 겁니다."

그는 기분 좋게 겸손한 것 같기도 하고 잘난 체하는 것 같기도 한 미소를 지으며 이렇게 덧붙였다.

"참 대단한 센세이션이었죠!"

그 말에 모두 웃음을 터뜨렸다.

"곡명은 블라드미르 토스토프의 〈세계 재즈의 역사〉입니다!"

그는 우렁찬 목소리로 말을 맺었다.

안타깝지만 토스토프의 음악은 내 관심을 사로잡지 못했다. 연주가 시작되자마자 내 시선은 대리석 계단에 홀로 서서 흐뭇한 표정으로 이 무리 저 무리로 시선을 옮기고 있는 개츠비에게 꽂혔기 때문이다. 가무잡잡하게 그을리고 팽팽해 보이는 얼굴은 매력이 넘쳤고, 짧은 머리는 매일 다듬는 듯 깔끔했다. 어딜 봐도 나쁜 짓을 저지를 사람처럼 보이지 않았다. 그가 손님들과 적당한 거리를 유지할 수 있었던 것은 술을 마시지 않아서라는 게 내 짐작이었다. 사람이 끼리끼리 모이고 분위기가 고조될수록 그의 몸가짐은 한층 더 깍듯해졌다. 〈세계 재즈의 역사〉 연주가 끝나자 여자들은 한껏 흥이 올라 고고한 척하며 남자들 어깨에 머리를 기댔다. 개중에는 장난기가 발동해서 남자들의 품 안으로, 심지어 떼 지어 모여 있는 사람들에게 돌아서서 몸을 던지는 여자들도 있었다. 하지만 개츠비의 품 안으로 몸을 던지는 여자는 없었다. 프랑스에서 건너온 최신 유행에 따라 단발머리를 한 여자들 누구도 개츠비의 어깨에 머리를 기대지 않았고, 사중창단도 개츠비를 둘러싸고 한 곡조 뽑을 만도 하련만 그러지 않았다.

"잠깐 실례합니다."

개츠비의 집사가 갑자기 우리 옆에 멈춰 서더니 말했다.

"베이커 양이시죠? 죄송합니다만 개츠비 씨가 단둘이 말씀을 나누길 원하십니다."

"나하고요?"

그녀는 놀라서 소리쳤다.

"네."

그녀는 영문을 모르겠다는 듯 나에게 눈썹을 추켜세워 보이곤 천천히 일어나 집사를 따라 집 안으로 들어갔다. 나는 야회복 차림의 그녀를 보면서, 아니 평소에 다른 드레스 차림의 그녀를 볼 때도 마치 운동복을 입은 것 같다는 생각이 들었다. 맑고 상쾌한 아침에 처음 골프 코스 걷는 법을 배운 사람처럼 그녀의 몸놀림은 경쾌하고 당당했다.

나는 다시 혼자가 되었다. 시간은 거의 두 시를 향해 달려가고 있었다. 테라스 위쪽으로 튀어나온 창문이 여러 개 달린 길쭉한 방에서는 알아듣기 어렵지만 궁금증을 불러일으키는 소리가 한동안 흘러나왔다. 조던의 에스코트를 맡은 청년은 합창단의 두 아가씨와 산부인과에서나 할 법한 얘기에 빠져 내게 같이 끼자며 집요하게 졸라댔다. 나는 핑계를 댄 뒤 그를 따돌리고 집 안으로 들어갔다.

커다란 방은 사람으로 가득 차 있었다. 노란 드레스를 입은 여자 중 한 명이 피아노를 치고 있었다. 그 옆에서 유명한 합창단 단원인 빨간 머리에 키가 큰 젊은 여자가 심취한 듯 노래를 부르고 있었다. 이미 샴페인을 꽤 마신 그녀는 어설프게도 세상 모든 일이 슬퍼 죽겠다는 결론을 내렸는지 노래하는 내내 눈물을 줄줄 흘렸다. 중간에 노래를 쉴 때면 예외 없이 헐떡이듯 간헐적인 흐느낌으로 그 틈을 메우곤 또다시 떨리는 소프라노 음색으로 가사를 채워 넣었다. 눈물이 그녀의 뺨을 타고 줄줄 흘러내렸다. 하지만 그 흐름에도 격식이 있어서 먼저 두껍게 덕지덕지 칠한 속눈썹과 만나 시커먼 색을 입은 다음 길을 따라 까만 시냇물을 이루며 천천히 흘러내렸다. 누군가가 저 여자는 얼굴에 악보가 그려져 있나 보다고 우스갯소리를 던지자 그녀는 때 맞춰 두 손을 치켜든 채 의자에 풀썩 주저앉았다. 그러고는 취기를 못 이기고 금세 깊은 잠에 빠져들었다.

"남편이라고 주장하는 남자와 한바탕 싸웠다나 봐요."

바로 옆에 앉은 여자가 내게 설명해주었다.

나는 주위를 둘러봤다. 그 시각까지 남아 있던 여자들은 대부분 남편이라는 남자들과 실랑이를 벌이는 중이었다. 심지어 조던과 함께 온 이스트에그 출신의 사총사마저 견해 차이로 뿔뿔이 흩어진 뒤였다. 남자들 가운데 한 명은 넘치는 호기심을 주체하지 못하고 웬 젊은 여배우에게 치근

대고 있었다. 그 남자의 아내는 자기는 고상한 여자라 저런 일 따윈 신경 안 쓴다는 듯이 애써 비웃으며 초연한 척하더니 마침내 이성을 완전히 잃고 측면 공격을 가하는 쪽으로 방향을 틀었다. 그녀는 틈만 나면 성난 다이아몬드처럼 남편 옆에 불쑥 나타나 귀에다 대고 "약속했잖아요!"라고 으르렁거렸다.

집에 가기 싫어하는 이들은 비단 방종한 남자들뿐만이 아니었다. 이제 홀은 개탄스러울 정도로 맨 정신인 남자 둘과 그들의 분기탱천한 아내들이 장악했다. 두 아내는 제법 높아진 목소리로 서로의 처지에 공감했다.

"저 인간은 내가 재미 좀 본다 싶으면 꼭 집에 가자고 한다니까요."

"내가 이날 이때까지 살면서 이렇게 이기적인 소린 처음 들어보네요."

"우리만 매일 가장 먼저 일어나잖아요."

"우리도 그래요."

두 남자 중 한 명이 소심하게 말했다.

"이제 보니 오늘 밤은 우리가 거의 꼴찌네요. 오케스트라도 삼십 분 전에 떠났으니까."

아내들은 남편들의 악의를 더는 못 참겠다고 의기투합했지만 부부간의 말다툼은 결국 짧은 투쟁으로 끝을 고했다. 두 여자는 각자 남편의 손에 질질 끌려 나가면서 밤의 허공 속으로 발버둥질을 했다.

홀에서 모자를 받으려고 기다리는데 도서관 문이 열리더니 조던 베이커와 개츠비가 함께 걸어 나왔다. 개츠비는 조던에게 마지막 말을 건넸다. 방금 전까지 흥분한 기색이 역력한 그는 몇몇 사람이 작별인사를 건네려고 다가오자 언제 그랬냐는 듯 자세를 각듯이 가다듬고 격식을 차렸다.

일행이 현관에서 초조하게 불러댔지만 조던은 나와 악수를 나눈 뒤에도 자리를 떠나지 않았다.

"방금 기가 막히게 놀라운 얘기를 들었어요."

그녀가 속삭였다.

"우리가 저기 얼마나 있었죠?"

"글쎄요, 한 시간쯤."

"정말이지…… 놀라움 그 자체였어요."

그녀는 멍하니 했던 말을 되풀이했다.

"하지만 말하지 않겠다고 약속했어요. 지금 이 말을 하는 건 순전히 당신을 약 올리기 위해서고요."

그녀는 내 앞에서 우아하게 하품을 했다.

"언제 연락 한번 주세요……. 전화번호부에…… 시고니 하워드 부인이라는 이름을 찾아보세요…… 제 이모거든요……."

그녀는 말하면서 걸음을 재촉했다. 그러고는 갈색으로 그을린 손을 경쾌하게 흔들며 기다리던 일행 속으로 섞여 들어갔다.

처음 와서 너무 늦은 시각까지 남아 있었다는 게 좀 민망

해서 나는 개츠비 주변에 옹기종기 모여 있는 마지막 손님들과 합류했다. 그에게 이른 저녁부터 당신을 찾아다녔으며, 정원에 있을 때 미처 알아보지 못해 미안했다는 말을 전하고 싶었다.

"그런 말씀 마십시오."

개츠비는 극구 괜찮다고 했다.

"두 번 다시 그런 생각 마세요, 친구."

'친구'라는 다정한 표현보다 안심하라는 듯이 내 어깨를 쓸어주는 그의 손이 훨씬 더 다정하게 느껴졌다.

"그리고 내일 아침 함께 수상비행기 타기로 한 것 잊지 말아요. 아침 아홉 시입니다."

그때 집사가 그의 등 뒤에서 말했다.

"주인님, 필라델피아에서 전화가 와 있습니다."

"알았으니까 잠깐만. 금방 간다고 전해줘. 그럼 조심해서 가세요."

"안녕히 주무세요."

"안녕히 가세요."

그는 미소를 지었다. 그때 문득 어쩌면 그는 내가 끝까지 남아 있기를 줄곧 바란 것 같다는 생각과 함께 그러기를 잘했다는, 아니 꼭 그래야 했다는 생각이 들었다.

"안녕히 가세요, 친구……. 안녕히."

그러나 계단을 내려오면서 나는 이 밤이 아직 끝나지 않았음을 알았다. 정문에서 15미터쯤 떨어진 곳에서 열 개가 넘는 자동차 전조등이 희한하고 떠들썩한 광경을 환히 비추고 있었다. 진입로를 떠난 지 이 분도 채 지나지 않았을 것 같은 신형 쿠페 한 대가 오른쪽 몸체가 들린 채 찻길 옆 도랑에 처박혀 있었다. 한쪽 바퀴가 어디로 굴러갔는지 무참히 떨어져 나간 상태였다. 벽면이 삐죽 튀어나온 걸 보니 아무래도 거기에 바퀴가 걸려 빠진 것 같았는데, 호기심 많은 운전기사 대여섯 명이 그 광경을 유심히 지켜보고 있었다. 하지만 그들이 찻길에 세워놓은 차들이 길을 막고 있는 바람에 뒤에 늘어선 자동차들에서 거칠고 불쾌한 경적 소리가 한동안 불협화음이 되어 들려왔다. 그 소리에 사고현장을 둘러싸고 빚어지던 북새통이 더 심해졌다.

폐차 직전의 차에서 긴 외투를 입은 남자가 기어 나왔다. 찻길 한복판에 서서 자신의 차와 타이어를 번갈아 바라보던 남자는 이번엔 신이 난 건지 당황한 건지 알 수 없는 표정으로 타이어와 구경꾼들을 바라봤다. 그러더니 이렇게 말했다.

"이런! 차가 도랑에 빠졌구먼."

차가 도랑에 빠졌다는 사실에 그는 매우 놀란 것처럼 보였다. 나는 처음엔 일상적이지 않은 경이로움을 보이는 모습에 관심이 가다가 곧바로 그 사람이 누군지 알아보았다. 그는 아까 개츠비의 도서관에서 만났던, 마치 그곳의 홍보대사처럼 굴던 바로 그 남자였다.

"어떻게 된 겁니까?"

내가 묻자 그는 어깨를 으쓱하더니 단호하게 말했다.

"난 기계라곤 하나도 모르오."

"하지만 어쩌다 이렇게 됐느냐고 묻는 겁니다. 벽을 들이받은 건가요?"

"나한테 묻지 말아요."

올빼미 안경을 쓴 남자는 이 사고와 엮이는 걸 단호히 거부하며 말했다.

"난 운전은 아는 게 없어요. 아니, 전혀 모르는 거나 다름없소. 그냥 일이 벌어졌다는 것, 그게 내가 아는 전부요."

"글쎄 운전이 서툴면 밤에 차를 몰고 나갈 생각을 하지 말았어야죠."

"하지만 내가 그러려던 게 아니라니까. 내가 아니라고."

그가 발끈해서 대답했다.

구경꾼들은 기가 막힌다는 듯 잠시 입을 다물었다.

"그럼 자살이라도 할 생각이었어요?"

"바퀴 한 짝이었으니 망정이지, 운 좋은 줄 아세요! 운전 실력도 형편없는 양반이 이러려던 게 아니라니, 참!"

그러자 일을 저지른 장본인이 다시 말했다.

"사람 말귀를 참 못 알아듣네. 내가 운전한 게 아니라잖소! 차 안에 딴 사람이 있다니까요."

사람들이 그의 말에 어리둥절해하는 사이 쿠페 문 한 짝이 뒤로 천천히 젖히면서 "아…… 아…… 아" 하는 소리가 계속해서 흘러나왔다. 어느새 군중을 이룬 구경꾼들은 무심결에 뒤로 물러섰고, 잠시 뒤 자동차 문이 활짝 열리자 기괴한 침묵이 흘렀다. 부서진 차 안에서 안색이 창백한 남자가 흐느적거리는 몸을, 그것도 한 부분 한 부분씩 끌고 천천히 기어 나오더니 희한하게 생긴 커다란 댄싱슈즈 한 짝을 신은 발로 천천히 땅바닥을 디뎠다.

그는 작렬하는 전조등 불빛에 눈이 멀고 끊임없이 울부짖는 경적 소리에 넋이 나간 듯 잠시 휘청거리며 유령처럼 서 있다가 긴 외투 차림의 남자를 알아보고 말했다.

"어떻게 된 거죠?"

그는 차분하게 물었다.

"기름이 떨어져서 섰나?"

"좀 봐요, 좀 보라고요!"

대여섯 사람이 떨어져 나간 자동차 바퀴를 손으로 가리켰다. 남자는 잠시 바퀴를 물끄러미 바라보곤 하늘에서 떨어진 게 아닌가 하는 표정으로 위를 올려다봤다.

"바퀴가 차에서 떨어져 나갔어요."

누군가가 상황을 설명했다.

그는 고개를 끄덕였다.

"처음엔 차가 멈춘 줄도 몰랐어요."

한 차례 침묵이 이어졌다. 남자는 길게 숨을 내쉰 뒤 어깨를 쫙 펴곤 결연한 목소리로 물었다.

"누구 주유소가 어디 있는지 아는 분 없어요?"

적어도 그 남자보다는 상태가 약간 나은 사람을 비롯해

열 명도 더 되는 사람들이 그를 붙잡고 차바퀴와 차체가 더는 한 몸이 아니라는 사실을 설명했다.

"차를 빼죠. 뒤로 밀어봅시다."

잠시 후 그가 제안했다.

"하지만 바퀴가 없다니까요!"

그러자 그는 망설이다가 이렇게 말했다.

"한번 해보는 거야 뭐 어떻겠어요."

귀를 찢는 경적 소리가 하늘로 솟구쳤다. 나는 집에 가야겠다는 생각에 돌아서서 잔디밭을 건너가다가 다시 뒤돌아봤다. 얇은 조각달이 예전과 다름없이 이 밤을 아름답게 치장하면서 여전히 휘황찬란하게 빛나는 정원에서 흘러나오는 사람들의 웃음소리며 말소리를 묵묵히 견뎌내듯 개츠비의 집을 환히 비추고 있었다. 문득 창문이며 거대한 문틈으로 공허감이 흘러나오는 듯한 느낌이 들었다. 그래서인지 현관에 서서 손을 흔들며 손님들에게 정식으로 작별을 고하는 그 집 주인의 모습이 더없이 고독해 보였다.

지금까지 쓴 글을 꼼꼼히 읽어보니 독자들에게 몇 주 간격을 두고 벌어진 사흘 밤의 일들에 내가 온 정신을 빼앗긴 것 같은 인상을 준 듯하다. 그러나 그것은 북적거리던 어느 해 여름에 어쩌다 생긴 사건들에 불과하며 오랜 시간이 흐를 때까지도 내 개인적인 일에 밀려 관심 밖에 있었다.

나는 주로 일하면서 시간을 보냈다. 태양이 내 그림자를 서쪽으로 드리우는 이른 아침이면 나는 뉴욕 남부의 흰 건물들 사이로 걸음을 재촉해 '프로비티 신탁'으로 향했다. 다른 직원들은 물론이고 젊은 채권 영업 담당자들과도 이름을 알고 지내는 사이가 되었다. 그들과 어울려 어두컴컴하고 사람들로 북적이는 식당에서 돼지고기로 만든 작은 소시지와 으깬 감자 요리, 커피 등으로 점심을 먹었다. 저지시에 사는 회계 부서 여직원과 잠깐 사귄 적도 있었는데, 그녀의 오빠가 나를 마땅치 않아 한다는 사실을 알았다. 그래서 7월 그녀가 휴가 떠난 틈을 타서 조용히 관계를 정리했다.

나는 주로 예일 클럽에서 저녁 식사를 해결했는데, 왠지 하루 중 그때가 가장 우울했다. 그런 다음 위층 도서관에 올라가 꼬박 한 시간씩 증권을 공부했다. 주변에 늘 술꾼 몇 명이 있었지만 도서관에는 오지 않아 공부하기에 안성맞춤이었다. 공부가 끝나고 밤공기가 유독 그윽하게 느껴질 때면 나는 슬슬 매디슨 가로 나가서 옛 머리힐 호텔을 지나 다시 33번가 너머에 있는 펜실베이니아 역까지 산책 삼아 거닐었다.

뉴욕이 좋아지기 시작했다. 뉴욕의 밤이 주는 짜릿하고 모험적인 느낌이 좋고, 거리의 남자와 여자 그리고 기계들이 지루함을 못 견디는 사람들의 눈을 쉴 새 없이 깜빡이게 함으로써 가져다주는 만족감이 좋았다. 나는 머릿속으로 5번가까지 걸어가는 상상을, 그래서 인파 속에서 낭만적인 상상을 불러일으키는 여자들을 골라 불과 몇 분 만에 내가 그들의 삶으로 들어가는 상상을 하곤 했다. 그것도 아무도 모르게 누구의 방해도 받지 않으면서 말이다. 이따금 후미진 길모퉁이에 있는 그들의 아파트까지 따라가는 상상을 할 때도 있었다. 그러면 그 여자들은 돌아서서 내게 미소를 지어 보이곤 따스한 어둠 속으로 문을 열고 사라졌다. 이 대도시에 매혹적인 황혼이 내리면 나는 때때로 밀려드는 고독감에 시달렸고, 다른 사람들한테서도 그 고독을 느꼈다. 식당에서 혼자 저녁 먹을 수 있는 시간이 되기를 기다리며 창문 앞을 서성이는 가난하고 젊은 직장인들, 땅거미를 맞으며 밤과 인생에서 가장 가슴 저미는 순간들을 허비하는 젊은 직장인들을 보면서 말이다.

또다시 여덟 시가 되고 극장가로 향하는 택시들이 요란한 맥박 소리를 내며 40번가의 어두컴컴한 찻길에 다섯 줄로 겹겹이 늘어서면 나는 가슴이 내려앉는 것을 느꼈다. 차가 떠나기를 기다리며 택시 안에서 서로 기대앉은 사람들, 노래하는 목소리, 알아들을 수 없는 농담에 터져 나오는 웃음소리 그리고 불붙인 담배들 사이로 어렴풋이 보이는 차량 내부의 동그라미들. 그들처럼 나도 어서 빨리 즐거움을 찾고 친밀한 흥분을 함께 나누면 좋겠다는 상상을 하며 마음속으로 그들의 안녕을 빌었다.

한동안 보지 못했던 조던 베이커를 다시 만난 것은 여름이 한창일 때였다. 처음에 그녀와 어울려 여기저기 다닐 때는 기분이 우쭐했다. 그녀는 골프계의 여왕이었고 이름만

대면 누구나 아는 유명 인사였다. 그런데 이젠 그 이상이 되었다. 딱히 사랑이라고 꼬집어 정의할 순 없지만 나는 그녀에게 다정한 호기심을 느꼈다. 그녀가 세상을 향해 던지는 권태롭고 오만한 표정 뒤에는 분명 뭔가가 있었다. 대부분의 위장은 처음엔 아니더라도 결국 뭔가를 숨기고 있게 마련이다. 그러던 어느 날 워릭에 있는 어느 집에서 열리는 파티에 갔다가 그 정체를 알게 되었다. 그날 그녀는 빌린 차의 지붕을 열어놓은 채 빗속에 내버려두곤 내게 거짓말을 했다. 그 순간 나는 데이지의 집에서 들었던, 그땐 무심코 지나쳤던 이야기가 떠올랐다. 첫 우승이 걸린 골프 시합에서 그녀를 둘러싸고 신문에 실릴 만한 사건이 벌어진 적이 있다. 그녀가 준결승전에서 좋지 않은 위치에 떨어진 공을 다른 데로 옮겼다는 소문이 돈 것이다. 그 일은 스캔들에 버금가는 파장을 일으켰다가 금세 사그라졌다. 캐디는 자신의 진술을 철회했고 그를 제외한 유일한 목격지도 착각한 것 같다면서 말을 바꿨다. 하지만 나는 여전히 그 사건을 기억하고 있었다.

조던 베이커는 영리하고 예리한 남자들을 본능적으로 멀리했다. 규율을 절대 어기면 안 되는 비행기처럼 남자도 규율을 잘 지키는 사람이 더 안전하다고 느껴서 그랬을 것이다. 그녀는 구제불능의 거짓말쟁이였다. 불리한 처지에 놓이는 것을 못 견뎠는데, 아주 어릴 때부터 견디기 어려운 상황에 처하면 교묘한 속임수를 쓰기 시작한 듯했다. 그녀에겐 그것이 세상을 향해 던지는 차갑고 거만한 미소를 유지하면서 탄탄하고 당당한 육체적 욕구를 충족시키는 방편이었던 셈이다.

그렇지만 나하곤 상관없는 일이었다. 여자의 거짓말이 심하게 비난받을 일도 아니거니와 잠시 기분은 상했지만 금세 잊어버렸기 때문이다. 그녀와 내가 자동차 운전하는 법을 두고 특이한 대화를 나눈 것도 바로 그때 워릭의 파티에서였다. 그녀가 길을 지나가는 일꾼들 옆으로 차를 바싹 붙여 몰다가 자동차 옆구리로 어느 일꾼의 겉옷 단추를 건드린 것이 이야기의 발단이었다.

"운전 실력이 형편없군요. 좀 더 조심했어야죠. 아니면 아예 운전을 하지 말든가."

나는 항의하듯 말했다.

"평소엔 조심해요."

"아뇨, 내가 볼 땐 그렇지 않아요."

"그럼 다른 사람들이 조심하든가."

그녀는 아무렇지 않게 말했다.

"이 상황에서 그 얘기가 왜 나와요?"

"그 사람들이 내 길을 막지 않으면 되잖아요. 사고는 혼자 내는 게 아니에요."

그녀는 물러서지 않았다.

"당신과 똑같이 부주의한 사람을 만났다고 생각해봐요."

"그런 일은 절대 없어야죠. 난 조심성 없는 사람들이 진짜 싫어요. 그래서 내가 당신을 좋아하는 거예요."

그녀의 대답이었다.

조던 베이커는 햇빛에 혹사당한 잿빛 눈동자로 정면을 노려봤다. 그녀의 주도면밀함 덕분에 우리 관계는 이미 달라졌고, 잠시 나는 그녀를 사랑한다고 생각했다. 그러나 나는 생각도 느리고 개인적인 욕망에 제동 장치 노릇을 하는 내면의 규율로 가득 찬 사람이었다. 따라서 고향에 두고 온 엉킨 실타래부터 확실히 푸는 게 가장 급한 일이라고 생각했다. 나는 일주일에 한 번씩 '당신을 사랑하는 닉'이라는 서명을 곁들여 고향으로 편지를 보냈다. 하지만 내 머릿속에는 오직 그 여자가 어떻게 그리고 언제 테니스를 칠까 하는 궁금증과 그녀의 윗입술에 언뜻 콧수염처럼 땀방울이 맺히던 모습만 떠오를 뿐이었다. 나는 자유의 몸이 되려면 먼저 요령 있게 그 실타래를 끊어내야 한다는 사실을 어렴풋이 깨닫고 있었다.

사람은 누구나 삶의 지침으로 삼는 기본 덕목 한 가지씩은 갖고 있다. 내 경우에는 나 자신이 내가 지금까지 알고 지낸 몇 안 되는 정직한 사람들 중 한 명이라는 것이다.

4 장

교회 종소리가 해안가 마을로 울려 퍼지는 일요일 아침
이면 이 세상과 그의 정부(情婦)는 또다시 개츠비의 집으로
몰려와 마냥 들뜬 채 그의 풀밭 위에서 반짝반짝 빛났다.

"그 사람은 주류 밀매업자예요."

젊은 부인들은 개츠비가 마련한 칵테일과 꽃 사이를 누
비며 말했다.

"사람을 죽인 적도 있는데, 그 사람이 자기가 폰 힌덴부르
크(제1차 세계대전 당시 독일 장군으로 뒤에 독일 대통령을 역임함—옮
긴이)의 조카이자 그 악마와 육촌이란 걸 알아냈기 때문이라
나 봐요. 여보, 장미 한 송이만 갖다 줘요. 그리고 저 크리스
털 잔에 한 방울도 남기지 말고 다 따라줘요."

언젠가 나는 기차 시간표의 빈 곳에 그해 여름 개츠비의
집을 다녀간 사람들 명단을 적어놓은 적이 있다. 접힌 데가
너덜너덜해진 이 예전 시간표엔 '이 시간표는 1922년 7월 5
일자로 유효함'이라고 적혀 있다. 하지만 나는 칙칙한 잿빛
을 떠올리게 하는 그 이름들을 지금도 알아볼 수 있다. 또한

그 이름들은 개츠비의 환대를 받고도 그에 대해 아무것도 알지 못한다며 미묘한 헌사를 바친 사람들을 내가 싸잡아서 이야기하는 것보다 독자에게 더 확실한 인상을 심어줄 것이다.

먼저 이스트에그 출신으로는 체스터 베커 부부와 리치 부부 그리고 내가 예일에서 알고 지낸 번슨이라는 남자와 작년 여름 메인에서 물에 빠져 죽은 웹스터 시벳이라는 의사가 있었다. 혼빔 부부와 윌리 볼테어 부부도 있었고, 늘 구석 자리를 차지하고 앉아 누가 가까이 다가오면 수시로 염소 떼처럼 코를 벌름거리던 블랙벅 일가도 있었다. 그 밖에 이스메이 부부와 크리스티 부부가 있었다(그보다는 휴버트 아우어바흐와 크리스티 씨의 아내라고 해야 할 것이다). 에드거 비버라는 남자도 있었는데, 사람들 말로는 그의 머리가 어느 겨울날 오후에 영문도 모른 채 솜처럼 하얗게 변했다고 한다.

내 기억에 클래런스 엔디브도 이스트에그 출신이었다. 그는 딱 한 번 운동복으로 입는 헐렁한 반바지 차림으로 와서 에타라는 건달과 정원에서 한바탕 싸움을 벌인 적이 있다. 이스트에그 섬의 먼 외곽에서 온 사람들로는 치들 부부와 O. R. P. 슈래더 부부, 조지아에서 온 스톤월 잭슨 에이브럼 부부, 피시가드 부부와 리플리 스넬 부부가 있었다. 스넬은 교도소에 가기 전까지 개츠비의 집에서 사흘간 머물렀는데, 만취한 상태로 자갈이 깔린 진입로에 뻗어 있다가 율리시스 스웨트 부인의 자동차 바퀴에 오른손이 깔리는 사고를 당했다. 댄시 부부와 함께 예순 살이 훨씬 넘은 S. B. 화이트베이트도 다녀갔다. 그 밖에 모리스 A. 플링크와 해머헤드 부부, 담배 수입업자인 벨루거와 그의 여자들도 있었다.

웨스트에그에서 온 사람들로는 폴 부부, 멀레디 부부, 세실 로벅과 세실 슌, 주 상원의원 굴릭, '필름스 파 엑설런스'의 운영자인 뉴턴 오키드와 에크하우스트, 클라이드 코언과 그의 아들인 돈 S. 슈워츠 그리고 아서 매카티 등이 있었다. 모두 이 방면 저 방면에서 영화계에 종사하는 사람들이었다. 캐틀립 부부와 벰버그 부부 그리고 나중에 자기 아내를 목 졸라 죽인 그 멀둔과 형제간인 G. 얼 멀둔도 있었다. 공연 기획자인 다 폰타노도 왔으며 에드 레그로스, 제임스 B. (주정뱅이'로 불림) 페럿, 드종 부부, 어니스트 릴리도 다녀갔다. 이들은 도박하러 온 사람들이었다. 페럿이 개츠비의 정원을 헤매고 다니는 날은 그가 빈털터리가 되었고 이튿날 어소시에이티드 트랙션 사의 주가가 반드시 올라야 한다는 뜻이었다.

클립스프링어라는 남자는 워낙 수시로 드나들어 '하숙생'이라는 별명이 붙었는데, 솔직히 그에게 다른 집이 있었는지는 모르겠다. 무대예술과 관련한 사람들 가운데는 거스 웨이스와 호레이스 오도너번, 레스터 마이어, 조지 더쿼드, 프랜시스 불이 다녀갔다. 또한 뉴욕에서 온 사람들로는 크롬 부부, 배키슨 부부, 데니커 부부, 러셀 베티, 코리건 부부, 켈러허 부부, 듀어 부부, 스컬리 부부, S. W. 벨처, 스머크 부부 그리고 현재는 남남이 된 젊은 퀸 부부와 나중에 타임스스퀘어 역에서 달리는 지하철에 뛰어들어 목숨을 끊은 헨리 L. 팔메토가 있었다.

베니 매클레너핸은 늘 여자 넷과 함께 나타났다. 여자들은 매번 다른 사람이었지만 쌍둥이처럼 모습이 비슷해서 예전에 왔던 여자가 아닌가 하는 생각이 절로 들었다. 이름은 정확하게 기억나지 않지만 아마 재클린이나 콘수엘라, 글로리아, 주디, 준쯤 되었던 것 같고 성은 꽃이나 달 이름처럼 듣기 좋은 것이거나 미국 대자본가들의 이름처럼 엄숙한 것이었다. 솔직히 털어놓으라고 다그치면 그 자본가들 가운데 누구누구의 사촌쯤 된다고 실토했을지도 모르겠다.

앞에서 열거한 대로 내가 기억하는 사람들 외에 파우스티나 오브라이언은 적어도 한 번은 다녀갔고 베데커 집안의 여자들, 전쟁에서 코에 총상을 입은 젊은 브루어, 앨브룩스버거와 그의 약혼녀 하그 양, 아디타 피스피터스, 재향군인회 회장을 지낸 P. 주잇, 클로디아 히프 양과 그녀의 운전기사로 알려진 남자도 개츠비의 집을 다녀갔다. 그 밖에 어딘가의 왕자도 있었다. 우리는 그를 '공작'으로 불렀고 이름은 예전엔 알았을 텐데 지금은 잊어버렸다.

이 사람들 모두 그해 여름 개츠비의 저택을 다녀갔다.

7월 말의 어느 날 아침이었다. 개츠비의 호화로운 자동차가 정각 아홉 시에 울퉁불퉁한 진입로를 요동치며 올라오더니 우리 집 문 앞에 멈춰 서서 3음계 멜로디로 된 경적을 울렸다. 나는 개츠비가 여는 파티에 두 번이나 참석했고 그의 수상비행기도 타봤으며 갑작스러운 초대에 응해서 그의 해변을 자주 이용하긴 했어도 그가 직접 찾아온 것은 그때가 처음이었다.

"좋은 아침이군요, 친구. 우리 둘이 점심을 함께하기로 한 날인데 기왕이면 같이 타고 가는 게 좋을 것 같아서요."

개츠비는 미국인 특유의 풍부한 몸짓을 선보이며 자동차 대시보드 위에서 균형을 잡았다. 짐작건대 그런 행동은 청년 시절에 힘든 일을 해본 적이 없거나 더 나아가 산발적이며 손에 땀을 쥐게 하는 스포츠 경기의 특성인 비정형의 품격에서 생겨나지 않았나 싶다. 그의 빈틈없는 몸가짐 뒤에는 늘 이런 특성이 불안함이라는 형태로 도사리고 있었다. 그는 한시도 가만있지 못했다. 한쪽 발로 뭔가를 탁탁 두드리거나 한 손을 초조하게 폈다 오므렸다 했다.

그의 눈은 넋 나간 표정으로 자동차를 바라보는 나를 놓치지 않았다.

"괜찮은 놈이죠, 친구?"

그는 좀 더 잘 보이라고 차에서 풀쩍 뛰어내렸다.

"이 녀석, 전에 본 적 있습니까?"

물론 본 적이 있다. 그 동네 사람이라면 누구나 그 차를 본 적이 있을 것이다. 짙은 크림색에 번쩍이는 니켈 장식이 달려 있고 여기저기 불룩불룩 튀어나온 터무니없이 긴 몸체를 가졌다. 차 안에는 모자 상자며 음식 상자, 공구 상자 등이 당당한 자태를 뽐내며 갖춰져 있고 미로와 같은 유리창은 하늘의 태양을 열 개도 넘게 반사했다. 우리는 여러 겹으로 된 유리창을 앞에 두고 온실에 앉은 듯한 기분을 자아내는 초록색 가죽 좌석에 몸을 실은 채 뉴욕으로 향했다.

지난 한 달간 그와 대여섯 차례 대화를 나눈 것 같은데 실망스럽게도 개츠비는 딱히 이야깃거리가 없는 사람이었다. 제법 중요한 인물일 거라는 첫인상이 서서히 퇴색해가면서 그는 단지 옆집에 사는, 공들여 꾸민 큰길가의 여관 주인으로 전락했다.

내가 개츠비의 차를 타게 된 것은 공교롭게도 그 무렵이었다. 그의 입에서 나오던 격조 높은 문장들은 차가 미처 웨스트에그 마을에 도착하기도 전에 말끝이 흐려지기 시작했다. 캐러멜색 양복바지를 입고 있던 그는 손바닥으로 애꿎은 무릎을 때려댔다.

"저기 말입니다, 친구."

그는 의외의 말을 꺼냈다.

"당신은 나를 어떻게 봅니까? 대충이라도 말이죠."

나는 약간 당황한 채로 그런 질문에 어울리는 일반적인 대답을 하며 둘러대기 시작했다. 그러자 그는 내 말을 중간에 자르고 말했다.

"그렇다면 내가 지금까지 살아온 얘기를 당신에게 들려 줘야겠군요. 사람들이 떠드는 이런저런 얘기들 때문에 당신이 나를 오해하는 건 싫으니까요."

그는 자기 집 홀에서 오가는 대화가 온갖 해괴한 비난으로 버무려져 있음을 알고 있었다.

"내가 이제부터 하는 말은 절대 진실입니다."

그는 신의 징벌을 거부하겠다는 듯 오른손을 들었다.

"나는 중서부의 아주 부유한 가문 출신입니다. 물론 어른들은 다 돌아가셨죠. 자란 곳은 미국이지만 공부는 옥스퍼드에서 했습니다. 집안 어른들이 대대로 한 분도 빠짐없이 그곳에서 교육을 받으셨거든요. 말하자면 가문의 전통이랄까요."

그러고서 개츠비는 나를 곁눈질했다. 조던 베이커가 왜 그를 거짓말쟁이라고 했는지 짐작이 갔다. 그는 '공부는 옥스퍼드에서 했습니다'라는 대목을 특히 얼버무리듯 슬그머니 삼켰다. 그 모습은 마치 그 말을 하기가 몹시 괴로운 사람처럼 느끼게 했다. 이런 의심이 들자 지금까지 그가 한 말이 모래성처럼 무너져 내리는 것은 물론 왠지 그에게서 음산한 기운마저 느껴졌다.

"중서부 어느 지역인가요?"

나는 별 뜻 없이 물었다.

"샌프란시스코입니다."

"아, 네."

"가족이 전부 세상을 떠난 뒤 막대한 재산을 물려받았죠."

집안 전체의 갑작스러운 죽음을 말할 때 그 기억이 지금도 괴롭다는 듯 그의 목소리는 무거웠다. 나는 혹시 나를 놀리는 건가 싶어 잠시 의심을 품었지만 그를 바라보고 나서 그렇지 않다고 확신했다.

"그때부터 난 유럽 각국의 수도를 돌아다니며 인도의 왕자처럼 살았습니다. 파리와 베네치아, 로마 등지에서 보석을, 그중에서도 주로 루비를 수집하고 큰 짐승들을 사냥하고 순전히 나만을 위해 그림도 좀 그리면서 말이죠. 어쩌겠습니까, 오래전에 일어난 애통한 일을 잊으려면 그러는 수밖에 없었습니다."

나는 말도 안 된다는 생각에 비웃음이 터져 나오려는 것을 간신히 참았다. 그의 입에서 나온 한 마디 한 마디가 너무나 뻔하고 통속적이어서 내 머릿속엔 오직 터번을 두른 '봉제 인형'이 호랑이를 잡겠다고 불로뉴 숲(프랑스 파리 서쪽에 있는 대공원—옮긴이)을 헤매며 터진 실밥에서 톱밥을 줄줄 흘리는 모습만 떠올랐다.

"그러다 전쟁이 터진 겁니다, 친구. 그 전쟁이 내겐 크나큰 위로가 됐습니다. 그런데 죽으려고 안간힘을 썼지만 불사신이 된 것처럼 어떻게 해도 죽지 않더군요. 나는 전쟁이 시작되자마자 중위로 임관했습니다. 아르곤 숲 전투에서 기관총 부대의 남은 대원들을 이끌고 전방으로 진격했는데 그만 속도가 너무 빨라서 아군 간에 8백 미터쯤 간격이 벌어졌습니다. 결국 보병 부대의 진로가 막히고 말았죠. 우린 이틀 밤낮을 꼬박 그곳에 처박혀 있어야 했습니다. 고작 130명밖에 안 되는 부대원과 루이스식 기관총 16정으로 버티면서 말입니다. 마침내 보병 부대가 도착해 적을 소탕한 뒤 시체 더미에서 독일군 사단 세 곳의 휘장을 찾아냈습니다. 나는 공훈을 인정받아 곧바로 소령으로 진급하고 연합군 정부가 수여한 훈장까지 받았죠. 오죽하면 몬테네그로, 그 아드리아 해에 있는 작은 나라 몬테네그로에서까지 훈장을 줬겠습니까!"

작은 나라 몬테네그로! 개츠비는 이 대목에서 고개를 끄덕이며 목청을 높였고 심지어 미소까지 지었다. 그 미소는 몬테네그로가 겪은 수난의 역사를 익히 알고 있으며 몬테네그로 국민의 용맹한 투쟁에 마음 깊이 공감하고 있다는, 몬테네그로의 작지만 따뜻한 심장에서 이런 헌사를 이끌어 내게 한 국가적 상황을 익히 알고 있다는 뜻이었다. 그의 면면에 매료되면서 그에 대한 내 의심은 자연히 수면 저 아래로 가라앉았다. 마치 열 권쯤 되는 잡지를 급하게 휙휙 넘기는 듯한 기분이었다.

개츠비는 호주머니에 손을 넣고 리본에 매달린 쇳조각을 꺼내 내 손바닥에 떨어뜨렸다.

"몬테네그로에서 받은 훈장입니다."

놀랍게도 그 훈장은 진짜 같았다. '다닐로 훈장. 몬테네그로 니콜라스 국왕'이라는 글자가 원을 따라 둥글게

새겨져 있었다.

"뒤집어보세요."

"제이 개츠비 소령의 탁월한 용맹을 기리며."

나는 훈장에 새겨진 글자를 읽었다.

"내가 늘 몸에 지니고 다니는 게 하나 더 있습니다. 옥스 퍼드 시절의 기념품인데, 트리니티 쿼드(옥스퍼드 트리니티 칼 리지 교정—옮긴이)에서 찍은 사진이죠. 내 왼쪽에 선 사람이 지금의 동캐스터 백작입니다."

사진에는 단체복으로 보이는 콤비 상의를 입은 청년 여 섯 명이 아치형의 건물 입구에서 한가로이 자세를 취하고 있었고, 뒤쪽으로 첨탑 여러 개가 눈에 띄었다. 사진 속의 개츠비는 많이는 아니어도 제법 어려 보였으며, 한 손에 크 리켓 배트를 들고 있었다.

그렇다면 모든 게 사실이라는 이야기였다. 그러자 베네 치아 대운하에 있는 그의 성에 걸린 이글거리는 호랑이 가 죽 그리고 루비가 가득 든 서랍을 열고 심연에서 진홍색 빛 을 발하는 보석을 바라보며 상심한 심장을 갉아먹는 고통 을 달래는 그의 모습이 눈앞에 펼쳐졌다.

"실은 오늘 어려운 부탁을 하려고 합니다."

그는 뿌듯한 표정으로 자신의 소장품들을 호주머니에 넣 으며 말했다.

"그전에 당신에게 나란 사람을 알려줘야 할 것 같았죠. 당 신이 나를 영 보잘것없는 사람으로 보게 놔둘 수는 없으니까요. 봐서 아시겠지만 나는 주로 낯선 사람들과 어울려 지냅니다. 내가 겪은 슬픈 일을 어떻게든 잊어보려고 여기저기 떠돌아다니면서요."

그는 잠시 망설이는 듯했다.

"그 부탁이 뭔지는 오후에 알 수 있을 겁니다."

"점심때 말인가요?"

"아뇨, 이따가 오후에 알게 될 거예요. 듣자 하니 베이커 양이 당신 집으로 차를 마시러 간다고 하더군요."

"그 말은 베이커 양을 마음에 두고 있다는 말씀인가요?"

"아뇨, 친구. 아닙니다. 하지만 베이커 양이 고맙게도 당신에게 내 부탁을 전해주겠다고 해서요."

나는 그가 말하는 '부탁'이 뭔지 전혀 짐작이 가지 않았지만 일단은 궁금하기보다 성가시다는 생각이 들었다. 내가 조던에게 차를 마시자고 한 것은 제이 개츠비의 일을 의논하기 위해서가 아니었다. 나는 그의 부탁이 현실과 동떨어진 내용일 거라는 확신이 들자 사람들로 넘쳐나는 그의 잔디밭에 한 번이라도 발을 내디딘 것을 잠시나마 후회했다.

개츠비는 그 말 외엔 별다른 용건이 없어 보였다. 시내에 가까워질수록 그는 자세를 점점 꼿꼿이 했다. 루스벨트 항(가공의 지명—옮긴이)을 지나자 붉은 띠를 두른 외항선들이 어렴풋이 눈에 띄었다. 그의 차는 다소 퇴색했으나 여전히 사람들의 발길이 이어지는, 1900년대식 금박 장식으로 치장한 어두컴컴한 술집이 줄줄이 들어선 빈민가의 자갈길을 질주했다. 이윽고 양옆으로 '재의 계곡'이 펼쳐졌다. 윌슨의 자동차 정비소 앞을 지나는데 가쁜 숨을 몰아쉬며 주유기 펌프를 잡아당기는 윌슨 부인의 모습이 언뜻 눈앞을 스쳤다.

자동차는 흙받이를 날개처럼 펼친 채 아스토리아 시의 절반에 전조등 불빛을 흩뿌렸다. 우리가 누빈 면적이 그 도시의 딱 절반이었기 때문이다. 차가 고가도로의 교각 사이를 구불구불 지날 즈음 귀에 익은 오토바이 소리가 "붕, 붕, 붕" 하고 들리더니 경찰이 미친 듯이 바싹 따라 붙었다.

"알았어요, 친구."

개츠비가 외쳤다. 그는 속도를 늦춘 뒤 지갑에서 흰 카드를 꺼내 경찰의 눈앞에다 흔들었다.

그러자 경찰이 모자에 손을 갖다대며 말했다.

"선생님이셨군요. 다음엔 꼭 알아뵙도록 하겠습니다, 개츠비 씨. 실례가 많았습니다!"

"그게 뭡니까? 옥스퍼드 시절 사진인가요?"

내가 물었다.

"어쩌다 경찰서장에게 선심 좀 써줬더니 그다음부터 그 친구가 해마다 크리스마스카드를 보내주더군요."

큰 다리로 올라서자 들보 사이를 뚫고 들어온 햇빛이 움직이는 차량의 지붕들 위로 쉴 새 없이 빛을 뿌렸다. 강 건너엔 부디 냄새 안 나는 돈으로 세워졌기를 바라는 도시가 흰 밀가루 무덤과 설탕 덩어리 모양으로 우뚝 솟아 있었다.

퀸스보로 다리에서 바라본 뉴욕은 언제 봐도 처음 보는 듯한 느낌이 들었다. 세상의 신비와 아름다움이 모두 그 안에 있다는 최초의, 날것 그대로의 약속을 품은 모습이었다.

꽃으로 뒤덮인 영구차 한 대가 누군가의 시신을 싣고 우리 옆을 지나갔다. 블라인드를 내린 마차 두 대와 망자의 친구들을 태운, 약간은 활기가 느껴지는 마차들이 그 뒤를 따랐다. 망자의 친구들은 우리를 비통한 눈으로 내다봤다. 하나같이 윗입술이 얇았는데 그건 남동부 지역 유럽인들의 특색이었다. 그들의 우울한 휴일에 개츠비의 근사한 차를 관람하는 일정이 포함되어 다행이었다. 블랙웰 아일랜드를 건너는데 리무진 한 대가 옆을 지나쳤다. 백인 운전기사가 모는 그 차에는 첨단 유행을 따른 옷차림을 한 흑인 남자 둘과 여자 하나가 타고 있었다. 경쟁의식이라도 느낀 듯 거만한 자세로 우리를 향해 눈을 희번덕거리는 그들을 보며 나는 큰 소리로 웃어젖혔다.

'이 다리를 건넜으니 무슨 일이든 일어나겠군. 그게 무슨 일이든…….'

나는 생각했다.

심지어 개츠비 같은 인물이 나온다 해도 별로 놀라지 않았을 것이다.

태양이 이글거리는 한낮, 나는 점심을 먹기 위해 선풍기가 쌩쌩 돌아가는 42번가의 한 지하 식당에서 개츠비를 만났다. 바깥의 눈부심을 누그러뜨리려고 눈을 깜빡이는 데 대기실에서 딴 사람과 이야기를 나누고 있는 그의 모습이 어렴풋이 눈에 들어왔다.

"캐러웨이 씨, 이분은 내 친구 울프심 씨입니다."

코가 뭉툭하고 키가 작은 유대인 한 명이 큰 머리를 쳐들고 나를 바라봤다. 무성하게 자란 가느다란 코털이 그의 콧구멍을 가득 채우고 있었다. 내가 침침한 불빛 사이로 그의 단춧구멍만 한 눈을 찾아낸 것은 그보다 조금 뒤였다.

"……그래서 내가 그 친구를 한 번 만났네."

울프심이 내 손을 잡고 우악스럽게 흔들면서 말했다.

"내가 어찌했을 것 같나?"

"그게 무슨 말씀이십니까?"

나는 정중히 물었다.

하지만 그건 나에게 한 말이 아니었다. 그는 내 손을 놓았고, 다양한 표정을 담은 코로 곧 개츠비를 겨냥했나.

"캐츠퍼에게 돈을 건네주면서 일렀지. '똑똑히 들어, 캐츠퍼. 그놈이 입을 닥치기 전엔 단 한 푼도 주지 마.' 그랬더니 그놈이 바로 입을 다물더군."

개츠비는 그와 나의 팔을 잡고 식당 안으로 들어갔다. 식당에 들어서자 울프심은 막 입 밖으로 내려던 말을 꿀꺽 삼키곤 몽유병 환자처럼 스르르 딴 데 정신을 팔기 시작했다.

"하이볼(highball, 위스키 같은 독한 술에 소다수 등을 섞어 얼음을 넣은 음료—옮긴이)로 드릴까요?"

식당의 수석 웨이터가 물었다.

"훌륭한 식당이군. 그래도 난 길 건너편 식당이 더 좋네!"

울프심은 천장에 그려진 장로교 교회의 요정들을 쳐다보며 말했다.

"그래요, 하이볼로 줘요."

개츠비는 수석 웨이터의 제안에 동의하곤 울프심에게 말했다.

"거긴 너무 덥잖아요."

"하긴 덥긴 해. 좁기도 하고. 하지만 추억이 가득한 곳이지."

울프심이 말했다.

"거기가 어딘데요?"

내가 묻자 개츠비가 대답했다.

"옛 메트로폴 얘기예요."

울프심은 침통한 표정으로 생각에 잠겼다.

"옛 메트로폴에 가면 이미 저세상으로 간 친구들 얼굴이 계속 떠올라. 내 곁을 영영 떠나버린 친구들 얼굴이 말이야. 나는 놈들이 거기서 로지 로젠탈을 쏴죽이던 날 밤을 죽어도 잊지 못하네. 그때 우리 일행 여섯은 한 테이블에 둘러앉아 있었고 로지 그 친구는 밤새 퍼마셔서 제정신이 아니었어. 새벽이 다 됐는데 웨이터가 이상한 표정을 지으며 그 친구에게 다가와선 웬 놈이 밖에서 보자고 한다더군. 로지가 '알았수다' 하고 일어나려 하기에 내가 얼른 잡아당겨 도로 주저앉혔지. '로지, 자넬 보고 싶으면 그놈들더러 이리 오라고 해. 그러니까 절대 이 방 밖으로 나가지 마.' 그때가 새벽 네 시였는데 블라인드를 걷어 올렸으면 아마 동 트는 게 보였을 거야."

"그분은 나갔습니까?"

나는 순진하게 물었다.

울프심의 코는 화가 치미는 듯 나를 노려봤다.

"물론이지. 그 친구, 문 앞에서 돌아서서 그러더군. '저 웨이터한테 내 커피 치우지 말라고 해!' 그러고는 인도로 나갔는데 그만 놈들이 빵빵하게 부른 그 친구 배에다 총을 세 방이나 갈기곤 차를 타고 도망쳐버렸지."

"그중 네 명이 전기의자에서 사형당했죠."

나는 기억을 떠올리며 말했다.

"베커까지 다섯 명이지."

그는 내게 관심이 생겼는지 콧구멍을 내 쪽으로 향했다.

"그나저나 사업적으로 연관된 일을 찾고 있다고?"

그의 입에서 두 단어, 즉 '사업'과 '연관'이라는 말이 한꺼번에 나오자 나는 흠칫했다. 개츠비가 나 대신 대답했다.

"아, 아니에요. 이 친구는 그 사람이 아닙니다."

그의 말에 울프심은 실망한 기색으로 되물었다.

"아니라고?"

"그냥 친구예요. 그 얘긴 나중에 하자고 하지 않았습니까."

"이거 미안하게 됐군. 사람을 잘못 봤네."

울프심이 내게 말했다.

육즙이 풍부한 다진 고기 요리가 나오자 울프심은 옛 메트로폴의 감상적인 분위기 따위는 잊어버리고 맛을 음미하며 맹렬히 달려들었다. 그런 와중에도 그의 눈은 식당 구석구석을 아주 천천히 훑기 시작했고 바로 등 뒤에 앉은 사람들을 뜯어보면서 끝냈다. 내가 없었으면 아마 우리가 앉은 식탁 밑까지 흘깃거렸을지도 모른다.

"이봐요, 친구."

개츠비가 내 쪽으로 몸을 기울이며 말했다.

"아침에 차 타고 오면서 혹시 당신 기분을 상하게 한 건 아닌지 모르겠습니다."

그의 얼굴에 또다시 미소가 떠올랐지만 나는 이번엔 넘어가지 않았다.

"난 수수께끼를 별로 좋아하지 않습니다. 그리고 당신이 뭘 원하는지 나한테 솔직하게 털어놓지 않는 것도 이해가 안 갑니다. 왜 모든 얘기가 베이커 양을 거쳐야 하죠?"

내가 말했다.

"아, 수상한 일은 절대 아닙니다."

그는 나를 안심시켰다.

"알다시피 베이커 양은 훌륭한 운동선수라서 옳지 않은 일은 절대로 안 합니다."

갑자기 그는 손목시계를 보더니 울프심과 나를 식탁에

남겨둔 채 벌떡 일어나 황급히 식당 밖으로 나갔다.

"전화할 일이 생긴 게지."

울프심이 그를 눈으로 좇으며 말했다.

"괜찮은 친구지. 안 그런가? 인물도 좋은 데다 흠 잡을 데 없는 신사고."

"맞습니다."

"옥스포드(옥스퍼드를 가리킴—옮긴이) 출신이라네."

"아!"

"영국에 있는 그 옥스포드 대학. 옥스포드 대학 아나?"

"들어봤습니다."

"세계에서 유명한 대학 중 하나지."

"개츠비 씨를 안 지는 오래되셨나요?"

내 질문에 그는 흐뭇한 목소리로 대답했다.

"칠 년. 전쟁이 끝나자마자 알았으니까 그리됐네그래. 한 시간쯤 이야기를 나눠보곤 대번에 훌륭한 가문에서 자란 청년인 줄 알아봤지. 오죽하면 이런 청년이라면 집에 데려가 어머니하고 여동생한테 얼마든지 소개시켜주고 싶다고 혼잣말까지 했겠나."

그는 잠시 말을 멈췄다.

"내 커프스버튼이 마음에 드나 보군."

원래는 아니었지만 나는 얼른 그의 커프스버튼을 쳐다봤다. 상아로 만들었는데 왠지 낯설지가 않았다.

"사람 어금니 중에서 최상품을 골라 만들었지."

그는 묻지 않았는데도 설명해줬다.

나는 그의 커프스버튼을 자세히 들여다봤다.

"그렇군요! 참으로 기발한 아이디어네요."

"아무렴."

그는 코트 밑으로 셔츠 소맷부리를 접어 올렸다.

"개츠비는 여자 문제만큼은 아주 신중해. 친구의 아내는 아예 쳐다보지도 않지."

울프심은 본능적으로 신뢰해 마지않는 주인공이 식탁으로 돌아오자 커피를 훌쩍 들이켜곤 자리에서 일어섰다.

"점심 잘 먹었네. 더 있으면 폐가 될 테니 난 이만 두 젊은 이를 두고 가봐야겠어."

"서두르실 필요 없는데요, 마이어."

개츠비는 그를 만류했지만 진심이 느껴지지 않았다.

울프심은 마치 축복 기도라도 하는 양 한 손을 치켜들더니 엄숙히 선포하듯 말했다.

"자네가 예의바른 젊은이인 줄은 익히 알고 있지만 난 자네들하고 세대가 달라. 그러니 자네들은 여기 앉아서 이런 저런 얘기를 더 나누게. 스포츠 얘기도 좋고 아가씨들 얘기도 좋고 이것저것……."

그는 그 뒤에 올 말은 상상에 맡긴다는 듯 손을 내저었다.

"내 나이 이제 쉰이야. 자네들한테 더는 부담 주기 싫네."

그가 악수를 나누고 돌아서는 순간 나는 그의 코가 비극적인 분위기를 풍기며 떨리는 모습을 똑똑히 목격했다. 혹시 내가 마음을 상하게 했나 싶어 걱정되었다.

"저 사람은 가끔 저렇게 감상적이 될 때가 있습니다."

개츠비의 설명이었다.

"오늘이 바로 그런 날이죠. 브로드웨이에 사는데 뉴욕 부근에선 상당한 괴짜로 통합니다."

"그나저나 뭐하는 분입니까, 배우인가요?"

"아뇨."

"그럼 치과 의사인가요?"

"마이어 울프심이오? 아뇨, 저 사람은 투기꾼입니다."

개츠비는 잠시 망설이다가 차갑게 덧붙였다.

"1919년 월드시리즈의 승부를 조작한 장본인이죠."

"월드시리즈를 조작해요?"

나는 그에게 되물었다.

그런 발상을 한다는 것 자체가 나로선 엄청난 충격이었다. 물론 1919년 월드시리즈에 승부 조작이 있었다는 사실은 알고 있었다. 하지만 설령 그 내막이 궁금했다손 치더라도 그저 단순히 벌어진 일일 뿐이라고, 불가피한 사건들이 연이어 벌어지면서 생겨난 일이라고 결론짓고 말았을 것이다. 단 한 사람이, 그것도 금고를 부수고 말겠다는 강도범처럼 지극히 외골수적인 생각 하나로 5천만 명의 신뢰를 갖고 농간을 부린다는 게 나로선 도무지 상상이 가지 않았다.

"어쩌다 그런 짓을 했답니까?"

잠시 후 나는 묻지 않을 수 없었다.

"기회를 포착한 거죠."

"그런데도 감옥에 안 갔습니까?"

"안 잡혔으니까요, 친구. 보통 영악한 사람이 아닙니다."

나는 밥값을 내겠다고 고집을 부렸다. 웨이터가 잔돈을 가져왔을 때 북적대는 식당 저쪽에서 톰 뷰캐넌의 모습이 눈에 들어왔다.

"잠깐 함께 가시죠. 인사를 나눌 사람이 있습니다."

내가 말했다.

우리를 보자 톰은 자리에서 벌떡 일어나 우리 쪽으로 대여섯 걸음 다가왔다.

"그동안 어디 있었나?"

그는 진짜 궁금했던 사람처럼 물었다.

"데이지가 전화 한 통 없다고 화가 단단히 났네."

"이쪽은 개츠비 씨 그리고 여긴 뷰캐넌 씨입니다."

두 사람은 짧게 악수를 나눴다. 그 순간 개츠비의 얼굴에 긴장하고 당황한 것 같은 낯선 표정이 떠올랐다.

"그건 그렇고 그동안 어떻게 지냈나? 이 먼 데까지 점심을 다 먹으러 오고. 대체 무슨 일이야?"

톰은 내게 따지듯이 물었다.

"개츠비 씨와 점심을 함께하고 있었어."

나는 이 말을 하곤 개츠비 쪽으로 돌아섰지만 그는 이미 자리를 뜬 뒤였다.

1917년 10월의 어느 날이었죠.

(그날 오후 조던 베이커는 플라자 호텔 티가든의 등받이가 곧게 선 의자에 앉아 허리를 꼿꼿이 세우고 말했다.)

어디 좀 들렀다가 다른 데로 가던 길이었어요. 인도와 잔디밭을 번갈아 드나들며 걸었는데, 풀밭 쪽을 걷는 게 기분이 훨씬 좋았어요. 마침 영국에서 새로 사 온 신발을 신고 있었는데 밑창에 고무로 만든 징이 달려서 폭신한 바닥에 닿으면 콕콕 박히는 재미가 있었거든요. 바람이 불자 새로 산 타탄 무늬 스커트 자락이 살랑거렸죠. 그런데 집집마다 내건 빨갛고 하얗고 파란 현수막들도 같이 바람에 팽팽하게 당겨지면서 타닥타닥 소리를 내는 거예요. 꼭 투덜거리는 것처럼 말이에요.

그중에서 가장 큰 현수막과 잔디밭이 있는 집이 바로 데이지 페이 집이었어요. 그때 데이지는 나보다 두 살 위인 열여덟 살이었는데 루이빌에 사는 아가씨들 가운데 인기가 최고로 많았어요. 하얀 원피스 차림으로 흰색 소형 로드스터(지붕이 없고 좌석이 두 개인 자동차—옮긴이)를 몰고 다녔죠. 데이지 집은 온종일 전화벨 소리가 끊기지 않았어요. 몸이 잔뜩 달아오른 캠프 테일러의 젊은 장교들이 밤만 되면 서로 데이지를 차지할 기회를 얻으려고 아우성이었거든요. "그것도 안 되면 한 시간이라도 좋으니 만나만 주십시오!"라고 하면서요.

그날 아침 데이지 집 맞은편을 지나는데 경계석 옆에 흰색 로드스터가 세워져 있었어요. 데이지는 웬 낯선 장교와 차 안에 나란히 앉아 있었죠. 두 사람은 서로에게 완전히 넋이 나가서 내가 코앞을 지나는데도 전혀 알아차리지 못했어요.

"안녕, 조던. 이리 와볼래?"

그때 데이지가 갑자기 나를 보고 외치는 거예요.

데이지가 나한테 말을 걸다니 기분이 우쭐했죠. 내가 아는 여자 선배들 가운데 가장 괜찮다고 생각한 사람이었거든요. 데이지는 나더러 붕대를 만들러 적십자사에 갈 거냐고 물었어요. 그래서 갈 거라고 했죠.

"그렇구나. 그럼 그 사람들에게 오늘 나는 못 간다고 대신 말해줄래?"

차 안에 있던 장교가 그 말을 하는 데이지를 바라보는데, 정말이지 여자라면 누구나 한 번은 받아보고 싶은 눈길이었어요. 그 모습이 어쩌나 낭만적이던지 그 후로도 절대 잊을 수가 없었어요. 그 남자 이름이 제이 개츠비였는데 그 뒤로 사 년이 넘도록 보지 못했어요. 롱아일랜드에서 개츠비라는 사람을 만난 뒤에도 두 사람이 같은 사람인 줄 몰랐고요.

그때가 1917년이었어요. 난 그 이듬해까지 남자 친구들도 사귀고 시합에 참가하느라 데이지를 볼 기회가 별로 없었어요. 데이지는 자기보다 나이가 많은 사람들과 자주 어울렸어요. 사람들과 어울릴 땐 어쨌든요. 그때 데이지를 둘러싸고 이런저런 근거 없는 소문이 나돌았는데, 겨울밤에 가방을 싸서 뉴욕으로 가려다가 어머니에게 들켰다는 얘기도 있었죠. 해외로 파병 나가는 군인에게 작별 인사를 하러 가던 길이었대요. 하필 가족에게 들키는 바람에 주저앉고 말았는데 몇 주가 지나도록 가족들과 말도 하지 않았다고 했어요. 그 후로 데이지는 더 이상 군인을 만나지 않았어요. 그 대신 평발에 눈이 나쁜 동네 남자들하고만 어울려 다녔어요. 절대로 군대에 갈 일이 없는 남자들만 사귄 거죠.

이듬해 가을이 되자 데이지는 언제 그랬냐는 듯이 도로 명랑해졌어요. 휴전이 되자 곧바로 사교계에 정식으로 데뷔했고 2월쯤 뉴올리언스 출신 남자와 약혼했던 것 같아요. 그러다가 6월에 시카고 출신의 톰 뷰캐넌과 결혼했는데, 그 규모나 면모가 루이빌에선 한 번도 본 적이 없는 화려한 결혼식이었어요. 톰이 민영 열차 네 대를 동원해 엄청나게 많은 하객을 싣고 와서 뮬바크 호텔 한 층을 통째로 빌렸거든요. 게다가 결혼식 전날엔 데이지에게 35만 달러나 나가는 값비싼 진주 목걸이를 선물했고요.

난 데이지의 결혼식 들러리였어요. 결혼 피로연을 삼십 분 앞두고 방에 들어가 봤더니 데이지가 꽃처럼 화사한 드레스를 입고 마치 6월의 밤처럼 사랑스러운 모습으로 침대에 누워 있더군요. 그것도 술에 잔뜩 취해서 말이에요. 한 손에는 소테른(화이트 와인의 종류—옮긴이) 병을, 다른 한 손에는 편지 한 통을 쥐고 있었어요.

"나 좀 축하해줘."

데이지는 힘없이 중얼거렸어요.

"지금껏 한 번도 술을 마셔본 적이 없거든. 흠, 그런데 진짜 좋다."

"무슨 일이야, 데이지?"

솔직히 겁이 났어요. 그렇게 취한 여자는 한 번도 본 적이 없었거든요.

"참, 이거."

데이지는 침대 맡에 놔둔 휴지통을 더듬더니 진주 한 꾸러미를 꺼냈어요.

"이거 아래층에 갖고 가서 아무나 자기 거라고 떠드는 사람에게 돌려줘. 그리고 거기 있는 사람들한테 데이지가 마음이 바뀌었다고 해. 이렇게 말하란 말이야. 데이지가 마음이 바뀌었답니다!"

그러더니 울기 시작하는데 도무지 그치지를 않는 거예요. 난 얼른 나가서 데이지 어머니의 하녀를 찾아 방으로 데려와 문을 잠그곤 함께 데이지를 차가운 욕조에 집어넣었어요. 그때까지도 데이지는 손에 쥔 편지를 놓지 않았어요. 욕조까지 갖고 들어가선 꼭꼭 뭉쳐서 젖은 공으로 만들더군요. 그리고 나중에 눈처럼 조각조각 흩어져 내리는 걸 보고서야 나더러 비누 곽에 버리라고 했어요.

그게 다였고, 데이지는 아무 말도 하지 않았어요. 우리는 먼저 탄산암모늄으로 데이지를 정신 차리게 한 다음 이마에 얼음을 올려놓고 다시 드레스를 입혔어요. 삼십 분 뒤 방을 나섰을 때 진주 목걸이는 데이지의 목에 걸려 있었고 사태는 그렇게 마무리되었죠. 그리고 이튿날 다섯 시에 데이지는 언제 그랬냐는 듯 태연하게 톰 뷰캐넌과 결혼했고 남태평양으로 석 달간 신혼여행을 떠났어요.

두 사람이 신혼여행에서 돌아왔을 때 샌타바버라에서 본 적이 있는데 남편한테 그렇게 푹 빠진 여자는 처음 본 것 같아요. 톰이 잠시라도 방을 나가면 불안하게 사방을 둘러보며 "이 사람이 어디 갔지?" 하고 불안해할 정도였으니까요. 그러고는 톰이 방으로 들어설 때까지 완전히 넋 나간 얼굴로 있었어요. 데이지는 남편을 무릎에 뉜 채로 모래사장에 한 시간씩 앉아 있곤 했어요. 손으로 남편 눈가를 쓰다듬고, 가늠조차 할 수 없는 황홀한 표정으로 바라보면서요. 보는 사람이 절로 숨을 죽이고 넋 나간 미소를 터뜨릴 만큼 감동적인 모습이었죠. 그때가 8월이었어요. 내가 샌타바버라를 떠나고 일주일 뒤에 톰은 밤에 차를 끌고 나갔다가 벤투라의 도로에서 짐차를 들이받는 교통사고를 냈고, 그 바람에 타고 있던 차의 앞바퀴 하나가 떨어져 나갔죠. 톰의 차에 같이 탔던 여자도 물론 조서에 기록되었고요. 사고로 팔이 부러졌거든요. 그 여잔 샌타바버라 호텔의 객실 청소부였어요.

이듬해 4월에 데이지는 딸을 낳았고 세 사람은 프랑스로 가서 일 년을 지냈어요. 어느 해 봄인가는 칸에서 봤고, 나중엔 도빌에서도 만난 적이 있어요. 그러다가 시카고로 돌아와 정착한 거죠. 데이지는 시카고에서 인기가 많았고 두 사람이 가는 곳엔 늘 사람이 들끓었어요. 하나같이 젊고 부유하고 방탕한 사람들이었죠. 하지만 그 속에서도 데이지의 평판은 흠 잡을 데 없이 완벽했어요. 술을 마시지 않아서 그랬을 거예요. 술을 물처럼 마시는 사람들 틈에서 술을 안 마시면 이점이 많거든요. 무엇보다 입 다물고 있어도 되고, 게다가 사소한 잘못이나 실수를 저지르더라도 남들이 취해서 보지 못할뿐더러 뭐가 뭔지 모르고 신경도 쓰지 않기 때문에 수습할 시간이 있거든요. 내가 알기로 데이지는 딴 남자에게 한눈을 판 적이 없어요. 그런데도 데이지의 목소리엔 뭔가 묘한 분위기가 있어요……

그런데 한 달 반 전에 데이지가 몇 년 만에 개츠비라는 이름을 들은 거예요. 기억나요? 내가 당신한테 웨스트에그에 사는 개츠비를 아느냐고 물었던 일? 그날 당신이 돌아간 다음 데이지가 방으로 찾아와서 나를 깨우며 묻더군요.

"어떤 개츠비?"

그래서 반쯤 잠이 든 채 그 사람 얘기를 해줬더니 한 번도 못 들어본 낯선 목소리로 그러더군요. 자기가 알던 남자가 틀림없다고. 그제야 나도 이 개츠비란 남자와 데이지의 흰색 자동차에 타고 있던 장교가 같은 사람인 줄 알게 됐어요.

조던 베이커가 모든 이야기를 마친 것은 우리 두 사람이 플라자 호텔을 떠나고 삼십 분이 지났을 때였다. 우리가 탄

마차는 센트럴파크를 지나고 있었다. 해는 영화배우들이 모여 사는 서쪽 50번가의 고층 아파트 뒤로 이미 기울었고, 귀뚜라미들처럼 풀밭 위에 옹기종기 모여 있는 아이들의 맑은 음성이 뜨거운 석양을 가르며 솟구쳤다.

나는 아라비아의 족장
당신의 사랑은 내 것이라네.
당신이 잠든 밤이면
나는 당신의 집으로 살금살금 들어가서…….

"희한한 우연이군요."
내가 말했다.
"아뇨, 절대 우연이 아니에요."
"왜요?"
"개츠비가 그 집을 산 건 작은 바다를 사이에 두고 데이지와 마주 보고 싶어서였으니까요."
그렇다면 지난 6월의 그날 밤에 그가 간절히 응시하고 있던 것이 비단 하늘의 별만은 아니었다는 이야기였다. 공허하지만 당당한 어머니의 자궁에서 별안간 세상에 나온 아기를 보듯, 나는 그가 재미있어지기 시작했다.
조던은 말을 이어갔다.
"그 사람이 궁금한 건 먼저 당신이 언제쯤 그리고 오후 몇 시쯤 데이지를 집으로 초대할 건지, 자기를 과연 그 자리에 불러줄 건지 하는 거예요."

어려운 부탁이라는 것이 고작 그런 소박한 요구였다니, 나로선 충격이었다. 오 년이나 절치부심하면서 저택을 사들이고 지금껏 자기 집으로 무심코 날아드는 나방들에게 별빛을 나눠주며 지낸 이유가 단지 어느 날 오후 낯선 이의 정원에 '놀러 가기'위해서라니.

"겨우 그런 부탁을 하려고 나한테 모든 얘기를 털어놓을 필요가 있었을까요?"

"그 사람은 두려워하고 있어요. 기다림이 너무 길었으니까. 당신이 불쾌해하지 않을까 걱정했어요. 알고 보면 그 사람도 보통 남자예요."

나는 마음이 영 개운치 않았다.

"당신에게 만남을 주선해달라고 해도 됐을 텐데요."

"그 사람은 데이지한테 자기 집을 보여주고 싶어 해요. 그리고 당신 집은 바로 옆이고요."

그녀가 이유를 설명했다.

"아!"

조던의 이야기가 이어졌다.

"데이지가 한 번쯤은 자기 집에서 여는 파티에 올 줄 알았나 봐요. 그런데 한 번도 오지 않은 거죠. 그때부터 아무나 붙잡고 데이지라는 여자를 아느냐고 물었는데, 그 사람이 처음 찾아낸 사람이 바로 나였어요. 댄스파티가 있던 날, 사람을 보내서 나를 불러냈던 날이요. 개츠비가 얼마나 어렵게 그 얘기를 꺼냈는지 당신도 봤어야 해요. 물론 나야 당장 뉴욕에서 함께 오찬을 하자고 했죠. 그런데 진짜 난 그 사람이 미친 줄 알았어요. '경우에 어긋나는 일은 절대 하고 싶지 않습니다!'라는 말만 계속하는 거예요. '저는 데이지를 꼭 옆집에서 만나고 싶습니다.' 그래서 그랬죠, 당신이 톰과 가까운 친구라고. 그랬더니 포기하려고 하더군요. 그 사람은 톰에 대해선 거의 아무것도 몰라요. 몇 년 동안 시카고의 일간지를 구독하긴 했지만 순전히 데이지의 이름을 볼 수 있을까 하는 기대 때문이었죠."

어느새 주위가 어둑해졌다. 마차가 작은 다리 밑을 지날 즈음 나는 팔로 조던의 황금빛 어깨를 감싸고 가까이 끌어당기며 그녀에게 저녁을 같이하자고 제안했다. 어느새 데이지와 개츠비 생각은 완전히 사라졌다. 그 대신 내 머릿속은 깔끔하고 탄탄하고 편협하며 우주의 회의론과 절친한 여인, 정확히 내 팔이 그린 원 안에서 경쾌한 자세로 등을 기대고 있는 이 여인에 대한 생각으로 가득했다. 문득 구절 하나, 바로 "세상에는 쫓기는 자와 쫓는 자, 바쁜 자와 지친 자밖에 없다"라는 말이 격렬한 흥분을 불러일으키며 귓전을 두드리기 시작했다.

"그리고 데이지도 삶의 변화가 필요하긴 해요."

조던이 내게 중얼거리듯 말했다.

"데이지도 개츠비를 만나고 싶어 하나요?"

"데이지는 절대로 이 일을 알면 안 돼요. 개츠비는 데이지가 알기를 원치 않아요. 당신은 그저 차 마시러 오라고 데이지를 초대하기만 하면 돼요."

시커먼 나무 장벽을 지나자 59번가의 전면이, 섬세하고 창백한 빛을 띤 구역 하나가 마치 빛을 쏘듯 공원을 향해 불을 밝혔다. 개츠비나 톰 뷰캐넌에겐 얼굴을 분간할 수 없는, 어두운 처마와 눈부신 표지판을 따라 떠도는 여자가 있었지만 나는 아니었다. 나는 팔에 힘을 주고 곁에 있는 여인을 가까이 끌어당겼다. 그녀의 파리하고 냉소 가득한 입술이 미소를 머금는 게 보였다. 나는 그녀를 한 번 더 가까이 이번에는 내 얼굴까지 끌어당겼다.

5 장

그날 밤 웨스트에그로 돌아왔을 때 처음엔 내 집에 불이 난 줄 알고 가슴이 철렁했다. 새벽 두 시인데도 웨스트에그 반도의 한쪽 모퉁이 전체가 불빛으로 활활 타올랐다. 관목 숲에 내려앉은 비현실적인 불빛이 길가의 전선 위로 가늘 고 긴 반사광을 빚어냈다. 모퉁이를 돌아선 뒤에야 나는 그 불빛의 진원지가 개츠비의 집이라는 사실을 깨달았다. 첨 탑 꼭대기에서 지하실까지 불이 환하게 켜져 있었다.

처음엔 또 다른 파티가 열리고 있는 줄 알았다. 난리법석 도 모자라서 온 집 안을 개방하고 '숨바꼭질'이나 '술래잡기' 같은 놀이라도 벌이는 줄 알았다. 하지만 아무 소리도 들리 지 않았다. 들리는 거라곤 나무 사이를 지나는 바람 소리뿐 이었다. 바람이 전선을 흔들면서 불빛이 들어왔다 나갔다 하는데 마치 집이 어둠을 향해 윙크를 하는 듯한 착각이 들 었다. 택시가 요란한 소리를 내며 멀어지자 개츠비가 자기 집 잔디밭을 가로질러 다가왔다.

"만국박람회라도 열린 줄 알았습니다."

내가 먼저 말을 걸었다.

"그래요?"

그는 시선을 돌려 자기 집을 멍하니 바라봤다.

"집 안 이곳저곳을 좀 살펴보고 있었습니다. 어떻습니까, 친구. 나하고 같이 코니아일랜드(브루클린에 있는 놀이공원—옮긴이)에나 갈까요? 내 차로 갑시다."

"너무 늦었습니다."

"그럼 함께 수영장에 뛰어드는 건 어때요? 여름 내내 한 번도 들어가지 않았거든요."

"그만 자야 할 것 같아서요."

"그렇군요."

그는 치밀어오르는 궁금증을 가까스로 참고 나를 바라보며 잠시 머뭇거렸다.

"베이커 양에게 얘기 들었습니다. 내일 데이지한테 전화해서 집에서 차 한 잔 마시자고 할 겁니다."

잠시 후 나는 말했다.

"아, 안 그러셔도 됩니다. 폐를 끼치고 싶은 생각은 조금도 없습니다."

그는 태연하게 말했다.

"언제가 좋겠습니까?"

"당신은 언제가 좋습니까?"

그는 얼른 내 말을 고쳐 말했다.

"말했다시피 당신에게 조금도 폐를 끼치고 싶지 않아서

그럽니다."

"내일 모레는 어떻습니까?"

그는 잠시 생각에 잠기더니 머뭇거리며 대답했다.

"잔디를 손질하라고 해야겠습니다."

우리는 동시에 잔디밭을 내다봤다. 우리 집의 너덜너덜한 잔디밭이 끝나고 짙푸른 초록색으로 잘 가꾼 그의 드넓은 잔디밭이 시작되는 부분은 마치 칼로 자른 듯 뚜렷하게 구분되었다. 나는 방금 전에 그가 한 말이 우리 집 잔디밭을 두고 한 말일지도 모른다고 생각했다.

"별건 아닌데 부탁하고 싶은 게 한 가지 더 있습니다."

그는 애매하게 말하곤 다시 망설였다.

"왜요, 약속을 며칠 미룰까요?"

내가 물었다.

"아뇨, 그런 얘기가 아닙니다. 적어도……."

그는 어떻게 말문을 열어야 할지 몰라 밀을 더듬었다.

"그게, 내 생각엔…… 있잖습니까, 친구. 수입이 썩 좋지 않은 줄 압니다. 어떻습니까?"

"그저 그렇습니다."

내 대답에 자신을 얻었는지 그는 방금 전에 비해 자신 있게 말을 이었다.

"실례되는 소린 줄 알지만 왠지 그럴 것 같아서요……. 그게 내가 한쪽으로, 말하자면 일종의 부업으로 조그만 사업을 합니다. 그런데 당신의 수입이 그리 많지 않은 것 같아서……, 채권 영업을 하는 줄 아는데 맞습니까, 친구?"

"그럴 계획입니다."

"그럼 이 일에도 관심이 있겠군요. 시간도 별로 안 들고 제법 큰돈도 만질 수 있을 겁니다. 비밀리에 처리해야 하는 부분이 좀 있긴 합니다만."

이제 깨달았지만, 만약 다른 상황이었다면 그의 제안은 내 인생에서 중대한 위기가 되었을 것이다. 하지만 누가 봐도 그 제안은 자기가 받을 서비스에 대한 대가가 뻔했기에 나로선 그 자리에서 거절하는 것 외에 선택의 여지가 없었다.

"지금 하는 일만으로도 워낙 바빠서요. 말씀은 정말 감사하지만 지금은 다른 일을 할 여력이 없습니다."

나는 정중하게 대답했다.

"울프심과 엮일 일은 없을 겁니다."

이 말을 한 걸로 봐서 그는 울프심이 점심때 언급한 '사업적인 연관'이라는 말에 내가 지레 겁을 먹었다고 생각하는 게 틀림없었다. 나는 그건 오해라고 그를 안심시켰다. 개츠비는 좀 더 미적거리며 무슨 말이라도 해주길 바랐지만 내가 딴생각에 빠져 아무런 반응이 없자 마지못해 집으로 돌아갔다.

그날 밤은 머리도 가볍고 기분도 상쾌했다. 현관문을 들어서면서 바로 깊은 잠에 빠져들었던 것 같다. 그래서 개츠비가 코니아일랜드로 갔는지, 혹은 저속한 불빛으로 이글거리는 집에서 몇 시간이나 '집 안 이곳저곳을 살펴보고' 다녔는지 알지 못한다.

　이튿날 아침 나는 사무실에 출근한 뒤 데이지에게 전화를 걸어 함께 차나 마시자는 핑계를 대고 그녀를 집으로 불렀다.

　"톰은 데려오지 마."

　나는 그녀에게 미리 주의를 주었다.

　"누구요?"

　"톰은 데려오지 말라고."

　"아니, '톰'이 누군데요?"

　그녀는 순진하게 되물었다.

　우리가 만나기로 한 날은 비가 억수같이 쏟아졌다. 열한 시가 되자 비옷을 입은 남자가 잔디 고르는 기계를 끌고 현관문을 두드리더니 개츠비 씨 지시로 우리 집 잔디를 깎으러 왔다고 했다. 그제야 깜빡 잊고 집안일을 봐주는 핀란드 가정부에게 와달라는 부탁을 하지 않았다는 생각이 떠올랐다. 나는 부랴부랴 차를 몰고 웨스트에그 마을로 가서 허옇게 회칠이 된 질척질척한 골목길을 뒤져 그녀를 찾은 다음 컵이며 레몬, 꽃 등을 조금 샀다.

　결과적으로 꽃은 살 필요가 없었다. 두 시쯤 개츠비의 집에서 온실 한 채가 통째로 배달되었기 때문이다. 화초를 담을 화분까지 포함해서 실로 그 양이 어마어마했다. 한 시간 뒤 현관문이 조심스럽게 열리면서 개츠비가 안으로 급히 들어섰다. 흰 플란넬 양복과 은색 셔츠를 입고 목에는 황금색 넥타이를 매고 있었다. 얼굴은 창백했고 밤새 잠을 설친 듯 눈 밑이 시커멓게 그늘져 있었다.

"준비는 잘 되어가고 있습니까?"

그는 들어서자마자 물었다.

"혹시 잔디 얘기라면 괜찮은 것 같습니다."

"무슨 잔디요?"

그는 멍한 표정으로 물었다.

"아, 마당에 있는 잔디 말이군요."

그는 창밖으로 마당을 내다봤다. 하지만 딱히 뭘 보고 있는 표정은 아니었다.

"좋아 보이네요."

그는 힘없이 말했다.

"신문을 보니 비가 네 시쯤 그칠 거라고 하더군요. 〈더 저널 *The Journal*〉이었을 겁니다, 아마도. 필요한 준비는 다 하셨습니까? 그게, 그러니까 오늘 모임의 주제인…… 차를 마시기 위한 준비를 말하는 겁니다."

나는 그를 식료품 창고로 데려갔다. 그는 우리 집 가정부를 약간 마음에 안 든다는 눈길로 바라봤다. 우리는 식료품점에서 사온 레몬케이크 열두 개를 꼼꼼히 점검했다.

"이 정도면 될까요?"

내가 물었다.

"그럼요, 되고말고요! 이 정도면 훌륭합니다!"

그는 이렇게 말하곤 말끝에 공허하게 덧붙였다.

"……친구."

세 시 반쯤 되자 비는 축축한 안개 탓에 세력이 약해져 가느다란 빗방울이 안개 사이로 이따금 이슬처럼 떠다녔다. 개츠비는 초점 없는 눈으로 클레이의 《경제학》을 훑으면서 중간중간 주방 바닥을 울리는 핀란드 가정부의 육중한 발소리에 화들짝 놀라는 모습을 보이거나, 비록 보이진 않지만 바깥에서 놀라운 일이 벌어지기라도 한 듯 때때로 침침한 창밖을 응시하곤 했다. 이윽고 그는 일어서서 확신 없는 목소리로 집에 돌아가겠다고 말했다.

"왜요?"

"차 마시러 오는 사람이 아무도 없군요. 너무 늦었습니다!"

그러더니 그는 달리 해야 할 일이 있는 사람처럼 손목시계를 들여다봤다.

"온종일 이렇게 기다릴 순 없습니다."

"바보처럼 굴지 마세요. 이제 겨우 네 시 이 분 전이에요."

강요에 못 이긴 듯 그가 참담한 표정으로 다시 자리에 앉는 순간 자동차가 집 앞 길로 들어서는 소리가 들렸다. 우리는 크게 놀란 듯 동시에 벌떡 일어섰다. 나는 약간 난처한 심정이 되어 마당으로 나갔다.

빗물이 뚝뚝 떨어지는 헐벗은 라일락나무들 밑으로 커다란 오픈카 한 대가 진입로를 따라 올라왔다. 차는 곧 멈추었다. 세모꼴 모양의 라벤더색 모자 아래에서 데이지가 고개를 살짝 튼 채 밝고 황홀한 미소로 나를 내다봤다.

"여기가 분명 내 사랑하는 오빠가 사는 곳이겠죠?"

데이지의 목소리에 담긴 경쾌한 일렁임은 빗속의 천연 탄산수와도 같았다. 나는 아무 말도 하지 못하고 잠시 그 목소리를, 그 오르내림을 그저 귀로 따라갈 수밖에 없었다. 파란 물감을 한 번 획 칠한 듯 머리칼 한 가닥이 축축이 젖은 채 그녀의 뺨에 달라붙어 있었고, 차에서 내리면서 도와달라고 내민 손은 반짝이는 빗방울들로 반들거렸다.

"오빠, 혹시 나 좋아해요? 아니면 왜 나더러 혼자 오라고 했을까?"

그녀는 내 귀에다 나지막이 속삭였다.

"그건 《래크렌트 성》(마리아 에지워스의 19세기 소설—옮긴이)의 비밀이야. 운전기사더러 멀리 가서 한 시간쯤 시간을 보내다가 오라고 해."

"퍼디, 한 시간 뒤에 데리러 와요."

이 말을 하곤 그녀는 근엄하게 중얼거렸다.

"퍼디가 저 사람 이름이에요."

"코가 이상하군. 휘발유 때문인가?"

"그건 아닐 거예요. 왜요?"

그녀는 순진하게 물었다.

우리는 안으로 들어갔다. 하지만 거실은 텅 비어 있었다.

"이런, 이상하군."

나는 소리쳤다.

"뭐가 이상해요?"

현관문 밖에서 가볍지만 기품이 느껴지는 노크 소리가 들리자 데이지는 고개를 돌렸다. 나는 나가서 문을 열었다. 죽은 사람처럼 얼굴이 창백한 개츠비가 두 손을 무거운 추처럼 코트 주머니에 꽂은 채 비참한 눈으로 내 눈을 노려보며 물웅덩이에 발을 딛고 서 있었다.

그는 주머니에서 여전히 두 손을 빼지 않은 채 뒤를 밟듯이 나를 따라 홀 안으로 들어서더니 줄에 매달린 인형처럼 방향을 홱 틀어 거실로 사라졌다. 그 모습이 우스울 법도 했지만 나는 하나도 우습지 않았다. 거세지는 빗줄기를 막으려고 현관문을 잡아당기는데 내 가슴이 쿵쾅쿵쾅 뛰는 소리가 들렸다.

잠깐은 정말 아무 소리도 나지 않았다. 잠시 후 숨죽여 말하는 듯 중얼거리는 목소리와 약간의 웃음소리가 들리더니 뒤이어 애써 꾸며낸 듯한 데이지의 목소리가 들렸다.

"당신을 다시 만나게 돼서 정말 말할 수 없이 기뻐요."

침묵이 찾아왔다. 침묵은 끔찍하게 이어졌다. 나는 홀에서 달리 할 일도 없어 두 사람이 있는 거실로 들어갔다.

개츠비는 여전히 두 손을 주머니에 찌른 채 완벽한 편안함을 가장하며 벽난로 위 선반에 기대서 있었는데 심지어 권태로운 표정까지 짓고 있었다. 또한 선반 위에 놓인 수명을 다한 시계와 거의 맞닿을 만큼 고개를 뒤로 젖히고 있었다. 그런 자세로 그는 넋이 나간 듯 멍한 눈으로 데이지를,

겁에 질렸으면서도 여전히 우아함을 잃지 않고 딱딱한 의자 끝에 앉아 있는 그녀를 빤히 내려다봤다.

"맞아요, 우린 예전에도 만난 적이 있죠."

개츠비는 중얼거리듯 말했다.

그는 순간적으로 나를 흘깃 바라봤는데 웃으려다 만 듯 입이 살짝 벌어져 있었다. 다행히 그때 선반 위의 시계가 기다렸다는 듯 그의 머리 무게를 못 이기고 아슬아슬하게 기울어졌다. 그는 얼른 돌아서서 떨리는 손으로 시계를 붙잡아 원래 자리로 돌려놓았다. 그러고는 딱딱하게 굳은 자세로 소파에 앉아 팔걸이에 팔꿈치를 올리고 턱을 감싸 쥐었다.

"하마터면 시계를 떨어뜨릴 뻔했군요. 미안합니다."

그가 말했다.

나는 벌써부터 불에 덴 것처럼 얼굴이 시뻘겋게 달아올라 있었다. 수천 가지 말이 머릿속을 맴돌았지만 내뱉을 엄두가 나지 않아 시답잖은 말조차 입 밖에 꺼낼 수가 없었다.

"어차피 낡은 시계라 괜찮습니다."

나는 두 사람을 보며 바보같이 말했다.

생각해보니 셋 다 잠깐이었지만 그 시계가 실제로 마룻바닥에 떨어져 산산조각이 났다고 믿었던 것 같다.

"정말 오랜만이네요."

데이지가 지극히 현실적인 목소리로 말했다.

"이번 11월이면 만 오 년이 되죠."

자동 장치라도 달아놓은 것처럼 개츠비의 입에서 튀어나

온 대답에 우리는 잠깐 동안 아무 말도 하지 못했다. 나는 생각다 못해 주방에서 차를 준비해야 하니 좀 도와달라는 핑계를 대고 간신히 두 사람을 자리에서 일어나게 했다. 하필 그때 마귀 같은 핀란드 가정부가 쟁반에 차를 담아 거실로 들고 들어왔다.

손님을 맞는 자리다 보니 컵이며 케이크 등을 권하고 받고 하는 사이에 분위기는 저절로 안정되었다. 데이지와 내가 이야기를 나누는 동안 개츠비는 마치 그림자처럼 강렬하고도 불행한 눈빛으로 우리 둘을 열심히 바라봤다. 그러나 이 자리의 목적이 평온한 분위기를 즐기려는 것은 아니었기에 나는 이때다 싶은 순간에 자리에서 일어섰다.

"어딜 가십니까?"

개츠비가 깜짝 놀라며 물었다.

"다시 올 겁니다."

"가시기 전에 드릴 말씀이 있는데요."

개츠비는 나를 따라 허둥대며 주방으로 들어와선 문을 닫고 비참한 목소리로 "아, 맙소사!"라고 속삭였다.

"왜요, 무슨 일입니까?"

"이건 끔찍한 실수예요."

그는 고개를 절레절레 흔들며 말했다.

"끔찍한, 끔찍한 실수입니다."

"그냥 당황한 것뿐이에요."

다행히 나는 그 말끝에 이렇게 덧붙였다.

"당황하긴 데이지도 마찬가집니다."

"데이지가 당황했다고요?"

그는 믿을 수 없다는 듯 되물었다.

"더도 덜도 말고 딱 당신만큼요."

"제발 목소리 좀 낮추세요."

"당신은 지금 어린아이처럼 굴고 있어요. 게다가 무례까지 범하고 있소. 데이지는 지금 저기에 혼자 있어요."

나는 참다못해 말했다.

개츠비는 내 말을 막으려는 듯 손을 들더니 결코 잊을 수 없는 원망스러운 눈빛으로 나를 바라봤다. 그러고는 조심스레 문을 열고 거실로 돌아갔다.

삼십 분 전 긴장감을 못 이기고 집 밖으로 뛰쳐나간 개츠비처럼 나 또한 뒷문으로 나가 시커먼 옹이가 박힌 큰 나무로 달려갔다. 군데군데 뭉텅이를 이룬 나뭇잎들이 덮개가 되어 비를 가려주었다. 비가 또다시 세차게 쏟아지기 시작했다. 들쭉날쭉 자란 잔디는 개츠비의 정원사가 정성껏 손질했는데도 곳곳에 작은 진흙 구덩이가 보였고 언제 생겼는지 알 수 없는 습지로 뒤덮여 있었다. 나무 밑에서 보이는 풍경이라곤 오직 개츠비의 어마어마한 저택뿐이었다. 나는 교회 첨탑을 응시하는 칸트(임마누엘 칸트는 생각에 잠길 때면 교회 첨탑을 응시하는 버릇이 있었다—옮긴이)처럼 개츠비의 집을 삼십 분 동안 물끄러미 바라봤다. 십 년 전 어느 양조업자가 유행에 맞춰 발 빠르게 그 집을 지었다고 한다. 소문에 따르면 그 집 주인은 이웃 농가의 모든 주민에게 초가지붕을 얹으면 오 년 치 세금을 대신 내주겠다고 제안했다. 그러나 그 제안이 거절당하자 일가를 세우려던 그의 구상도 뿌리째 무산되었고, 그 이후 그의 건강도 급격히 악화되었다. 그의 자식들은 검정색 장례식 화환을 문에서 떼기도 전에 그 집을 팔아버렸다. 미국인들은 어쩌다 농노가 되는 건 마다하지 않아도 소작농으로 사는 것은 완강하게 거부하는 사람들이다.

삼십 분 뒤 다시 해가 비추자 식료품점의 차량이 하인들의 저녁 식재료를 싣고 개츠비의 집 진입로로 들어서는 게 보였다. 나는 개츠비가 그 재료로 만든 음식을 입에도 대지 않으리라고 확신했다. 가정부가 위층 창문들을 열기 시작했다. 창문마다 잠깐씩 모습을 비추던 그녀는 큼지막한 가운데 내닫이창으로 몸을 내밀더니 생각에 잠긴 얼굴로 정원을 향해 침을 퉤 뱉었다. 돌아가야 할 시간이었다. 비가 쏟아질 땐 두 사람의 속삭임이 감정의 분출과 함께 간간이 솟구치고 팽창하는 듯했다면, 막상 낯선 고요함 속에 있으니 그 고요가 집 안마저 잠식해버린 것 같았다.

나는 스토브를 넘어뜨리는 한 가지 행동만 빼곤 주방에서 낼 수 있는 온갖 소리를 내며 안으로 들어갔다. 하지만 두 사람 귀엔 아무 소리도 들리지 않았던 듯하다. 두 사람은 긴 소파 양 끝에 앉아서 마치 둘 중 한 사람이 뭔가를 물어본 듯이, 아니면 막 물어보고 있었던 듯이 서로를 바라보고 있었다. 좀 전의 당황한 흔적은 어디에서도 찾아볼 수 없었다. 데이지의 얼굴은 눈물로 얼룩져 있었다. 내가 거실로 들어서자 그녀는 얼른 일어나 거울로 다가가서 손수건으로 눈물 자국을 닦기 시작했다. 하지만 개츠비에게 일어난 변화는 실로 어리둥절할 정도였다. 그는 말 그대로 생기가 넘쳤다. 말 한마디도 기쁨에 겨운 몸짓 하나도 없었지만 그에게서 뿜어져 나온 신선한 행복감은 작은 거실을 가득 채울 정도였다.

"오, 어서 와요, 친구."

그는 오랫동안 보지 못한 사람처럼 내게 말을 건넸다. 나는 그가 정말로 나와 악수라도 하려는 줄 알았다.

"비가 그쳤는데요."

"그래요?"

그제야 내 말의 의미를, 다시 말해 반짝반짝하는 햇살의 종소리가 거실 안에 울려 퍼지고 있음을 깨달은 그는 기상통보관이라도 된 양, 반복되는 햇살의 열렬한 홍보대사라도 된 양 미소를 지으며 데이지에게 같은 소식을 전했다.

"어떻게 생각해? 비가 멈췄다는군."

"기뻐요, 제이."

비탄에 젖고 아픔이 가득한 데이지의 아름다운 목소리에선 오직 예상치 못한 기쁨만이 느껴질 뿐이었다.

"당신과 데이지, 둘 다 우리 집으로 갑시다. 데이지한테 집 구경을 시켜주고 싶군요."

그가 말했다.

"나도 함께 가자는 말씀인가요?"

"물론입니다, 친구."

데이지는 세수를 한다며 위층으로 올라갔다. 그제야 나는 욕실에 걸린 누더기 같은 수건이 떠올라 낯이 화끈거렸지만 쫓아갈 수도 없는 노릇이었다. 개츠비와 나는 잔디밭에서 그녀를 기다렸다.

"우리 집이 무척 근사해 보이죠? 집 앞이 온통 햇살로 가득하군요."

그가 물었다.

나는 그렇다고 고개를 끄덕이며 맞장구를 쳐주었다.

그는 눈으로 자기 집 전체를, 아치 모양의 문 하나하나와 정사각형 모양의 탑 하나하나까지 점검했다.

"그러니까요. 저 집을 사는 데 드는 비용을 겨우 삼 년 만에 벌었습니다."

"물려받은 재산이 있는 줄 알았는데요."

"물론 있었죠, 친구."

그는 자동적으로 대답했다.

"하나 엄청난 공황을 겪으면서 대부분 잃었습니다. 전쟁이라는 공황이죠."

가만 보면 개츠비는 자신이 무슨 말을 하는지 모르고 있었던 것 같다. 내가 무슨 일을 하느냐고 물었을 때 그는 분명 "그건 내 일입니다"라고 했다가 자신의 대답이 얼토당토

않다는 것을 나중에야 깨달은 눈치였다.

그는 고쳐 말했다.

"아, 이런저런 일을 합니다. 약국(드러그스토어의 시초로 약품 외에 화장품 등 다른 품목도 판매함—옮긴이) 관련업도 해보고 석유 관련업도 해봤죠. 하지만 지금은 아닙니다."

그는 좀 더 관심 있는 표정으로 나를 바라봤다.

"그 말은 내가 간밤에 했던 제안을 생각해봤다는 뜻인가요?"

내가 막 대답을 하려는데 데이지가 밖으로 나왔다. 그녀의 드레스에 두 줄로 달린 놋쇠 단추가 햇빛을 받아 희미하게 반짝였다.

"저기 저 어마어마하게 큰 집이 당신 집이에요?"

그녀가 손으로 가리키면서 외쳤다.

"마음에 들어?"

"그럼요. 하지만 저처럼 큰 저택에서 어떻게 당신 혼자 사는지 모르겠어요."

"그 대신 흥미로운 사람들로 늘 집 안을 가득 채우거든, 그것도 밤낮으로. 흥미로운 분야에 몸담고 있는 분들이야. 이른바 유명 인사들이지."

우리는 바닷가에 난 지름길 대신 찻길로 내려가 커다란 뒷문으로 들어갔다. 데이지는 하늘을 등지고 선 봉건시대풍의 저택을 요모조모 살피며 고혹적인 속삭임으로 감탄사를 연발했고 그의 정원에도 찬사를 아끼지 않았다. 노란 수

선화에선 톡 쏘는 향기가, 산사나무와 매화나무에선 은은한 향기가, 삼색제비꽃에선 연한 금빛 향기가 난다고 했다. 대리석으로 만든 계단에 다다르자 왠지 기분이 이상했다. 늘 현관문을 휘저으며 들고 나던 환한 드레스 자락들은 다 어디로 가고 나무에서 새들의 노랫소리만 들릴 뿐 사방이 조용했다.

이상한 기분은 집 안으로 들어가 마리 앙투아네트식으로 꾸민 음악실과 영국의 왕정복고풍으로 지은 응접실들을 둘러볼 때도 마찬가지였다. 마치 손님들이 우리가 다 지나갈 때까지 숨소리도 내지 말고 잠자코 있으라는 주인의 지시에 따라 소파며 탁자 뒤에 숨어 있을 것만 같았다. 개츠비가 '머턴 대학 도서관'의 문을 닫았을 때는 실제로 올빼미 안경을 쓴 중년 남자의 해괴한 웃음소리가 들리는 착각에 빠졌다.

우리는 위층으로 올라가 먼저 장밋빛과 라벤더색 싱크와 싱싱한 꽃으로 생기 있게 장식한, 제각각 시대적 특징을 담아 꾸민 침실들을 죽 둘러본 다음 분장실 겸 옷방과 도박장, 바닥을 깊이 판 욕조를 갖춘 욕실 들을 둘러봤다. 무심코 들어선 방에서 파자마를 입은 웬 꾀죄죄한 남자가 바닥에서 체조를 하고 있었다. 이 집에서 '하숙생'으로 통하는 클립스프링어였다. 그날 아침에도 나는 굶주린 채 해변을 헤매고 있던 그를 봤다. 마침내 우리는 개츠비의 거처로 들어섰다. 그곳은 침실과 욕실 그리고 애덤식 서재(스코틀랜드 출신 건축

가이자 디자이너인 로버트 애덤과 제임스 애덤의 전통적인 스타일을 따른 서재—옮긴이)로 이루어졌다. 우리는 거기에 자리를 잡고 앉아 개츠비가 장식장에서 꺼내온 샤르트뢰즈를 한 잔씩 마셨다.

개츠비는 데이지한테서 잠시도 눈을 떼지 않았다. 어쩌면 사랑스럽기 그지없는 그녀의 눈빛이 어떤 반응을 보이느냐에 따라 자신이 소유한 집기의 가치를 모조리 새로 평가하고 있었는지도 모른다. 그는 자신의 소유품들을 이따금 멍한 눈으로 물끄러미 바라보았다. 믿기지 않지만 그녀가 눈앞에 실제로 존재하는 한 이 세상 그 무엇도 더는 진짜가 될 수 없다는 표정이었다. 심지어 계단에서 넘어질 뻔하기도 했다.

개츠비의 침실은 이 집에서 가장 소박했다. 딱 한 군데 순금으로 만든 화장용구 한 벌이 놓인 화장대만 예외였다. 데이지가 반가운 표정을 지으며 화장대에 놓인 솔빗을 집어 머리를 매만지자 개츠비는 자리에 앉아 손으로 눈을 가린 채 큰 소리로 웃기 시작했다.

"참 희한한 일입니다, 친구. 안 돼요, 아무리 애를 써도……."

그가 잔뜩 들떠서 말했다.

개츠비는 분명 두 단계를 지나고 막 세 번째 단계로 접어들고 있었다. 당황스러움과 터무니없는 환희를 거쳐 이제는 데이지가 눈앞에 있다는 경이로움에 완전히 빠져 있었다. 그는 기나긴 시간을 그녀를 만나겠다는 일념에 사로잡혀 지냈다. 그리고 끝을 볼 때까지 절대 그 꿈을 포기하지 않겠다는, 상상을 초월한 엄청난 집념 하나로 이를 악물고 이 순간을 기다렸다. 그런데 이제는 그에 대한 반작용으로 태엽을 지나치게 감은 시계처럼 온몸의 힘이 빠르게 풀려가고 있었다.

개츠비는 얼른 정신을 차리곤 보기만 해도 주눅이 들 만큼 거대한 규모의 명품 옷장을 우리 앞에 열어 보였다. 그 안에는 수많은 정장과 실내복, 넥타이 그리고 셔츠가 겹겹이 쌓여 있었다. 그런데 그 모습이 언뜻 벽돌 열 장 가량을 쌓아놓은 듯했다.

"영국에서 지인이 사서 보내준 옷들입니다. 계절의 변화에 맞춰서 봄가을로 엄선한 옷들을 보내주죠."

그러더니 셔츠 한 다발을 꺼내 우리 앞에 하나하나 던지기 시작했다. 그의 손을 떠난 얇은 리넨 셔츠며 두툼한 실크 셔츠, 고급 플란넬 셔츠 들은 서서히 접힌 자국이 펴지면서 색색으로 탁자를 뒤덮었다. 데이지와 내가 감탄하는 눈으로 그 모습을 바라보자 그는 더 많은 셔츠를 가져왔다. 이내 탁자 위엔 부드러운 촉감의 값비싼 셔츠가 점점 높이 쌓여갔다. 산호색과 밝은 녹황색과 라벤더색과 옅은 오렌지색의 줄무늬 셔츠를 비롯해서 소용돌이무늬 셔츠와 격자무늬 셔츠 그리고 이름 첫 글자를 새긴 남색 셔츠까지 말이다. 그 순간 갑자기 데이지가 절박한 신음을 내뱉더니 셔츠 더미에 얼굴을 파묻고 격렬히 흐느끼기 시작했다.

"세상에 이렇게 아름다운 셔츠들이 있군요."

흐느끼면서 흘러나오는 그녀의 목소리는 두툼한 셔츠 더미에 파묻혀 잘 들리지 않았다.

"그냥 마음이 아파요. 예전에는 한 번도 이렇게, 이렇게 아름다운 셔츠들을 본 적이 없거든요."

원래는 집 안을 다 둘러본 다음 정원과 마당과 수영장을 구경하고 나서 마지막으로 수상비행기와 한창 만발한 여름철 꽃밭을 돌아볼 예정이었다. 하지만 창밖엔 다시 비가 내리기 시작했고, 결국 우리는 개츠비의 방에 나란히 서서 물결치는 바다를 바라봤다.

"물안개만 피어오르지 않았다면 바다 건너에 있는 당신 집이 보였을 텐데. 당신 집 선창머리엔 늘 초록색 불이 켜져서 밤새도록 꺼지지 않더군."

개츠비가 말했다.

그때 데이지가 갑자기 그의 팔짱을 꼈다. 그러나 정작 그는 자신이 한 말에 도취되어 있는 듯했다. 어쩌면 그 빛이 지니고 있었던 막대한 중요성이 영영 사라져버렸다는 생각을 하고 있었는지도 모른다. 그동안 그와 데이지를 갈라놓았던 엄청난 거리에 비하면 그 불빛이 그녀에게 아주 가깝게, 마치 별과 달의 거리만큼 닿을락 말락 하게 여겨졌을 수도 있다. 이제 그 불빛은 다시 선창 위의 초록색 등으로 돌아갔고, 그로써 그를 매료시켰던 사물의 숫자가 하나 줄어

들었을 것이다.

나는 그의 방을 돌아다니며 흐릿한 어둠 속에 잠겨서 뭐가 뭔지 잘 구분이 가지 않는 갖가지 물건을 찬찬히 살펴봤다. 책상 위쪽 벽에 걸린, 요트 경주용 복장을 한 노인의 큼지막한 사진이 유독 내 눈길을 사로잡았다.

"저분은 누굽니까?"

"그분요? 댄 코디 씨입니다, 친구."

얼핏 귀에 익은 이름 같았다.

"지금은 고인이 되었죠. 오래전 나와 막역한 사이였습니다."

서랍장 위 역시 요트 경주용 복장을 한 개츠비의 작은 사진이 놓여 있었다. 반항아처럼 고개를 뒤로 젖히고 찍었는데 대충 열여덟 살쯤 되어 보였다.

"이 사진 정말 멋져요."

데이지가 외쳤다.

"뒤로 빗어 넘긴 머리 좀 봐! 이런 머리를 했다는 얘기는 나한테 한 번도 안 했잖아요. 요트를 탔다는 얘기도 그렇고."

"이것 좀 봐."

개츠비는 얼른 다른 데로 관심을 돌렸다.

"이 많은 게 전부 당신에 대한 기사야. 내가 직접 오려서 보관해뒀어."

두 사람은 나란히 서서 그가 말한 스크랩북을 자세히 들여다봤다. 내가 그간 모은 루비를 구경시켜달라고 막 부탁하려던 참에 전화벨이 울렸다. 개츠비는 수화기를 집어 들었다.

"네……, 글쎄 지금은 말하기가 곤란해서……. 지금은 안 돼요, 친구……. 내가 '작은' 도시라고 했을 텐데……. 작은 도시가 뭘 말하는지 정도는 알아들어야……. 글쎄요, 디트로이트를 두고 작은 도시라고 생각하는 사람이라면 쓸모가 있겠습니까……."

그는 전화를 끊었다.

"이리 와봐요, 얼른요!"

데이지가 창가에서 소리쳤다.

비는 여전히 내리고 있었지만 어둠은 어느새 서쪽 하늘을 갈라놓았고, 그 사이로 분홍색과 황금색이 뒤섞인 물결 구름이 흡사 거품처럼 바다 위에 떠 있었다.

"저 구름 좀 봐요."

그녀는 짧게 속삭이더니 잠시 후 이렇게 말했다.

"저 분홍색 구름 하나만 가져다가 당신을 그 안에 태우고 빙글빙글 돌리고 싶어요."

나는 그 자리를 떠나겠다고 말했지만 두 사람은 들은 척도 하지 않았다. 어쩌면 내가 있어서 두 사람이 훨씬 더 호젓함을 만끽할 수 있었는지도 모른다.

"이제부터 할 일이 있습니다. 클립스프링어가 우리를 위해 피아노 연주를 해줄 겁니다."

개츠비가 말했다.

그는 "유잉!" 하고 외치며 방을 나갔고 몇 분 뒤 당황한 표정의 수척한 청년을 데리고 돌아왔다. 청년은 뿔테 안경을 쓰고 있었으며 금발머리는 숱이 별로 없었다. 그는 목 부위가 트인 스포츠 셔츠와 연한 색 면바지를 단정하게 차려입고 있었다.

"우리가 운동하시는 걸 방해했나 봐요?"

데이지가 정중하게 물었다.

"자고 있었습니다."

클립스프링어는 당황한 나머지 경기를 일으키며 외쳤다.

"제 말은, 그러니까 그전에 잠이 들었다는 말입니다. 그랬다가 일어나서……."

"클립스프링어는 피아니스트입니다."

개츠비가 그의 말을 자르고 말했다.

"안 그런가, 유잉?"

"잘 치는 편은 아닙니다. 실은 요즘 거의 치지를 않아서요. 연습도 전혀 안 해서……."

"자, 아래층으로 내려갑시다."

개츠비가 도중에 끼어들었다. 그는 스위치를 올렸다. 환한 불빛이 집 안을 눈부시게 채우자 잿빛 창문들이 하나둘 자취를 감췄다.

개츠비는 음악실에 들어서자 피아노 옆에 있던 하나밖에 없는 전등을 켰다. 그러고는 떨리는 손으로 성냥불을 켜서 데이지의 담배에 불을 붙여준 다음 멀찌감치 놓인 소파에 그녀와 나란히 앉았다. 두 사람이 앉은 자리는 홀에서 반사된 빛이 바닥을 은은히 비출 뿐 대체로 어두웠다.

클립스프링어는 〈사랑의 둥지〉를 연주하는 중간중간 비참한 표정으로 뒤를 흘깃거리며 희미한 어둠 속에서 개츠비를 찾았다.

"보다시피 연습을 전혀 안 해서요. 제가 연주를 못 한다고 말씀드렸잖아요. 연습을 전혀 안 해서……."

"그 입 좀 다물지, 친구."

개츠비는 명령했다.

"어서 치라니까!"

아침에도

저녁에도

우린 얼마나 즐거웠던가…….

밖에는 바람 소리가 거셌고 해협을 따라 천둥이 다가오는 소리가 어렴풋이 들렸다. 웨스트에그 일대에 일제히 불이 켜졌다. 사람들을 실은 전차들은 뉴욕을 출발해 빗속을 뚫고 집으로 향하고 있었다. 심오한 인간의 변화가 일어나고 흥분이 대기 중으로 방출되는 시간이었다.

한 가지는 확실하며 세상에 그보다 확실한 것은 없으니

부자가 얻는 것은 더 큰 부요, 가난뱅이가 얻는 것은 아이들이다.

그러는 동안에

그러는 사이에…….

  내가 작별인사를 건네러 갔을 때 개츠비의 얼굴엔 또다시 안절부절못하는 표정이 돌아와 있었다. 지금 자신이 느끼는 행복감의 정체를 의심하는 표정이었다. 자그마치 오년 만이었다! 심지어 그날 낮에도 데이지가 그의 오랜 환상을 깨는 순간이 있었을 것이다. 그렇다 해도 그건 그녀 자신의 잘못이라기보다 그의 환상이 가진 막대한 생명력 때문이었다. 그리고 그 생명력의 정도는 그녀를 넘어선, 아니 모든 것을 넘어선 것이었다. 그는 창의적인 열정으로 자신의 환상에 온몸을 내던졌고, 더 나아가 자신의 앞길에 떠돌아다니는 밝은 깃털로 그 환상을 치장했다. 그 어떤 불도, 신선함도 한 남자가 자신의 해괴한 심장에 저장할 수 있는 힘에 맞설 수는 없었다.

  나를 보더니 개츠비는 얼른 자세를 가다듬었다. 그리고는 데이지의 손을 잡은 채 그녀가 나지막한 목소리로 뭐라고 귀엣말을 속삭이자 급격한 감정 변화를 보이며 그녀에게로 돌아섰다. 그를 가장 강하게 끌어당긴 것은 아마도 그녀의 목소리, 듣는 이의 마음을 뒤흔드는 지나치다 싶을 만큼 따스한 목소리였을 것이다. 아무리 꿈을 꿔도 모자라는, 영원히 죽지 않는 노래와도 같은.

  두 사람에게 나는 없는 사람이나 마찬가지였지만 그래도

데이지는 흘깃 위를 쳐다보곤 손을 내밀어주었다. 이제 개츠비에게 나는 안중에도 없었다. 내가 또다시 눈길을 주었을 때 둘은 아득하게 그리고 강렬한 삶의 흥분에 사로잡힌 채 나를 돌아다봤다. 나는 두 사람을 놔둔 채 대리석 계단을 내려가 빗속으로 들어섰다.

6 장

어느 날 뉴욕의 젊고 야심만만한 기자가 개츠비의 집을 찾아와 그를 붙잡고 할 말이 없느냐고 물었다.

"할 말이라니, 무슨 말씀입니까?"

개츠비가 정중하게 물었다.

"왜 있잖습니까, 발표하실 성명이요."

당혹스러운 분위기에서 오 분여가 지난 뒤 밝혀진 바로는 이 남자는 신문사 주변에서 개츠비가 모종의 일과 관련이 있다는 소문을 듣고 찾아왔다고 했다. 하지만 정작 그 일이 뭔지는 말하고 싶지 않거나 제대로 알지 못하는 듯했다. 그날은 마침 쉬는 날인데도 박수를 받아 마땅한 열의로 '어찌 된 일인지 알아보려고' 아침 일찍부터 서두른 것이다.

그 기자로선 한 번 찔러봤을 뿐이지만 그의 육감은 틀리지 않았다. 개츠비의 환대를 받아들였다는 이유로 정통한 소식통이 되어버린 수백 명의 입에서 흘러나온 그의 과거에 대한 나쁜 소문들은 여름 내내 강도가 높아졌고 마침내 뉴스거리가 되기 직전이었다. '캐나다에서 미국까지 술을 나르는 지하 관로를 설치했다'는 희대의 소문을 비롯해 그가 집이 아니라 집처럼 생긴 배에 살면서 비밀리에 롱아일랜드 해안을 남북으로 오르내린다는 소문이 끈질기게 나돌았다. 다만 이런 근거 없는 소문들이 어째서 노스다코타 출신의 제임스 개츠비에게 만족감을 안겨주는 요인이 되었는지는 설명하기가 어렵다.

제임스 개츠비. 이것이 그의 진짜, 아니 최소한 법적인 이름이다. 그가 이름을 바꾼 건 열일곱 살 때였다. 그는 자신이 앞으로 쌓게 될 경력의 시발점이 된 아주 특별한 순간에 개명을 결심했다. 그 순간이란 바로 댄 코디의 요트가 슈피리어 호수의 잔잔한 겉모습과 달리 실제로는 가장 위험한 지점에 닻을 내리던 순간을 말하며, 개츠비가 그 광경을 목격한 순간을 말한다. 그날 오후 찢어진 녹색 저지 셔츠와 캔버스 바지 차림으로 해변을 배회하던 사람은 분명히 제임스 개츠비였다. 하지만 노 젓는 배를 빌려 투올로미 호가 닻을 내린 지점으로 끌고 나가 삼십 분 내에 돌풍에 휘말려 배가 산산조각 날 수 있음을 코디에게 알려준 사람은 제이 개츠비였다.

개츠비는 그보다 훨씬 전부터 그 이름을 염두에 두었는지도 모른다. 그의 부모는 삶의 의욕을 잃어버린 실패한 농사꾼이었다. 그의 상상력은 결코 그런 부모를 있는 그대로 받아들이지 못했다. 사실 롱아일랜드 웨스트에그에 사는 제이 개츠비는 스스로 만들어낸 관념의 산물이었다. 그는 신의 아들이었다. 내가 말하는 의미가 맞는다면 정확히 그랬다. 자기 아버지의 일, 방대하고 저속하고 겉만 번지르르한 미를 제공하는 일이 그의 임무였다. 그래서 그는 열일곱 살짜리가 만들어낼 법한 수준의 제이 개츠비를 만들어냈고 그 관념에 끝까지 충실했다.

개츠비는 일 년 넘게 슈피리어 호수의 남쪽 호숫가에서 조개를 캐거나 연어를 잡거나, 그도 안 되면 숙식을 해결할 만한 일이면 뭐가 됐든 닥치는 대로 하면서 살았다. 다갈색으로 다져진 그의 몸은 상쾌한 나날 속에서 고된 노동이 필요한 일이든, 한가로운 일이든 무리 없이 자연스럽게 적응해나갔다. 그는 일찌감치 여자를 알았고 결과적으로 일찍 타락하면서 여자들을 경멸했다. 어린 아가씨들은 멍청하다고 경멸했으며, 또 다른 여자들은 심하게 자아도취에 빠져 있는 그가 보기에 당연한 것들에 신경질적인 반응을 보인다고 경멸했다.

그러나 개츠비의 심장은 폭동에 휘말린 듯 끊임없이 몸부림쳤다. 특히 밤이 되어 잠자리에 누우면 가장 기괴하고 비현실적인 장치들이 그를 괴롭혔다. 시계가 세면대 위에서 째깍거리고 젖은 달빛이 바닥에 헝클어진 옷을 비출 때면 말로 표현할 수 없이 야하고 저속하고 화려한 우주가 그의 머릿속에서 빙글빙글 맴돌았다. 매일 밤 어느덧 졸음이 몰려와 눈앞의 선명한 광경을 감싸 안고 사라질 때까지 그는 특정한 유형의 공상들을 머릿속에 하나하나 보태나갔다. 그의 이런 백일몽은 한동안 그의 상상을 배출시키는 수단이 되었다. 그것은 현실의 비현실성에 대한 만족스러운 암시이자 세상이라는 바위가 요정의 날개 위에 안전하게 세워졌다는 약속이었다.

코디를 만나기 몇 달 전, 미래에 다가올 영광에 대한 개츠비의 육감은 그를 남부 미네소타에 있는 루터교 재단의 작은 '세인트올라프 대학'으로 이끌었다. 그는 운명의 북소리에 대한, 아니 운명 자체에 대한 그들의 흉포한 무관심에 분개하면서 그리고 학비 마련을 위해 할 수 없이 해야 했던 건물 관리인 일을 경멸하면서 그곳에서 이 주일을 머물렀다. 그러다 슈피리어 호수까지 떠밀려왔고 댄 코디의 요트가 호숫가에 닻을 내리던 날도 여전히 일거리를 찾고 있었다.

당시 쉰 살이었던 코디는 네바다의 은광과 유콘 강을 비롯해 1875년 이후 금속이 묻힌 곳이면 어디든 사람들이 몰리던 시대적 요구가 만들어낸 산물이었다. 몬태나에서 구리 거래로 어마어마한 갑부가 된 그는 신체적으로는 강건하지만 위태로울 정도로 여린 마음의 소유자였다. 그 점을 눈치 챈 여자들이 한몫 챙기려고 그에게 벌 떼처럼 달려들었다. 엘라 케이라는 신문사 여기자가 그의 유약함을 이용해 맹트농 부인(맹트농 후작부인으로 루이 14세의 두 번째 부인이자 왕의 숨은 실세—옮긴이) 행세를 하며 그를 요트에 태워 바다로 내보낸 다소 씁쓸한 일화는 1902년 당시 복잡하고 따분한 언론계에선 널리 알려진 사건이었다. 이렇게 댄 코디는 오

년 동안 요트를 타고 쾌적한 연안을 골라서 항해하다가 마침내 리틀걸 만에서 제임스 개츠비의 운명 같은 존재로 등장했다.

자신이 젓던 노에 기대서서 난간이 달린 갑판을 올려다보던 젊은 개츠비에게 댄 코디의 요트는 세상의 모든 아름다움과 화려함을 대변했다. 아마도 그는 코디에게 미소를 지어 보였을 것이다. 자신의 미소가 사람들을 홀리는 줄 알고서 말이다. 코디는 그렇게 만난 개츠비에게 몇 가지 질문을 던졌고, 개츠비는 그중 한 가지에 대한 답변으로 그 자리에서 바로 생각해낸 이름을 댔다. 코디는 그가 머리가 빠르고 지나친 야심가임을 곧바로 알아차렸다. 며칠 뒤 그는 개츠비를 덜루스로 데려가 파란색 코트 한 벌과 흰색 면바지 여섯 벌, 요트 항해용 모자를 사주었다. 그리고 투올로미 호가 서인도제도와 바버리 해안(이집트를 제외한 북아프리카의 옛 이름—옮긴이)으로 항해를 떠났을 때 개츠비도 그 배에 함께 있었다.

개츠비가 배에서 맡은 일은 사실 경계가 모호했다. 코디와 함께 지낼 땐 승무원이자 동료이자 선장이자 비서 노릇을 했다. 심지어 간수가 되기도 했는데 그도 그럴 것이 댄 코디는 맨 정신일 때는 자신이 술에 취하면 망나니가 된다는 사실을 잘 알고 있었다. 결과적으로 만일의 사태를 대비하자는 생각에 코디는 개츠비를 믿고 점점 더 큰일을 맡겼다. 이런 운용 방식은 오 년이나 이어졌고 그동안 코디의 배는 북미 대륙을 세 바퀴나 돌았다. 어느 날 밤 보스턴에서 엘라 케이가 배에 올라타고 일주일 뒤 댄 코디가 불의의 사고로 세상을 떠나지 않았다면 둘의 관계는 언제까지라도 지속되었을 것이다.

개츠비의 침실에서 본 코디의 초상화가 떠오른다. 그는 공허하고 굳은 표정에 잿빛의 우울함이 깃든 혈색 좋은 사내였다. 미국인들의 삶에서 어느 한 시기에 변방의 사창가와 술집과 그곳의 야만적인 폭력을 동부 해안가로 옮겨온 선구자적 난봉꾼. 개츠비가 술을 멀리하게 된 간접적인 원인은 바로 코디였다. 파티 중간중간 흥청망청한 분위기에서 종종 여자들이 그의 머리에 샴페인을 문질러댈 때도 그는 술을 입에 대지 않았고 그것을 습관화했다.

개츠비에게 유산을 물려준 사람도 코디였다. 2만 5천 달러였지만 그는 그 돈을 받지 못했다. 그는 자신에게 불리하게 작용한 법적 장치에 철저히 무지했고, 그 결과 수백만 달러 가운데 남은 돈은 고스란히 엘라 케이에게 넘어갔다. 그 대신 그에게는 아주 적절한 가르침이 남았다. 제이 개츠비의 모호한 윤곽이 바야흐로 실질적인 본체를 가진 한 남자로 변모했던 것이다.

개츠비에게 이 모든 이야기를 전해 들었을 땐 한참이 지난 뒤였다. 그런데도 내가 그 이야기를 여기에 적는 이유는 그가 누구누구의 후손이니 하면서 제멋대로 떠돌던 최초의 소문들에 대항하기 위해서다. 실제로 그 소문들은 사실무근이었다. 게다가 그에게서 이 이야기를 들었을 때 나는 그에 대한 모든 것을 믿을 수도, 믿지 않을 수도 없는 몹시 혼란스러운 상태였다. 그래서 나는, 말하자면 개츠비가 잠시 숨을 죽이고 있는 짧은 틈을 이용해 그를 둘러싼 일련의 오해를 깨끗이 없애고자 한다.

개츠비의 휴식은 곧 그의 개인사에 관련된 나의 휴식을 의미하기도 했다. 나는 꽤 여러 주 동안 그를 보지 못했고 그와 통화도 하지 않았다. 사실 나는 그때 조던과 뉴욕 여기 저기를 쏘다니며 그녀의 노망난 이모의 환심을 사는 데 기운을 쏟아붓고 있었다. 그러다 어느 일요일 오후에 어쩌다 그의 집에 들렀는데 내가 도착한 지 채 이 분도 지나지 않아서 누군가가 한잔하자며 톰 뷰캐넌을 데리고 들이닥쳤다. 나로서야 당연히 놀랄 일이었지만 솔직히 이제껏 그런 일이 한 번도 없었다는 사실이 더 놀라웠다.

톰 뷰캐넌 일행은 셋이었고 전부 말을 타고 있었다. 톰과 슬론이라는 남자 그리고 갈색 승마복 차림의 예쁜 여자였는데 그녀는 예전에도 이 집에 온 적이 있었다.

"이렇게 만나뵈어 반갑습니다. 저희 집에 들러주셔서 영광입니다."

개츠비는 현관에 서서 말했다.

그들이 과연 그 말에 콧방귀나 뀌었을까!

"여기에 앉으시지요. 담배나 엽궐련이 필요하시면 여기

있습니다."

그는 잰 걸음으로 방에 돌아가서 벨을 울렸다.

"얼른 마실 것을 준비시키겠습니다."

톰이 그 자리에 있다는 사실은 그로선 엄청난 사건이었다. 그러나 뭐라도 내놓지 않으면 마음이 편치 않을 것 같았다. 그들이 자기 집을 찾은 이유는 단지 목을 축이기 위해서라는 게 그의 어렴풋한 짐작이었다. 슬론은 아무것도 원하지 않았다. 레모네이드 드시겠습니까? 아니요, 괜찮소. 그럼 샴페인이라도? 감사하지만 전혀 생각 없어요……. 미안합니다…….

"승마는 즐거우셨습니까?"

"여기 길이 아주 좋더군요."

"내 짐작엔 자동차들이……."

"네."

톰이 처음 만난 사람처럼 굴자 개츠비는 더 이상 참지 못하고 그를 향해 돌아섰다.

"예전에 한 번 만난 적이 있는 줄 아는데요, 뷰캐넌 씨."

"아, 네."

톰은 퉁명스럽고 정중하게 대답했지만 표정으로 봐선 기억나지 않는 게 분명했다.

"그랬죠. 아주 잘 기억납니다."

"한 이 주 전쯤에요."

"맞아요. 여기 닉하고 함께 있었죠, 아마."

"당신 부인을 압니다."

개츠비는 거의 공격적인 말투로 말을 이었다.

"그래요?"

톰은 내 쪽으로 몸을 돌렸다.

"닉, 자네 집이 이 근처지?"

"옆집에 살아."

"그래?"

슬론은 대화에 끼지 않은 채 거만한 자세로 의자에 편안히 등을 기댔다. 같이 온 여자도 그다지 말이 없다가 하이볼을 두 잔 마시자 의외로 나긋나긋해졌다.

"개츠비 씨, 우리는 다 같이 당신 집에서 열리는 다음번 파티에 오려고 해요. 그래도 되겠죠?"

그녀가 떠보듯이 말했다.

"물론입니다. 와주신다면 저야 영광이지요."

"그거 좋겠군요."

슬론은 조금도 고마워하는 기색 없이 말했다.

"그건 그렇고, 슬슬 집으로 돌아갈 시간이 된 것 같군요."

"좀 더 계시다 가시죠."

개츠비는 그들을 붙잡았다. 이제 정신도 차렸고 톰에 대해서도 더 알고 싶어서였다.

"어떻습니까, 여기서 함께 저녁을 드시면? 뉴욕에서 다른 분들이 들르긴 할 텐데 새삼스러운 일이 아니니 괜찮습니다."

"그러지 말고 우리 집에 가서 나랑 같이 저녁 식사해요."

슬론 부인이 적극적으로 매달렸다.

"그쪽 두 분 다."

그 말은 나도 함께 가자는 뜻이었다. 슬론은 자리에서 천천히 일어섰다.

"갑시다."

그가 말했다. 하지만 그건 아내를 보고 한 말이었다.

"농담 아니에요."

그녀가 고집을 피웠다.

"두 분을 초대하고 싶어서 그래요. 방도 차고 넘친답니다."

개츠비는 미심쩍은 표정으로 나를 바라봤다. 정말로 가고 싶은 얼굴이었고, 슬론이 자기를 데려갈 생각이 없는 게 분명한데도 전혀 모르는 눈치였다.

"미안하지만 저는 안 될 것 같습니다."

내가 말했다.

"그럼 그쪽만이라도 가요."

그녀는 개츠비에게 정신이 팔려 떼를 썼다.

슬론이 아내의 귀에다 대고 뭐라고 중얼거렸다.

"지금 떠나면 안 늦어요, 글쎄."

그녀는 큰 소리로 우겼다.

"어쩌죠, 그런데 저는 타고 갈 말이 없습니다. 군대에 있을 때는 종종 탔지만 말을 구입한 적이 없어서요. 저는 제 차로 여러분을 따라가야 할 것 같습니다. 죄송하지만 잠시만 기다려주십시오."

개츠비가 말했다.

그를 뺀 우리 일행은 현관으로 걸어 나왔다. 슬론 부부는 한쪽에서 열띤 말싸움을 벌이기 시작했다.

"맙소사, 저 친구 진짜 갈 모양이네. 저 여자가 자기를 데려갈 생각이 없다는 걸 모르나?"

톰이 말했다.

"데려가고 싶다고 말하잖아."

"저 여자가 말하는 파티가 어떤 파티인지나 알고 저러는 건가. 거기 오는 사람들 가운데 저 친구가 아는 인간은 하나도 없을걸."

톰은 얼굴을 찌푸렸다.

"도대체 저자가 데이지를 어디서 만났다는 건지. 빌어먹을, 내가 구닥다리라 그런지 모르겠지만 요즘 여자들은 너무 싸돌아다녀서 영 글러먹었어. 그러니까 별의별 미친놈들을 다 만나고 다니지."

갑자기 슬론 부부는 계단을 내려가더니 재빨리 각자 말에 올라탔다.

슬론이 톰에게 말했다.

"갑시다. 늦었어요, 어서 갑시다."

그러고는 나에게 말했다.

"저 친구에게 우리가 못 기다린다고 전해주시오. 아시겠소?"

톰과 나는 악수를, 나머지 사람들은 가볍게 목례를 주고

받았다. 개츠비가 모자와 가벼운 외투를 들고 문 앞에 나왔을 때 그들은 말을 타고 빠른 구보로 진입로를 벗어나 8월의 나뭇잎 아래로 사라지고 있었다.

그 후로 처음 맞는 토요일 밤, 아내가 혼자 돌아다니는 게 영 불안했는지 톰은 데이지와 함께 개츠비가 주최하는 파티에 참석했다. 그해 여름 개츠비의 집에서 열린 파티 중 그날이 유난히 내 기억에 강하게 남아 있는 것은 아마 톰의 존재가 안겨준 기이한 중압감 때문이었을 것이다. 물론 여느 때와 똑같거나 적어도 같은 부류의 사람들이 다녀갔고 여느 때와 똑같이 샴페인이 넘쳐났으며 여느 때와 똑같이 각양각색의 소동이 벌어졌다. 하지만 그날은 뭔가 모를 불쾌한 기운이, 예전에는 한 번도 느낀 적 없는 껄끄럽고 불편한 기운이 공기 중에 팽배해 있었다고 기억한다. 어쩌면 내가 웨스트에그에 이미 익숙해져 있어서 그랬는지도 모른다. 무엇이 완벽한 세상인지 모르던 그곳 사람들에게 웨스트에그는 그 자체의 기준과 그 자체의 위대한 인물들을 갖춘 어디에도 뒤지지 않는 완벽한 세상이었다. 나 또한 그런 생각에 젖어가고 있었는지도 모른다. 그런데 그날 나는 데이지의 눈으로 웨스트에그를 다시 바라보고 있었다. 안간힘을 써서 적응한 것들을 낯선 눈으로 바라봐야 한다는 건 변함없이 우울한 작업임이 틀림없었다.

톰 부부가 도착했을 땐 석양이 질 무렵이었다. 흥분에 도취된 수백 명의 사람들 사이를 천천히 거닐면서 데이지는 잔뜩 기교를 부린 목소리로 속삭였다.

"어쩜 이렇게 흥분되는 것들이 많을까. 닉 오빠, 오늘 밤에 나한테 입 맞추고 싶으면 아무 때고 말만 해요. 기꺼이 자리를 마련해줄 테니까. 그냥 내 이름만 불러요. 아님 녹색 카드를 보여주든지. 내가 녹색 카드를 나눠줄 테니……."

"죽 둘러보시죠."

개츠비가 제안했다.

"안 그래도 그러고 있어요. 정말 믿어지지가……."

"소문으로만 듣던 분들을 직접, 그것도 많이 만나게 되실 겁니다."

톰은 거만한 눈빛으로 사람들을 천천히 훑어보았다.

"우린 별로 돌아다니지 않아서요. 솔직히 아는 얼굴이 하나도 없다는 생각을 하던 참입니다."

그가 말했다.

"서 숙녀분은 아실 겁니다."

개츠비는 흰 자두나무 밑에 고고하게 앉아 있는, 사람이라기보다 한 떨기 희귀한 난초처럼 보이는 고혹적인 미녀를 가리켰다. 톰과 데이지는 이제껏 이 세상 사람이 아니라고 생각해왔던 영화계의 유명 인사를 알아보곤 기이하게 비현실적인 기분을 느끼며 그녀를 빤히 바라봤다.

"매력적인 여자군요."

데이지가 말했다.

"그 옆에서 허리를 숙이고 있는 신사분이 그녀가 출연한 영화의 감독이죠."

개츠비는 지나치게 격식을 차리며 두 사람을 이 무리 저 무리로 안내했다.

"이쪽은 뷰캐넌 부인…… 그리고 이쪽은 뷰캐넌 씨입니다."

그는 잠시 망설이다가 이렇게 덧붙였다.

"폴로 선수로 활약하고 계십니다."

"오, 아닙니다. 폴로 선수는 아니에요."

톰이 얼른 그의 말을 부정했다.

하지만 그 말의 어감이 마음에 들어서 그랬는지 개츠비는 그날 밤 내내 톰을 '폴로 선수'로 소개했다.

"이렇게 많은 유명 인사를 만나다니, 이런 경험 처음이에요."

데이지는 감탄했다.

"저분 마음에 들어요. 이름이 뭐라고 했죠? 청렴하다고 할까, 그런 느낌이 들어요."

개츠비는 그의 이름을 알려주며 소규모 영화사의 제작자라고 덧붙였다.

"아, 그래요. 아무튼 마음에 들어요."

"폴로 선수 따위 때려치워야겠는걸. 사람들 눈에 안 띄게 숨어서 여기 와 있는 유명 인사들이나 구경하는 게 낫겠어."

톰이 유쾌하게 말했다.

데이지와 개츠비는 함께 춤을 췄다. 그전까지 그가 춤추는 모습을 한 번도 본 적이 없었던 터라 그가 우아한 자세로 보수적인 폭스트롯(사교댄스의 일종—옮긴이)을 추는 모습을 보며 놀라움을 금치 못했던 기억이 난다. 그런 다음 두 사람은 한가로이 우리 집으로 건너와 계단에 앉아 삼십 분을 머물렀고, 그동안 나는 데이지의 부탁을 받고 정원에서 망을 봐야 했다. '불이나 홍수가 났을 때' 또는 '불가항력의 일이 벌어질 때'를 대비해서라는 게 그녀가 댄 이유였다.

저녁을 먹으러 다 같이 자리에 앉으려고 하는데, 사람들 눈을 피해 있던 톰이 불쑥 모습을 드러냈다.

"난 딴 사람들하고 이쪽에서 같이 식사했으면 하는데, 괜찮겠어? 재미난 재주를 부리는 친구가 있어서 말이야."

"그렇게 해요."

데이지는 상냥하게 대답했다.

"그리고 혹시 주소 적을 일이 생기면 나한테 작은 금 연필이 있으니까 가져가요."

……잠시 후 데이지는 주위를 둘러보더니 그 여자가 '평범하지만 예쁘다'고 했다. 결국 그녀에게는 개츠비와 단둘이 있었던 삼십 분을 제외하곤 이 자리에 있는 게 고역이나 다름없다는 사실을 나는 그제야 깨달았다.

우리가 앉은 테이블엔 유난히 술주정꾼이 많았다. 다 내 잘못이었다. 개츠비는 전화를 받으러 가서 자리에 없었고 불과 이 주 전만 해도 나는 이 사람들과 어울리는 게 즐거웠다. 그런데 그때는 재미있다고 생각했던 점들이 이제는 돌

변해서 썩은 냄새를 풍기고 있었다.

"베데커 양, 괜찮으세요?"

내가 부른 이름의 주인은 어떻게든 내 어깨에 기대려고 했지만 도무지 몸을 가누지 못했다. 그녀는 내 말을 듣더니 똑바로 앉아서 눈을 떴다.

"뭐라고요?"

거구의 여자가 술에 취해 해롱거리며 베데커 양을 변호하러 나섰다. 아까부터 데이지를 붙잡고 다음 날 동네 클럽에서 골프를 치자고 졸라대던 여자였다.

"아, 지금은 말짱해요. 그럼요. 원래 칵테일을 대여섯 잔 마시면 허구한 날 저렇게 소리를 질러대거든요. 그래서 내가 잔소리를 하잖아요, 제발 술 좀 그만 마시라고."

"안 마신다니까."

피의자가 퉁명스럽게 대꾸했다.

"네가 고래고래 소리 지르는 거 다 들었거든. 오죽하면 내가 여기 계신 닥터 시벳에게 부탁을 다 했을까. '선생님, 여기 선생님 도움이 필요한 사람이 있네요'라고 말이야."

"얘가 안 그래도 고마워 죽겠대. 내가 보증해."

다른 친구가 하나도 고맙지 않은 얼굴로 말했다.

"하지만 네가 쟤 머리통을 수영장 물에 처박는 바람에 쟤 옷이 홀딱 젖었잖아."

"나 수영장에 머리 처박는 거 진짜 싫어. 뉴저지선 진짜로 물에 빠져 죽을 뻔한 적도 있다니까."

베데커 양이 중얼거렸다.

"그러니까 더더욱 술을 마시지 말아야죠."

닥터 시벳이 말싸움에 끼어들었다.

"그쪽이나 잘하세요! 손까지 덜덜 떠는 주제에. 난 절대로 당신 같은 인간에게 치료 같은 거 안 맡겨요!"

베데커 양이 난폭하게 외쳤다.

그런 식이었다. 그날 내 머리에 거의 마지막으로 남은 기억은 데이지와 나란히 서서 아까 본 영화감독과 그의 '스타'를 구경한 일이었다. 두 사람은 여전히 흰 자두나무 밑에서 파리하고 가느다란 달빛 한 줄기를 사이에 두고 얼굴이 거의 닿을 것처럼 아주 가까이 서 있었다. 그 순간 나는 저 남자가 저렇게 바짝 붙어 있고 싶어서 이제껏 그렇게 줄기차게 슬금슬금 저 여자 쪽으로 허리를 굽히고 있었구나 하고 생각했다. 심지어 그는 내가 보고 있는데도 최후의 1도를 더 꺾어서 기어이 그녀의 뺨에 입을 맞추고야 말았다.

"저 여자 마음에 들어요. 매력적이지 않아요?"

데이지가 말했다.

그러나 나머지 것들은 데이지에게 불쾌함 그 자체였다. 그녀는 브로드웨이가 롱아일랜드의 한 어촌에 선사해준 전례 없는 '지역'인 웨스트에그에 질겁했다. 낡은 완곡 화법 뒤에서 실제로는 안달하는, 정제되지 않은 활력에 질겁했고 무(無)에서 무로 이어지는 지름길에 그곳 주민들을 몰아넣은 도를 넘어선 운명에 질겁했다. 그녀는 도저히 이해할 수 없는 바로 그 단순함 속에서 뭔가 끔찍한 것을 보고 있었다.

나는 두 사람과 나란히 계단에 앉아서 그들이 타고 갈 차가 오기를 기다렸다. 집 앞은 깜깜했다. 밝은 문만이 포근하고 까만 새벽 속으로 사방 1미터 크기의 불빛을 쏘아 보낼 뿐이었다. 이따금 그림자 하나가 위층 옷방의 블라인드를 등지고 움직이다가 이내 다른 그림자에 자리를 내주었고, 그런 식으로 불특정한 그림자의 행렬이 보이지 않는 유리문 안에서 입술을 칠하고 얼굴에 분을 발랐다.

"그나저나 저 개츠비란 작자는 누구야? 주류 밀매업계의 큰손이라도 돼?"

톰이 갑자기 물었다.

"그런 소리는 어디서 들었어?"

내가 물었다.

"들은 게 아니야. 추측한 거지. 저딴 부류의 신흥 갑부들은 주류 밀매업계의 큰손일 때가 많거든."

"개츠비는 아니야."

나는 짧게 대답했다.

톰은 잠시 입을 다물었다. 진입로에 깔린 자갈돌이 그의 발밑에서 으스러졌다.

"그래? 그럼 이 동물원을 지으려고 이것저것 끌어모으느라 허리깨나 휘었겠군."

산들바람이 불어오자 데이지의 목깃에 달린 잿빛 안개 같은 털이 하늘거렸다.

"적어도 이 사람들은 우리가 아는 사람들보다 훨씬 재미있잖아요."

그녀는 애써서 말했다.

"당신은 별로 재미있는 얼굴이 아니던데."

"왜요, 재미있었어요."

톰은 웃음을 터뜨리며 내게 돌아섰다.

"그 아가씨가 찬물 샤워 좀 시켜달라고 했을 때 데이지의 얼굴이 어땠는지 봤나?"

데이지는 들려오는 음악에 맞춰 살짝 쉰 목소리로 리드미컬하게 그리고 가사 한 마디 한 마디에 예전에도 없었고 앞으로도 있을 수 없는 각각의 의미를 선사하며 속삭이듯 노래를 부르기 시작했다. 멜로디가 올라가면 그녀의 목소리는 마치 콘트랄토가 노래를 부르듯 음정을 따라 달콤하게 갈라졌고 목소리가 변할 때마다 그녀가 지닌 따스한 인간적 마법이 공기 중으로 살짝살짝 쏟아졌다.

"초대받지 않은 사람이 많더군요."

그녀가 갑자기 말했다.

"그 아가씨도 초대받고 온 게 아니었어요. 사람들이 무작정 밀고 들어오는데 그 사람이 너무 겸손해서 차마 거절을 못 하는 거죠."

"난 그 작자가 누구고 뭐하는 인간인지 궁금해. 무슨 일이 있어도 꼭 밝혀내고 말 거야."

톰은 집요하게 물고 늘어졌다.

"그거라면 내가 지금 당장 말해줄 수 있어요. 약국(금주법이 있던 시절에는 약국에서 위스키를 팔 수 있었는데, 많은 약국이 밀주 유통의 위장 간판이 되었음—옮긴이)을 갖고 있대요, 아주 많이. 다 그 사람 혼자 힘으로 일군 거래요."

그녀가 작별 대답했다.

리무진이 꾸물거리며 진입로로 올라왔다.

"잘 자요, 오빠."

그녀가 작별 인사를 했다.

데이지의 시선은 나를 떠나 불 켜진 계단 꼭대기를 더듬었다. 그해에 발표된 깔끔하고 우울한 왈츠 소품곡 〈새벽 세 시〉가 열린 문밖으로 흘러나오고 있었다. 무사태평으로 대변될 수 있는 개츠비의 파티에는 그녀가 사는 세상에선 전혀 찾아볼 수 없는 낭만적인 가능성이 존재했다. 과연 그 노래에 무엇이 담겨 있었기에 그녀에게 다시 그 안으로 들어가고 싶은 마음이 들게 했을까? 이제부터 이 어두침침하고 헤아릴 수 없는 시간 속에서 무슨 일이 일어날까? 누가 알겠는가, 믿기 어려운 손님이 올지 말이다. 엄청나게 귀하고 절로 감탄을 자아내는 누군가가, 말 그대로 눈부시게 아름답고 젊은 아가씨가 와서 개츠비에게 단 한 번 신선한 눈길을 보낼지. 그래서 한순간 마법에 빠지듯 운명적인 만남이 이뤄지고 데이지에게 바친 확고부동한 오 년이라는 세월을 완전히 날려버릴지도 모를 일이다.

나는 밤늦도록 개츠비의 집을 떠나지 않았다. 그가 자유의 몸이 될 때까지 기다려달라고 부탁했기 때문이다. 나는 정원을 어슬렁거리며 이런 파티에 꼭 있는, 캄캄한 해변에서 물놀이를 하던 한 무리의 사람이 열을 식히며 한껏 흥이 나서 한달음에 집으로 돌아오고 머리 위로 보이는 손님방에서 불들이 다 꺼지기를 기다렸다. 마침내 그가 계단을 내려왔다. 가무잡잡하게 그을린 얼굴은 유난히 팽팽했고 밝게 빛나는 눈은 무슨 일인지 지쳐 보였다.

"데이지는 여길 마음에 안 들어 했어요."

그는 나를 보자마자 말했다.

"그렇지 않아요, 좋아했어요."

"좋아하지 않았습니다. 흥미 없어 했어요."

그는 주장을 굽히지 않았다.

아무 말이 없는 개츠비를 보면서 나는 그가 이루 말할 수 없는 절망감에 빠져 있음을 느꼈다.

"데이지가 아주 멀게 느껴져요. 이렇게 이해시켜야 할지 모르겠어요."

그가 말했다.

"아까 그 춤 얘기인가요?"

"춤이오?"

그는 손가락을 한 번 튕겨 이제껏 춘 춤들을 전부 묵살했다.

"친구, 그깟 춤은 중요하지 않아요."

개츠비는 데이지가 톰을 찾아가서 "난 당신을 한 번도 사랑한 적 없어요"라고 말해주기를 바랐다. 그 말 한마디로 지난 사 년을 완전히 지운 뒤 그녀와 좀 더 현실적으로 해야 할 일들을 결정할 수 있다고 믿었다. 데이지가 자유의 몸이 되면 루이빌로 돌아가 그녀의 집에서 결혼식을 올리려는 것이 그중 하나였다. 꼭 오 년 전 그때처럼.

"그런데 데이지가 이해를 하지 못합니다. 예전에는 내 말을 잘 알아들었는데. 함께 몇 시간이고 앉아서……."

그가 말했다.

개츠비는 말을 끊더니 인적이 끊긴 오솔길을 오르내리기 시작했다. 길에는 과일 껍질과 아무렇게나 버린 선물 그리고 꽃들이 짓밟힌 채 나뒹굴었다.

"내가 당신이라면 데이지한테 지나친 요구는 하지 않을 겁니다. 과거를 되돌릴 순 없어요."

나는 대담하게 말했다.

"과거를 되돌릴 수 없다고요?"

그는 의아하다는 듯이 외쳤다.

"무슨 소리예요, 당연히 되돌릴 수 있습니다!"

그는 지나간 과거가 자기 집 그늘 속에, 바로 자기 손 밖에 숨어 있기라도 한 것처럼 미친 듯이 주위를 두리번거렸다.

"모든 걸 예전과 똑같이 돌려놓을 겁니다."

그는 결연히 고개를 끄덕이며 말했다.

"데이지도 알게 될 거예요."

그날 개츠비는 내게 자신의 과거 이야기를 들려주었고,

그 이야기를 들으면서 나는 그가 되찾고 싶은 것이 어쩌면 데이지와 사랑에 빠지게 한 그 무엇, 자기 자신에 대한 어떤 관념일지 모른다고 생각했다. 그날 이후 그의 삶은 혼란에 빠져 엉망진창이 되었지만 일단 특정한 지점으로 돌아가서 모든 걸 다시 천천히 시작할 수 있다면 그가 되찾고 싶어 한 것이 뭔지 알아낼 수 있을지도 모를 일이다…….

  ……오 년 전의 어느 가을밤, 두 사람은 낙엽이 지는 거리를 걷다가 나무가 없는 곳에 다다랐다. 달빛을 받아 인도가 하얗게 빛나고 있었다. 둘은 걸음을 멈추고 서로에게 돌아섰다. 그때는 일 년에 딱 두 번 있는, 신비로운 흥분이 느껴지는 서늘한 밤이었다. 집집마다 밝힌 고요한 불빛이 어둠 속에서 노래를 흥얼거렸고, 별들 사이에서도 뭔가가 움직이는 듯 바스락거리는 소리가 들렸다. 비록 곁눈질로 본 것이었지만, 개츠비는 몇 구역이나 이어진 인도가 실제로 사다리가 되어 나무 위 은밀한 곳으로 올라가는 광경을 똑똑히 목격했다. 그러고는 생각했다. 나 혼자라면 저기까지 올라갈 수 있을 거라고. 일단 저기 올라가면 생명의 젖꼭지를 힘껏 빨면서 어디에도 비할 수 없는 경이로움의 젖을 꿀꺽 꿀꺽 삼킬 수 있을 거라고.

  데이지의 흰 얼굴이 자신의 얼굴로 다가올수록 개츠비의 심장 박동은 점점 빨라졌다. 그는 그녀와 입을 맞추면, 그래서 자신이 품고 있는 말로 표현할 수 없는 환상과 언제라도 시들어버릴 그녀의 숨결을 영원히 결합시키면 자기 마음이 두 번 다시 신의 마음처럼 즐거이 뛰놀 수 없음을 잘 알고 있었다. 그는 잠시 여유를 두고 소리굽쇠가 별을 두드리는 소리에 귀를 기울였다. 그런 다음 그녀에게 입을 맞췄다. 그의 입술이 닿자 그녀는 그를 위해 활짝 피어났고 새로운 삶이 완성되었다.

끔찍할 정도로 감상적인 성향을 보여주는 개츠비의 말을 모두 듣고 나서 내 머리엔 문득 뭔가가, 오래전에 어디선가 들었던 포착하기 어려운 리듬과 잊어버린 말 한 조각이 떠올랐다. 그 구절 하나가 잠시 입안을 맴돌면서 그저 휙 내뱉으면 될 걸 입을 열기가 몹시 힘든 사람처럼 내 입은 바보같이 헤 벌어졌다. 그러나 벌어진 입에선 아무 소리도 나오지 않았고, 내가 기억해낼 뻔했던 말을 영영 전할 수 없었다.

개츠비에 대한 궁금증이 최고조에 이르렀을 때는 밤마다 그의 집을 환하게 밝히던 불빛이 더는 들어오지 않게 된 어느 토요일 밤이었다. 이로써 그가 보여준 트리말키오(고대 로마 작가 페트로니우스가 쓴 소설 《사티리콘》의 등장인물로, 개츠비는 이 인물에서 따왔다고 전해짐―옮긴이)의 삶은 시작했을 때와 똑같이 모호하게 종말을 고했다. 자동차들이 한껏 기대에 부풀어 그의 집 진입로로 들어섰다가 아주 잠시 머물곤 팽하니 토라져 떠나곤 한다는 사실을 깨닫게 된 것은 한참이 지나서였다. 나는 그가 병이 났을지도 모른다는 생각이 들어 어떻게 된 일인지 알아보려고 그의 집으로 건너갔다. 처음 보는 집사가 악당 같은 얼굴을 하고 문 앞에서 나를 의심스러운 눈으로 노려봤다.

"혹시 개츠비 씨가 편찮으신가요?"

"아뇨."

그는 잠시 쉬었다가 마지못해 미적거리며 "선생님"이라는 말을 덧붙였다.

"한동안 안 보이시기에 걱정이 돼서 왔습니다. 개츠비 씨에게 캐러웨이가 왔다고 전해주십시오."

"누구요?"

그는 무례하게 되물었다.

"캐러웨이요."

"캐러웨이. 알았어요, 말씀드리죠."

그러더니 별안간 문을 쾅 닫았다.

우리 집에서 일하는 핀란드인 가정부 말로는 개츠비가 일주일 전에 자기 집에서 일하던 하인들을 모조리 해고하고 다른 사람 여섯 명을 새로 집에 들였다고 했다. 그리고 이들은 웨스트에그 마을에 가서 장사꾼들의 뇌물을 받는 대신 전화로 적당한 물건을 주문한다고 했다. 식료품 배달부로 일하는 아이는 그의 집 주방이 꼭 돼지우리 같다고 했으며, 마을 사람들은 새로 온 사람들이 절대 하인 신분이 아니라고 입을 모았다.

이튿날 개츠비한테서 전화가 왔다.

"어디 떠나십니까?"

내가 물었다.

"아닙니다, 친구."

"하인들을 전부 해고했다고 들었습니다."

"입이 무거운 사람이 필요했습니다. 데이지가 요즘 자주 드나들거든요. 주로 오후에요."

결국 데이지의 마음에 들지 않는다는 이유로 큰 상인의 숙사 같았던 그의 대저택은 카드로 만든 집처럼 와르르 무너져 내렸다.

"울프심이 도움을 주고 싶어 했던 사람들이에요. 전부 동기간입니다. 예전에 작은 호텔을 운영한 적도 있죠."

"그렇군요."

개츠비가 내게 전화를 건 것은 데이지의 부탁 때문이었다. 내일 그녀의 집으로 점심을 먹으러 와달라는 부탁이었다. 베이커 양도 올 거라고 했다. 삼십 분 뒤 데이지가 직접 전화를 걸었기에 나도 간다고 했더니 적잖이 안심하는 눈치였다. 분명히 뭔가가 있었다. 하지만 이 일이 모종의 상황을 벌이기 위한, 더군다나 개츠비의 정원에서 그에게 대충 전해 들은 끔찍한 상황을 벌이기 위한 것일 줄은 생각지도 못했다.

이튿날은 불볕더위가 기승을 부렸는데, 아마 그해 여름의 막바지 더위이자 가장 무더운 날이었을 것이다. 기차가 터널을 벗어나 햇볕 속으로 들어서자 내셔널비스킷 사에서 들려오는 뜨거운 호각 소리만이 이글거리는 정오의 고요를 깨뜨렸다. 밀짚을 엮어 만든 좌석은 당장이라도 불이 붙을 기세였다. 옆자리의 여자는 흰 블라우스 안으로 흐르는 땀을 한동안 잘 참더니 손에 쥔 신문이 땀으로 축축해지자 더는 견딜 수 없었는지 절망스러운 비명을 지르며 질식할 것 같은 무더위에 몸을 맡겨버렸다. 그녀의 지갑이 바닥으로 털썩 떨어졌다.

"오, 이런!"

그녀는 숨을 헐떡였다.

나는 더위에 지친 몸을 굽히고 지갑을 주워 그 여자에게 돌려주었다. 다른 뜻이 없음을 알려주려고 아주 멀찌감치 떨어져서, 그것도 귀퉁이 끝부분을 잡고 건넸다. 하지만 그녀를 포함해 근처에 있던 사람들은 일제히 의심의 눈초리로 나를 째려봤다.

"더위도 너무 덥네요!"

차장이 낯익은 승객들에게 말을 건넸다.

"날씨 한번 죽이네! ······아이고, 더워! ······아이고, 너워라! ······이러다 쩌죽겠네! ······날씨가 너무 덥죠? 안 더워요? 이렇게 더운데······."

차장의 손으로 넘어갔던 내 승차권은 시커먼 얼룩을 달고 다시 내 손으로 돌아왔다. 막말로 차장이 어느 누구의 시뻘겋게 달아오른 입술에 입을 맞춘다 한들, 웬 승객의 머리통이 그의 가슴팍에 달린 헐렁한 호주머니를 축축이 적신다 한들 이런 무더위에선 누구 하나 아랑곳하지 않았을 것이다!

……가느다란 바람 한 줄기가 뷰캐넌의 저택 홀을 관통하더니 문가에서 기다리던 개츠비와 내 귀에까지 집 안의 전화벨 소리를 실어 날랐다.

"나리 시신을요?"

집사가 수화기에 대고 버럭 소리를 질렀다.

"죄송합니다만, 마님. 그 일은 저희가 해드릴 수 없습니다. 너무 더워서 오늘은 손을 댈 수가 없다니까요!"

그러나 그가 실제로 한 말은 이랬다.

"네…… 네…… 제가 가보겠습니다."

그는 수화기를 내려놓고 땀이 번들거리는 얼굴로 다가와 우리한테서 뻣뻣한 밀짚모자를 건네받았다.

"마님께서 응접실에서 기다리고 계십니다!"

집사는 굳이 그럴 필요가 없는데도 응접실을 가리키며 소리쳤다. 보통 사람이라면 이런 무더위에 쓸데없이 몸을 움직이는 건 생명에 대한 모독이나 다름없었다.

차양으로 훌륭한 그늘을 만든 응접실은 어두우면서 선선했다. 데이지와 조던은 흰 드레스를 입고 노래하듯 불어오는 선풍기 바람에 옷자락을 끌어내리며 마치 은빛으로 조각한 동상처럼 엄청나게 큰 소파에 몸을 누이고 있었다.

"몸을 못 움직이겠어요."

둘은 입을 모아 말했다.

조던은 가무잡잡하게 그을린 피부에 하얗게 분칠을 한 손을 잠시 내 손 위에 얹었다.

"운동선수이신 토머스 뷰캐넌 씨는 어디 계시지?"

나는 주위를 둘러보며 물었다.

내 말이 끝나자마자 홀에 놓인 전화기 옆에서 톰의 거칠고 쉰 목소리가 나지막하게 들려왔다.

개츠비는 진홍색 카펫 한가운데 서서 넋 나간 눈으로 주위를 찬찬히 둘러봤다. 데이지는 그런 그를 바라보며 웃음을 터뜨렸다. 달콤하고 사람을 흥분시키는 웃음소리에 작은 돌풍이 일듯 그녀의 가슴에서 분가루가 공중으로 흩날렸다.

"들리는 말로는요, 전화를 건 사람이 톰의 정부래요."

조던이 속삭이듯 말했다.

우리는 그냥 말없이 있었다. 홀에서 들려오는 목소리는 곧 짜증 섞인 고성으로 변했다.

"좋아. 그럼 자네에게 그 차를 팔 일은 절대로 없을 걸세……. 내가 그럴 의무도 없는 마당에……. 게다가 점심시간에 그딴 일로 나를 성가시게 하다니 이건 절대 그냥 못 넘어가니까 그런 줄 알게!"

"수화기는 진즉에 내려놨을걸."

데이지가 비아냥거리듯이 말했다.

"아니야, 진짜 통화 중이야."

나는 그녀를 안심시켰다.

"진짜로 판다고 했거든. 우연한 기회에 알게 됐어."

톰은 문을 홀렁 열어젖히고 커다란 체구로 잠시 빈 공간을 가로막았다가 서둘러 응접실로 들어섰다.

"개츠비 씨 오셨군요!"

그는 혐오스러운 감정을 교묘히 감추며 크고 넓적한 손을 내밀었다.

"만나서 반갑습니다……. 닉, 자네도 왔군……."

"차가운 음료 좀 만들어다 줘요."

데이지가 식당 쪽을 향해 외쳤다.

톰이 도로 응접실을 나가자 그녀는 소파에서 몸을 일으켜 개츠비에게 다가갔다. 그러고는 그의 얼굴을 아래로 끌어내린 뒤 입술에 키스했다.

"내가 당신 사랑하는 것 알죠?"

그녀가 속삭였다.

"여기 숙녀 한 분이 더 있다는 사실 잊지 마."

조던이 말했다.

데이지는 못 믿겠다는 표정으로 주위를 둘러봤다.

"그럼 너도 닉 오빠한테 키스해."

"어쩜 저렇게 천박하고 저속할까!"

"상관없어."

데이지는 이렇게 말하곤 벽돌로 된 벽난로 앞에서 가볍게 춤을 추기 시작했다. 하지만 자기가 생각해도 지나치다 싶었는지 잠시 후 자숙하는 표정으로 소파에 앉았고, 바로 그때 보모가 깨끗이 손질한 옷을 입은 어린 여자아이를 데리고 응접실로 들어섰다.

"내 소중한 보물이 왔네."

데이지는 노래하듯이 말하며 두 팔을 앞으로 내밀었다.

"널 사랑하는 이 엄마한테 와야지, 자."

보모 품에서 벗어난 아이는 얼른 응접실을 가로질러 엄마의 옷자락 안으로 수줍게 파고들었다.

"내 소중한 보물! 엄마가 네 연노랑색 머리카락에 분칠을 해줬나 모르겠네? 자, 일어나서 손님들에게 '안녕하세요'라고 인사해봐."

개츠비와 나는 차례로 몸을 굽히고 아이가 머뭇머뭇 내미는 작은 손을 잡았다. 그는 그때부터 생경한 표정으로 아이를 자꾸 쳐다봤다. 데이지에게 아이가 있다는 사실이 그전엔 믿어지지 않았던 모양이다.

"점심 먹기 전에 옷 먼저 입으랬어."

아이는 기다렸다는 듯이 데이지에게 돌아서서 말했다.

"그야 엄마가 너를 자랑하고 싶었으니까 그렇지."

그녀는 딸아이의 자그마한 흰 목에 난 실주름에 얼굴을 파묻고 말했다.

"넌 내 꿈이야. 작고 완벽한 꿈."

"응."

아이는 차분히 엄마 말을 받아들였다.

"조던 아줌마도 하얀 옷 입었네."

"엄마 친구들인데, 마음에 들어?"

데이지는 아이를 돌려세우고 개츠비와 마주 보게 했다.

"어때, 다 멋있는 것 같아?"

"아빠 어디 갔어?"

"이 아인 아빠를 안 닮았어요. 날 닮았죠. 머리카락도 날 닮고 얼굴 생김새도 날 닮았어요."

데이지가 설명했다.

그녀는 소파에 등을 기대고 앉았다. 보모가 한 걸음 앞으로 나와서 손을 내밀었다.

"패미, 이제 가야지."

"안녕, 내 아가!"

잘 교육받은 아이는 가기 싫었는지 뒤를 한 번 돌아봤지만 보모의 손에 이끌려 문밖으로 나갔다. 그와 동시에 톰이 진리키(칵테일의 일종—옮긴이) 넉 잔을 앞세우고 응접실로 돌아왔다. 술잔을 채운 얼음이 달그락거리며 부딪치는 소리가 들렸다.

개츠비는 자기 잔을 받아들었다.

"정말로 시원해 보이는군요."

그는 눈에 띌 만큼 긴장한 채 말했다.

우리는 걸신들린 사람들처럼 잔을 쭉 들이켰다.

"어디서 봤는데 태양이 해마다 뜨거워지고 있다고 하더군. 머지않아 지구가 태양을 향해 추락한다고 했지, 아마…… 아! 잠깐, 그 반대다……. 태양이 해마다 차가워진다고 했군."

톰이 상냥하게 말했다.

"밖으로 나갑시다."

그는 개츠비에게 제안했다.

"우리 집을 두루 구경시켜주고 싶군요."

나는 두 사람을 따라 베란다로 나갔다. 무더위에 정체된 초록빛 바다 위에서 작은 돛 하나가 어장 쪽으로 천천히 나아가고 있었다. 개츠비는 잠깐 그 돛의 움직임을 좇더니 손을 들어 만 건너편을 가리켰다.

"저 맞은편이 바로 우리 집입니다."

"그렇군요."

우리의 눈은 장미꽃밭과 뜨거운 잔디밭을, 다시 무더위를 피하기 위한 용도로 쓰는, 잡초 밭이 되다시피 한 쉼터들이 있는 바닷가 저 먼 곳까지 넘나들었다. 조금 전에 봤던 배에 달린 흰 날개들이 파랗고 서늘한 하늘의 경계선을 등지고 유유히 움직였다. 부채꼴 모양의 대서양과 축복받은 수많은 섬이 눈앞에 놓여 있었다.

"꽤 괜찮은 스포츠죠. 저 친구하고 한 시간쯤 바다에 나가 있으면 딱 좋겠군요."

톰이 고개를 끄덕이며 말했다.

우리는 무더위를 막으려고 일부러 어둡게 해놓은 식당에서 점심을 먹은 뒤 차가운 맥주로 불안한 유쾌함을 달랬다.

"이제부터 우리 뭐해요? 그리고 내일은요, 또 그다음 삼십 년 동안 우리는 뭘 하죠?"

데이지가 외치듯 말했다.

"너무 예민하게 굴지 마. 가을이 오고 날씨가 상쾌해지면 다시 그전처럼 살게 될 거야."

조던이 말했다.

"하지만 날씨가 너무 덥잖아."

데이지는 당장이라도 눈물이 터질 것 같은 표정으로 말했다.

"모든 게 엉망진창이야. 이러지 말고 우리 다 같이 시내에 나가요!"

그녀의 목소리는 무더위를 뚫고 부딪히며 어떻게든 그 무의미함에 형태를 부여하려고 안간힘을 쓰고 있었다.

"마구간을 헐어 차고로 만든다는 얘기가 들리더군요. 하지만 차고를 헐어 마구간으로 만든 사람이 있다면 내가 처음이지싶군요."

톰이 개츠비에게 말했다.

"누구 시내에 나갈 사람 없어요?"

데이지는 포기하지 않고 다시 물었다. 개츠비의 시선이 그녀에게로 날아들었다.

"아. 당신은 어쩜 이렇게 멋있을까."

그녀가 외쳤다.

시선이 마주치자 두 사람은 마치 단둘이 있는 것처럼 서로를 바라봤다. 잠시 뒤 그녀는 시선을 가까스로 식탁 위로 끌어내렸다.

"당신은 언제 봐도 정말 멋져요."

그녀는 같은 말을 되풀이했다.

데이지는 개츠비에게 사랑을 고백했다. 그것도 톰 뷰캐 넌이 보는 앞에서 말이다. 톰은 아연실색했다. 그는 벌어진 입을 다물지 못하고 먼저 개츠비를 그리고 다음으로 데이 지를 바라봤다. 마치 이 여자가 내가 오래전부터 알던 그 여 자라는 사실을 비로소 깨달았다는 표정이었다.

"광고판에 있는 그 남자하고 정말 똑같아요."

그녀는 순진하게 말을 이었다.

"알죠, 광고판에 있는 그 남자……."

"좋습니다."

톰이 얼른 끼어들었다.

"난 시내로 가는 데 적극 찬성이에요. 자자, 다 같이 시내 로 나갑시다."

그는 개츠비와 아내를 여전히 쏘아보며 자리에서 일어섰 다. 하지만 아무도 움직이지 않았다.

"어서들 일어나자니까!"

그의 급한 성미에 살짝 균열이 생겼다.

"도대체 뭐가 문젭니까? 시내에 가기로 했으면 얼른 출발 합시다."

톰은 자제력을 잃지 않으려고 안간힘을 쓰면서 떨리는 손으로 마지막 남은 맥주잔을 들어 입술로 가져갔다. 그러 나 정작 우리를 자리에서 일으켜 이글거리는 자갈밭 진입 로로 내몬 것은 데이지의 목소리였다.

"그냥 이렇게 갈 거예요?"

그녀는 남편 말에 제동을 걸었다.

"이렇게요? 누구에게든 담배 한 대 피울 시간은 줘야 하지 않아요?"

"다들 점심 먹으면서 줄곧 피워댔잖아."

"아, 그러지 말고 즐겨요, 우리. 수선을 떨며 움직이기엔 날씨가 너무 덥잖아요."

그녀는 이렇게 말하며 남편에게 매달렸다.

그는 아무 대답도 하지 않았다.

"그럼 당신 마음대로 해요."

그녀가 말했다.

"조던, 가자."

두 사람이 위층에 올라가 외출 준비를 하는 동안 우리 세 남자는 진입로에서 뜨거운 자갈돌을 발로 질질 끌며 서 있었다. 은빛 곡선을 이룬 달이 어느새 서쪽 하늘 위에 걸려 있었다. 마음이 바뀐 개츠비가 뭐라고 말을 하려는 순간 톰이 기다렸다는 듯 홱 돌아서서 그와 마주 섰다.

"여기에 혹시 마구간도 있습니까?"

개츠비가 가까스로 할 말을 찾아냈다.

"찻길로 4백 미터쯤 내려가면요."

"아."

잠시 침묵이 흘렀다.

"도대체 시내엔 왜 나가자는 거야. 여자들 머릿속엔 순 이

딴 생각뿐이니……."

톰은 사납게 말을 툭 내뱉었다.

"마실 것 좀 가져갈까요?"

데이지가 위층 창문에서 외쳤다.

"내가 위스키 챙겨갈게."

톰은 이렇게 대답하더니 안으로 들어갔다.

개츠비는 잔뜩 긴장한 채 내 쪽으로 돌아섰다.

"이 집에선 아무 말도 못 하겠습니다, 친구."

"데이지가 좀 생각 없이 말합니다."

나는 내 생각을 말했다.

"순전히……."

나는 망설였다.

"데이지의 말, 데이지의 목소리는 순전히 돈으로 가득 차 있어요."

그가 난데없이 말했다.

그랬다. 그전에는 그런 생각을 한 번도 해본 적이 없었다. 데이지의 말과 목소리엔 돈 냄새가 가득했다. 솟구쳤다가 떨어지는 무궁무진한 매력, 쨍그랑거리는 울림, 심벌즈의 노랫소리……, 저 높은 곳의 하얀 궁전에 사는 공주, 금빛 찬란한 아가씨…….

톰이 1리터짜리 술병을 수건에 싸서 가지고 나오자 곧바로 데이지와 조던이 값비싼 금속 느낌의 천으로 만든, 머리에 꼭 끼는 작은 모자를 쓴 채 가벼운 망토를 팔에 걸치고 밖으로 나왔다.

"제 차로 다 함께 갈까요?"

개츠비가 제안했다. 그는 뜨겁게 달궈진 초록색 가죽 시트를 매만졌다.

"그늘에 세워둘 걸 잘못했군요."

"수동 기어 맞소?"

톰이 물었다.

"네."

"그럼 그쪽이 내 쿠페를 몰고 내가 당신 차를 몰면 되겠군. 어떻소?"

개츠비에게는 썩 내키지 않는 제안이었다.

"기름이 넉넉하지 않을 텐데요."

그는 톰의 말에 반대하고 나섰다.

"이만하면 충분하지."

톰이 험상궂게 말하곤 계기판의 눈금을 바라봤다.

"가다가 기름이 바닥나면 약국에 들르면 되잖소. 요즘은 그곳에 가면 없는 게 없던데."

누가 봐도 적절치 못한 이 말에 일행은 입을 다물 수밖에 없었다. 데이지는 얼굴을 찌푸리고 톰을 바라봤다. 그 순간 개츠비의 얼굴에 형용할 수 없는 표정, 글로 적힌 걸 들어보기만 한 것처럼 분명 낯설면서도 어렴풋이 알 것도 같은 표정이 스쳤다.

"어서 타라니까, 데이지."

톰이 그녀를 개츠비의 차 쪽으로 밀면서 말했다.

"어디 이 서커스단 우마차 같은 차에 당신을 태우고 가볼까."

그는 차 문을 열었지만 데이지는 서둘러 남편의 품에서 몸을 빼냈다.

"당신은 닉 오빠와 조던을 데려가요. 우린 당신 쿠페로 따라갈게요."

데이지는 개츠비에게 다가가 그의 코트에 손을 얹었다.

조던과 톰과 나 이렇게 세 사람은 개츠비의 차 앞좌석에 올라탔다. 톰이 손에 익지 않은 기어를 시험 삼아 밀자 차는 숨 막히는 무더위 속으로 총알처럼 튀어 나갔고 뒤에 남은 두 사람은 금세 시야에서 사라졌다.

"자네도 알고 있었나?"

톰이 문책하듯 물었다.

"뭘?"

그는 나를 날카롭게 쏘아봤다. 조던과 내가 모든 걸 알고 있다고 믿는 눈치였다.

"자넨 내가 순 멍청이인 줄 알지?"

그가 물었다.

"그럴지도 모르지. 하지만 난 말이야…… 때때로 투시력 같은 게 있어. 그걸로 내가 할 일이 무엇인지 알아낸다고. 자넨 안 믿겠지만 과학적인 근거에 따르면……."

그는 여기서 말을 멈췄다. 방금 전에 겪은 우발적인 사태에 넋이 나간 나머지 그는 이론적인 심연에 진입하려던 단계에서 더 나아가지 못하고 뒷걸음질을 쳤다.

그는 말을 계속했다.

"내가 저 인간 뒷조사를 해봤네. 진즉 알았으면 좀 더 깊이 알아보는 건데……."

"점쟁이라도 만나고 왔다는 얘기예요?"

조던이 익살맞게 물었다.

"뭐? 점쟁이?"

우리가 웃음을 터뜨리자 그는 무슨 소린지 모르겠다는 표정으로 우리를 노려봤다.

"개츠비에 대해 알아봤다면서요."

"개츠비 그 인간에 대해 알아봤느냐! 아니, 그건 아니야. 그자의 과거사를 좀 알아봤다고."

"그럼 그 사람이 옥스퍼드 출신이란 사실을 알아냈겠군요."

조던이 도와준답시고 말했다.

"뭐, 옥스퍼드 출신!"

그는 터무니없다는 표정을 지어 보였다.

"웃기지 말라고 그래! 분홍색 양복이나 입는 주제에."

"그래도 옥스퍼드 출신 맞아요."

"뉴멕시코 주의 옥스퍼드겠지. 아님 그 비슷한 곳이거나."

톰은 경멸스럽다는 듯이 코웃음을 쳤다.

"이봐요, 톰. 뒷조사를 할 만큼 속물인 사람이 점심 초대는 왜 한 거예요?"

조던이 삐딱하니 물었다.

"데이지가 초대한 거야. 나하고 결혼하기 전부터 그 자식을 알았다면서 말이야. 젠장, 어디서 알았는지 알게 뭐야!"

맥주의 취기가 서서히 가시면서 우리 셋은 누구랄 것 없이 짜증이 나 있었고, 그 사실을 깨달은 건 한동안 아무 말 없이 차를 타고 간 다음이었다. 닥터 T. J. 에클버그의 흐릿한 눈동자가 찻길 아래로 보이기 시작하자 나는 개츠비가 기름이 떨어질까 봐 걱정하던 게 생각났다.

"이 정도면 시내까지 충분히 갈 수 있어."

톰이 말했다.

"하지만 이 근처에 자동차 정비소가 있잖아요."

조던이 반대하고 나섰다.

"쪄 죽을 것 같은 무더위에 오도 가도 못하는 신세가 되긴 싫어요."

톰은 브레이크를 성급하게 꽉 밟았다. 차는 윌슨의 가게 표지판 바로 밑으로 미끄러지듯 들어서더니 먼지를 풀풀 날리며 급정거했다. 잠시 후 건물 안에서 모습을 드러낸 가게 주인이 움푹 꺼진 눈으로 차를 물끄러미 바라봤다.

"기름이나 좀 넣지!"

톰이 사납게 소리쳤다.

"우리가 뭣 하러 여기 서 있을 것 같나. 경치 좋다고 감탄사나 늘어놓으러?"

"제가 몸이 안 좋습니다. 온종일 앓았거든요."

윌슨은 꼼짝도 안 하고 말했다.

"뭣 때문에?"

"끙끙 앓아서 손 하나 까딱할 기운도 없군요."

"뭐야, 그럼 나보고 직접 기름을 넣으라고? 전화 목소리는 멀쩡하더니만."

톰이 따지듯이 물었다.

문가 그늘에 기대서 있던 윌슨은 가까스로 힘을 내어 가쁜 숨을 몰아쉬며 주유구의 뚜껑을 비틀었다. 햇빛 아래로 보이는 얼굴이 푸르스름했다.

"점심을 방해할 생각은 없었어요. 하지만 돈이 워낙 급한 데다가 당신이 그 낡은 차로 뭘 하려고 그러는지 궁금하기도 해서요."

그가 말했다.

"그럼 이 차는 어떤가? 지난주에 산 건데."

톰이 물었다.

"근사한 노란색 차네요."

윌슨은 운전대를 돌려보며 말했다.

"어때, 살 생각 있어?"

"놓치기 싫은 기회이긴 한데요."

윌슨이 희미하게 미소를 지었다.

"아뇨. 저한텐 그 차가 돈이 돼서요."

"별안간 왜 그렇게 돈이 필요한데?"

"여기서 너무 오래 살았어요. 이제 떠나고 싶어요. 집사람하고 같이 서부로 가려고요."

"자네 마누라도 시부로 가길 원한다고?"

톰이 놀라서 외쳤다.

"벌써 십 년째 그 타령이에요."

그는 눈을 가리고 잠시 주유기에 몸을 기댔다.

"그런데 이젠 집사람이 원하든 말든 갈 거예요. 내가 데리고 떠날 거거든요."

쿠페가 우리 곁을 쏜살같이 지나가자 먼지바람이 휙 하고 일면서 손을 흔드는 모습이 언뜻 보였다.

"얼마 내면 되나?"

톰이 험악한 목소리로 따지듯 물었다.

"이틀 전에 어처구니없는 일을 알게 됐어요. 여길 떠나고 싶어진 건 그 때문이에요. 차 문제로 당신을 귀찮게 한 것도 그래서고요."

윌슨이 말했다.

"얼마냐니까?"

"1달러 20센트요."

지칠 줄 모르고 강타하는 무더위에 정신이 혼미해진 나머지 그 자리에 있는 게 괴롭기만 했던 나는 윌슨의 의심이 아직까지 톰에게 미치지 않았다는 사실을 깨닫기까지 약간의 짬이 필요했다. 윌슨은 머틀이 딴 세상에서 자기와 동떨어진 다른 삶을 살고 있다는 사실을 알게 되자 충격에 빠졌고, 그것이 이유가 되어 병이 난 것이었다. 나는 윌슨을 한참 바라보다가 그와 똑같은 사실을 알게 된 지 채 한 시간도 안 된 톰을 바라보면서 문득 지능이나 인종에 상관없이 사람과 사람의 차이 중 아픈 사람과 건강한 사람의 차이만큼 심오하고 대단한 게 없다는 생각이 들었다. 윌슨은 심하게 아픈 나머지 죄인처럼, 그것도 불쌍한 처녀를 임신시킨 용서받지 못할 죄인처럼 보였다.

"차를 보내주지. 내일 오후에 인편으로 보내겠네."

톰이 말했다.

나는 이 근처에만 오면 괜히 마음이 불안했는데, 지금처럼 환한 대낮에도 크게 다르지 않았다. 누군가가 등 뒤에 뭔가 도사리고 있으니 조심하라고 말하는 것만 같아 나는 고개를 돌렸다. 닥터 T. J. 에클버그의 커다란 눈동자가 곳곳에 쌓인 잿더미를 내려다보며 보초를 서고 있었다. 그리고 잠시 후 나는 불과 7미터도 떨어지지 않은 곳에서 누군가 우리를 뚫어져라 바라보고 있음을 깨달았다.

정비소 위층 창문 한 곳의 커튼이 옆으로 살짝 걷혀 있었는데 그 안에서 머틀 윌슨이 우리가 타고 온 차를 눈여겨보고 있었다. 내다보는 데 정신이 팔린 나머지 그녀는 내가 자기를 보고 있다는 것조차 알아채지 못했다. 느리게 돌아가는 화면 속에서 천천히 등장하는 사물들처럼 그녀의 얼굴 위로 온갖 감정이 차례로 하나하나씩 슬금슬금 찾아들었다. 그녀의 표정은 신기할 정도로 친숙했는데, 예전에도 다른 여자들 얼굴에서 종종 그런 표정을 본 적이 있었다. 하지만 머틀 윌슨의 얼굴에 내려앉은 그 표정은 맹목적이면서 도무지 해석이 되지 않았다. 알고 보니 그녀가 질투심과 공포에 사로잡혀 눈을 크게 뜬 채 뚫어져라 쳐다보고 있는 사람은 톰이 아니라 조던 베이커였다. 그녀를 그의 아내라고 착각한 것이다.

생각이 단순한 사람이 겪는 혼란만큼 큰 혼란은 없다. 톰은 차를 몰고 정비소를 떠나며 뜨거운 공포의 채찍질을 느꼈다. 아내와 정부가, 불과 한 시간 전만 해도 안전하고 존중받아 마땅했던 두 여자가 그의 통제력 밖으로 미끄러지듯 달아나고 있었다. 그는 데이지를 따라잡는 동시에 윌슨한테서 벗어나야 한다는 일념에 본능적으로 가속페달을 밟았다. 우리를 태운 차는 시속 80킬로미터로 아스토리아를 향해 질주했다. 이윽고 고가도로의 가늘고 긴 교각들 사이로 느긋하게 달리는 파란색 쿠페가 눈에 들어왔다.

"50번가 주변의 큰 극장들이 시원해요."

조던이 제안했다.

"난 사람들이 싹 빠져나가고 없는 여름날 오후의 뉴욕이 참 좋아요. 농익은 것 같은 육감적인 분위기가 느껴지거든요. 가지각색의 재미난 과일이 당장이라도 손 안으로 후드득 떨어질 것 같은 기분이랄까?"

'육감적'이라는 단어에 안 그래도 불안해하던 톰은 더욱 안절부절못했다. 그러나 그가 반론할 거리를 찾아내기 전에 쿠페가 멈춰 서더니 데이지가 모습을 드러내며 차를 옆으로 대라는 신호를 보냈다.

"우리 지금 어디로 가는 거예요?"

그녀가 외쳤다.

"영화나 보러 갈까 하는데, 어때?"

"그러기엔 날씨가 너무 더워요."

그녀가 불평했다.

"셋이서 가요. 우린 차로 주변을 돌아보다가 나중에 합류할게요."

그러고는 쉽지 않은 기지를 발휘했다.

"어느 모퉁이에서 만나요. 한 번에 담배 두 개비를 피우는 사람을 보면 그게 난 줄 알고요."

"지금은 옥신각신할 새 없어. 센트럴파크 남쪽으로 갈 테니 따라와. 플라자 호텔 앞으로."

트럭 한 대가 뒤에서 욕을 퍼붓듯 빵 하고 경적을 울리자 톰은 조바심을 내며 말했다.

톰은 수시로 뒤를 돌아보며 둘이 탄 차가 따라오는지 감시했고, 길이 막히면 속도를 늦춘 채 그들이 시야에 들어오기를 기다렸다. 두 사람이 곁길로 빠져 영영 자기 삶 밖으로 달아날까 봐 겁이 나서 그랬을 것이다.

그러나 그런 일은 일어나지 않았다. 그리고 우리는 좀처럼 설명하기 어려운 단계를 거쳐 플라자 호텔의 스위트룸 응접실에 들어섰다.

　우리를 그 방으로 몰아넣고 나서야 끝이 난 지루하고 폭풍 같은 말싸움이 무슨 내용이었는지는 기억조차 나지 않는다. 그러나 속옷이 마치 축축한 뱀처럼 연신 다리를 감고 기어오르며 땀방울이 간간이 등을 타고 차갑게 흘러내리던, 몸과 관련된 기억만은 또렷하다. 호텔 방을 빌리자는 발상은 데이지가 욕실 다섯 개를 빌려 냉수욕을 하자고 제안하면서 가닥이 잡혔다가 마침내 "박하 술(위스키에 부순 얼음과 설탕, 박하를 섞어 만든 칵테일—옮긴이) 한잔 마실 장소"라는 말로 구체적인 형태를 갖추었다. 우리는 너나 할 것 없이 그건 '미친 짓'이라고 연거푸 떠들어댔고, 어리둥절해하는 호텔 직원에게 입을 모아 우리 의견을 말하면서 생각했다. 아니, 생각하는 척했다. 우린 진짜 웃기는 사람들이라고…….

　호텔 방은 컸지만 숨이 막힐 듯 답답했다. 오후 네 시가 넘었는데도 열린 창문에신 공원의 뜨거운 관목 숲에서 불어오는 후텁지근한 바람만 들어올 뿐이었다. 데이지는 거울로 다가가서 우리를 등진 채 머리를 매만졌다.

　"스위트룸 한번 끝내주네요."

　공손함이 묻어나는 목소리로 조던이 속삭이자 모두 웃음을 터뜨렸다.

　"딴 창문도 열어요."

　데이지가 뒤도 돌아보지 않고 명령하듯 말했다.

　"이게 다야."

"그럼 전화해서 도끼 한 자루 갖다 달라고……."

"제발 그 덥다는 생각 좀 그만 해."

톰이 잔뜩 짜증난 목소리로 말했다.

"당신이 계속해서 그렇게 투덜대니까 열 배나 더 덥게 느껴지잖아."

그는 위스키 병을 돌돌 말았던 수건을 펴고 술을 꺼내 탁자 위에 올려놓았다.

"부인을 가만 내버려두시죠, 친구. 시내에 오자고 한 사람은 당신인 줄 아는데요."

개츠비가 한마디 했다.

한순간 침묵이 흘렀다. 벽에 걸려 있던 전화번호부가 바닥으로 철퍼덕 떨어지자 조던이 "어머, 나의 실수"라고 속삭였다. 하지만 이번엔 아무도 웃지 않았다.

"내가 주울게요."

내가 정적을 깨고 말했다.

"내가 주웠어요."

개츠비는 끊어진 줄을 가만히 들여다보며 흥미롭다는 듯이 "흠!"이라고 중얼거리곤 전화번호부를 의자 위에 툭 던졌다.

"그게 당신이 즐겨 쓰는 고상한 표현인가 보군. 그렇소?"

톰이 날카롭게 물었다.

"뭐가 말입니까?"

"당신이 입버릇처럼 말하는 그놈의 '친구'란 단어 말이오.

그런 말은 어디서 배우셨나?"

"이봐요, 톰."

데이지가 거울에서 돌아서며 말했다.

"인신공격이나 할 생각이면 난 잠시도 여기 있고 싶지 않아요. 전화해서 박하술에 넣을 얼음이나 주문해요."

톰이 전화기를 집어 들자 압축되었던 열기는 소리를 내며 폭발했다. 그가 전화하는 동안 우리는 아래층 무도회장에서 들려오는 멘델스존이 작곡한 〈결혼행진곡〉의 그 거들 먹거리는 화음에 귀를 기울였다.

"이런 무더위에 결혼식을 올리다니!"

조던이 음울하게 외쳤다.

"왜? 난 6월 중순에 결혼했는데."

데이지는 회상에 잠긴 채 말했다.

"그것도 6월의 루이빌에서! 누가 기절했는데. 톰, 그게 누구였죠?"

"빌록시."

그는 짧게 대답했다.

"맞다, 빌록시라는 남자였어요. '블록스' 빌록시. 맞아요, 빈 상자를 만드는 사람이었죠. 테네시 주의 빌록시에서 온 남자."

데이지의 말에 조던이 끼어들며 말했다.

"사람들이 그 남자를 우리 집으로 싣고 왔잖아요. 교회에서 두 집 건너가 바로 우리 집이었거든요. 우리 집에서 삼

주나 있었는데 결국 아버지가 내보냈어요. 그 남자가 나가고 이튿날 아버진 돌아가셨죠."

그러고는 잠시 쉬었다가 덧붙였다.

"그 일 때문은 아니었지만……."

"예전에 멤피스 출신인 빌 빌록시라는 사람을 알았던 적이 있어요."

나도 한 마디 거들었다.

"그 사람의 사촌이에요. 그 남자가 떠나기 전에 자기 집안 얘기를 해줬거든요. 요즘 쓰는 알루미늄 퍼터도 그 남자가 준 거죠."

결혼식이 시작되자 음악은 잦아들었고 이제는 긴 환호성이 창가로 흘러들었다. 뒤이어 "와, 아아!" 하는 외침이 이따금 들리더니 마침내 춤이 시작되면서 재즈 음악이 요란하게 터져 나왔다.

"우리도 나이를 먹나 봐. 그전 같았으면 일어나서 흔들었을 텐데."

데이지가 말했다.

"빌록시를 생각해."

조던이 그녀에게 경고의 말을 했다.

"그런데 톰, 그 사람은 어디서 알았어요?"

"빌록시?"

그는 생각에 집중하려고 애썼다.

"나 그 사람 모르는데. 데이지의 친구였어."

"아니에요. 그날 처음 본 사람이에요. 열차를 타고 왔는데 무슨요."

데이지는 부인했다.

"이상하군. 자기 입으로 당신을 안다고 했는데. 루이빌에서 자랐다고 했어. 에이서 버드가 마지막 순간에 그 친구를 데려와서 내어줄 자리가 있느냐고 물었거든."

조던이 미소를 지었다.

"무일푼으로 여기저기 빌붙으며 집으로 가던 길이었겠죠. 나한테는 예일대학 시절에 당신네 과의 학생 대표였다고 말하던데요."

톰과 나는 멍하니 서로를 바라봤다.

"빌록시가?"

"일단 우리 학교엔 학생 대표라는 게 없었고……."

개츠비가 초조한 듯 발끝으로 짧고 불안하게 바닥을 탁탁 두들기자 톰은 갑자기 그를 주시했다.

"그건 그렇고 개츠비 씨, 듣자 하니 옥스퍼드 출신이라던데."

"정확히는 아닙니다."

"아, 그래요. 난 또 옥스퍼드에 다녔다고 들어서 말입니다."

"네, 다닌 건 맞습니다."

잠시 침묵이 흘렀다. 이윽고 의심에 가득 찬 톰의 모욕적인 말이 들렸다.

"빌록시가 뉴헤이븐에 갔을 때쯤엔 당신도 분명 그곳에 있었을 텐데요."

또 한 번 침묵이 흘렀다. 웨이터가 문을 두드리곤 잘게 부순 박하와 얼음을 들고 들어왔다. 하지만 그가 "감사합니다"라고 말하며 조용히 문을 닫을 때까지 침묵은 깨지지 않았다. 알려지면 엄청난 파장을 가져올 일들이 바야흐로 명료하게 밝혀지기 직전이었다.

"갔다고 말씀드렸습니다."

개츠비가 말했다.

"그야 물론 들었죠. 다만 그게 언제였는지가 궁금하단 얘기입니다."

"1919년이었습니다. 겨우 다섯 달 있었죠. 내가 옥스퍼드 출신이라고 딱히 말하지 못하는 건 그 때문입니다."

톰은 우리도 개츠비에 대해 의심을 품고 있는지 살펴보려고 주위를 휙 둘러봤다. 하지만 우리의 시선은 일제히 개츠비에게 향하고 있었다.

개츠비는 말을 계속했다.

"영국이나 프랑스에 있는 대학은 어디나 갈 수 있었죠. 휴전 이후에 일부 장교에게 주어진 기회였습니다."

나는 일어서서 그의 등을 툭 쳐주고 싶었다. 예전에도 경험했던, 그에 대한 완벽한 신뢰감이 되살아났기 때문이다.

데이지가 희미한 미소를 지으며 일어나더니 탁자로 다가갔다.

"톰, 위스키 좀 따요."

그녀는 명령하듯 말했다.

"그럼 내가 박하 술을 만들어줄게요. 그걸 마시면 자신이 아주 바보라는 생각은 안 들 테니까……. 이 박하 좀 봐요!"

"잠깐, 개츠비 씨에게 한 가지 더 물어볼 게 있어."

톰이 말을 끊었다.

"물어보시죠."

개츠비는 공손하게 말했다.

"도대체 내 집에서 무슨 분란을 일으키려고 이 수작을 부리는 거요?"

비로소 그와의 본격적인 맞대면이 시작되자 개츠비는 속으로 쾌재를 불렀다.

"누가 분란을 일으킨다고 그래요."

데이지가 절망적인 눈빛으로 두 사람을 번갈아 바라봤다.

"분란은 당신이 일으키고 있어요. 제발 자제 좀 해요."

"자제!"

톰이 미심쩍다는 듯 그녀의 말을 따라 했다.

"요즘 신식 물 좀 먹은 놈들 사이에선 한가하게 뒷짐이나 지고 앉아서 어디서 굴러들어왔는지도 모르는 웬 놈하고 자기 마누라가 놀아나도록 내버려두는 게 유행인가? 글쎄, 그런 꿍꿍이라면 난 빼줘……. 요즘 인간들은 남의 가정사는 물론이고 가족제도 자체를 비웃는 모양인데, 잘하면 체면이고 뭐고 다 집어던지고 깜둥이와 백인이 결혼하는 날도 오겠어."

벌겋게 변한 얼굴로 흥분해서 아무 소리나 지껄여대던 톰은 뒤늦게 자신이 문명의 마지막 장벽 위에 외로이 서 있음을 깨달았다.

"여기 있는 우린 다 백인이에요."

조던이 중얼거렸다.

"나도 내가 별로 인기 없는 줄은 알아. 그렇겠지, 난 요란한 파티 따윈 열지 않으니까. 요즘 같은 세상에선 친구 좀 사귀려면 자기 집을 돼지우리로 만들어야 하는지."

다른 사람들도 마찬가지였을 테지만 나는 화가 난 나머지 그가 입을 열 때마다 큰 소리로 비웃어주고 싶은 충동을 느꼈다. 난봉꾼에서 도덕군자인 척하는 인간으로의 변모가 이보다 더 완벽할 수는 없었다.

"친구, 당신에게 할 말이 있는데……."

개츠비가 입을 열었다. 하지만 데이지는 그가 하려는 말이 뭔지 즉시 알아차렸다.

"제발 그만해요!"

그녀는 당황해서 어쩔 줄 모르며 그의 말을 잘랐다.

"제발 모두 집으로 가요. 이러지 말고 다 같이 집으로 가는 게 어때요?"

"좋은 생각이야."

나는 일어섰다.

"가지, 톰. 아무도 술 생각이 없는 것 같으니."

"개츠비 씨가 나한테 할 말이 있다고 하잖아. 나는 그게 뭔지 알아야겠어."

"당신 부인은 당신을 사랑하지 않아. 당신을 한 번도 사랑한 적이 없다고. 데이지는 나를 사랑해."

드디어 개츠비가 말했다.

"당신, 미쳤군!"

톰이 반사적으로 소리쳤다.

개츠비는 자리에서 벌떡 일어섰는데 흥분한 기색이 역력했다.

"데이지는 당신을 사랑한 적이 없다고, 알아들어?"

그는 소리쳤다.

"데이지가 당신하고 결혼한 건 내가 가난했기 때문이고 나를 기다리다 지쳤기 때문이야. 그건 해서는 안 될 실수였지만 데이지는 마음으로 나 말고 누구도 사랑한 적이 없어!"

조던과 나는 어떻게든 그 자리를 벗어나려고 했지만 톰과 개츠비는 서로 경쟁이라도 하듯 우리에게 남으라고 단호히 요구했다. 둘 다 아무것도 감출 게 없으며, 우리가 대리인 신분으로 두 사람의 감정을 나누는 걸 특권으로 알라는 식이었다.

"앉아, 데이지."

톰은 가장의 권위를 가장하며 말을 더듬거렸지만 먹히지 않았다.

"도대체 무슨 일이 있었던 거야? 하나도 남김없이 다 들어야겠어."

"무슨 일이 있었는지 말했잖아. 오 년이나 계속된 일이야. 그런데도 당신은 까맣게 몰랐지."

개츠비가 말했다.

톰은 데이지에게 홱 돌아섰다.

"이 인간을 오 년이나 만나고 다닌 거야?"

"만나진 않았지. 아니, 만날 수 없었다고 해야겠지. 친구, 하지만 우린 둘 다 그 오랜 세월 서로 사랑했고 당신은 그걸 몰랐어. 그래서 종종 비웃어줄 때도 있었지."

하지만 개츠비의 눈에는 웃음기가 전혀 없었다.

"당신이 모르고 있는 게 안돼서 말이야."

개츠비가 말했다.

"아하, 고작 그거였군."

마치 성직자처럼 톰은 두툼한 손을 맞대고 손가락을 두드리면서 의자에 등을 기댔다.

"당신은 지금 제정신이 아니야!"

그는 마침내 폭발했다.

"오 년 전에 무슨 일이 있었는지에 대해선 나도 할 말 없어. 왜냐하면 그땐 데이지를 몰랐으니까. 그리고 식료품 따위를 들고 뒷문으로 드나드는 게 아닌 바에야 내가 제정신이라면 당신 같은 인간이 내 아내 근처에서 얼쩡거리는 걸 그냥 놔뒀을 리가 없어. 하지만 그걸 뺀 나머지는 다 새빨간 거짓말이야. 데이지는 나와 결혼했을 때도 그랬고 지금도 나를 사랑해."

"아니."

개츠비는 고개를 저으며 말했다.

"아니, 내 말이 맞아. 문제가 있다면 데이지가 가끔 멍청한 생각을 한다는 것 그리고 자기 자신이 뭘 하고 있는지 모른다는 거지."

톰은 현자처럼 고개를 끄덕였다.

"무엇보다 나도 데이지를 사랑해. 물론 어쩌다가 넋을 놓고 정신없이 취해서 바보짓을 할 때는 있어. 하지만 늘 제자리로 돌아온다고. 그리고 마음속으론 변함없이 데이지를 사랑해."

"당신, 참 역겹다."

데이지가 말했다. 그러고는 내게로 돌아섰다. 한 옥타브 아래로 뚝 떨어진 그녀의 목소리가 방 안을 전율하는 경멸감으로 가득 채웠다.

"우리가 왜 시카고를 떠났는지 알아요? 그때 난리 났던 얘기를 사람들이 왜 오빠한테 안 해줬을까. 그 재미난 얘기를."

그때 개츠비가 다가와 그녀 옆에 섰다.

"데이지, 이제 다 끝난 일이야. 그건 더는 중요하지 않아. 그냥 저자에게 사실대로 말해. 한 번도 사랑한 적이 없다고 말이야. 그럼 모든 게 영원히 그리고 깨끗이 사라질 거야."

그는 진지하게 말했다.

데이지는 대책 없는 눈빛으로 그를 바라봤다.

"어떻게 내가 저 사람을 사랑할 수 있겠어요. 말이 돼요?"

"당신은 저자를 사랑한 적이 없어."

데이지는 망설였다. 그녀는 호소가 담긴 눈빛으로 조던과 나를 바라봤다. 자기가 무슨 짓을 하고 있는지 비로소 깨달았다는, 자기는 절대로 이제껏 단 한 번도 다른 생각을 해본 적이 없다는 눈빛이었다. 그러나 이미 엎질러진 물이었다. 그러기엔 너무 늦었다.

"나는 저 사람을 사랑한 적이 없어요."

그녀의 목소리엔 주저하는 기색이 완연했다.

"카피올라니(하와이 오아후 섬에 있는 공원—옮긴이)에서는? 그때도 사랑하지 않았다고?"

톰이 갑자기 따져 물었다.

"그래요."

아래층 무도회장에서 질식할 것만 같은 화음이 낮은 소리로 뜨거운 기류를 타고 올라오고 있었다.

"당신 신발이 젖을까 봐 내가 펀치볼(하와이 오아후 섬의 봉우리 이름—옮긴이)에서 당신을 안고 내려왔을 때는? 그때도? 그래, 데이지?"

약간 쉰 톰의 목소리에서 다정함이 묻어났다.

"제발 그만해요."

데이지의 목소리는 싸늘했지만 좀 전까지 담겨 있던 분노의 감정은 사라지고 없었다. 그녀는 개츠비를 바라봤다.

"거기요, 제이."

데이지는 입을 열었다. 손가락이 떨려 담배에 불을 붙일 수가 없었다. 그녀는 피우려던 담배와 불이 붙은 성냥을 별안간 카펫에 내동댕이쳤다.

"아, 당신은 너무 많은 걸 바라고 있어요! 지금 내가 사랑하는 사람은 당신이에요. 그걸로 부족해요? 지나간 일을 나더러 어쩌라고요."

그녀는 개츠비에게 소리치더니 속수무책으로 흐느끼기 시작했다.

"맞아요, 한때는 저 사람을 사랑했어요. 하지만 당신도 사랑했어요."

개츠비는 눈을 떴다가 감았다.

"나도 사랑했다?"

그는 그녀의 말을 따라 했다.

"그조차도 거짓말이야."

톰이 야만스럽게 말했다.

"데이지는 당신이 살아 있는 줄도 몰랐어. 왜냐고? 데이지와 나 사이엔 당신이 절대 알 수 없는 것들이 있으니까. 우리 둘 다 죽을 때까지 잊지 못하는 것들 말이야."

그 말은 진짜로 개츠비의 몸을 파고드는 듯했다.

"데이지와 단둘이서 얘기를 해야겠어. 지금은 너무 흥분해서······."

개츠비는 고집을 피웠다.

"당신하고 단둘이서 있어도 난 한 번도 톰을 사랑하지 않았다는 말은 못 해요. 그건 사실이 아니니까요."

그녀는 애처로운 목소리로 말했다.

"당연히 사실이 아니지."

톰이 맞장구를 쳤다.

그녀는 남편에게 돌아서더니 말했다.

"마치 당신하고 무슨 상관이라도 있는 것처럼 말하는군요."

"당연히 상관이 있지. 지금 이 순간부터 당신을 더욱더 극진히 돌볼 거니까."

"상황 파악이 전혀 안 되는군."

개츠비가 극심한 공포가 묻어나는 목소리로 말했다.

"당신은 더는 데이지를 돌볼 일이 없어."

"내가?"

톰은 눈을 크게 뜨고 웃어젖혔다. 이제는 자신을 통제할 힘이 생긴 것이다.

"그게 무슨 소리지?"

"데이지가 당신을 떠날 거니까."

"웃기는 소리 말라고."

"그래도 난 떠날 거예요."

데이지가 이 말을 얼마나 어렵게 했는지는 누가 봐도 알 수 있었다.

"저 여잔 날 안 떠나!"

톰은 개츠비를 겨냥하며 갑자기 말을 쏟아냈다.

"내가 장담하건대, 행여 그렇다 해도 저 여자 손가락에 낀 반지를 팔아먹을 게 분명한 한낱 사기꾼 때문은 아니라고."

"이런 얘기, 더는 못 참겠어요! 제발 우리 밖으로 나가요." 데이지가 소리쳤다.

"도대체 당신 뭐하는 인간이야?"

드디어 톰이 본색을 드러내기 시작했다.

"당신, 마이어 울프심하고 어울려 다니는 패거리 중 하나 더군. 그까짓 것쯤 알아내는 일이야 식은 죽 먹기지. 당신이 무슨 짓을 하고 다니는지 내가 뒷조사를 좀 해봤거든. 그런데 내일은 좀 더 깊이 알아봐야겠어."

"마음대로 해, 친구."

개츠비도 물러서지 않았다.

"당신이 한다는 '약국'인지 뭔지의 정체도 이미 다 알아냈어."

그는 우리 쪽으로 돌아서서 속사포처럼 말을 내뱉었다.

"이 친구하고 울프심이란 작자는 여기하고 시카고에서 골목에 있는 약국들을 왕창 사들인 다음 뒷구멍으로 술을 팔았더군. 이 친구가 가진 잘난 재주 중 하나지. 처음 봤을 때부터 난 이자가 주류 밀매업자일 줄 알았는데, 제법 엇비슷하게 맞힌 것 아니겠어."

"그게 어때서? 당신 친구인 월터 체이스는 그 일에 끼어든 걸 꽤나 자랑스러워하는 것 같던데."

개츠비가 점잖게 말했다.

"그 친구를 똥통에 빠뜨린 게 당신인 줄 아는데, 아니야? 당신이 그 친구를 뉴저지 감옥에서 한 달이나 썩게 만들었어. 빌어먹을! 월터 그 친구가 당신이라는 인간을 뭐라고 얘기했는지 직접 들었어야 하는데."

"우리를 찾아왔을 때 그자는 알거지나 다름없었어. 돈 좀 쥐게 되었다고 환장하던걸, 친구."

"나한테 그놈의 '친구' 소리 좀 집어치워!"

톰이 분노에 차서 소리쳤다.

개츠비는 아무 말도 하지 않았다.

"월터는 당신을 도박법으로 걸 수도 있었어. 그런데 울프심이 협박해서 입을 다물게 했지."

개츠비의 얼굴을 보니 또다시 알듯 모를 듯한 표정으로 돌아와 있었다.

"약국 사업이야 단지 푼돈에 불과했지."

톰은 천천히 말을 이었다.

"하나 월터가 겁이 나서 차마 말을 못 해 그렇지, 지금은 뭔가 다른 일을 벌이고 있는 게 분명해."

나는 데이지를 흘깃 바라봤다. 그녀는 겁에 질린 표정으로 개츠비와 자기 남편 사이를 응시하고 있었다. 그런 다음 나는 조던을 바라봤다. 그녀는 아까부터 턱에 뭔가를, 비록 눈에 보이지는 않지만 정신을 집중하게 하는 뭔가를 올려놓은 듯 떨어뜨리지 않으려고 균형을 잡고 있었다. 마지

216

막으로 나는 개츠비에게 돌아섰는데 그의 표정에 기겁하고 말았다. 그의 집 정원을 시끄럽게 달궜던 중상모략을 철저히 무시한다고 해도 그건 '사람을 죽인' 자의 얼굴이었다. 잠깐 바라본 그의 얼굴은 그렇게 비현실적인 방식으로밖에는 달리 묘사할 길이 없었다.

잠시 후 원래 표정으로 돌아온 개츠비는 흥분한 채 데이지를 설득하기 시작했다. 그는 모든 것을 부인했고 실제로 저지르지 않은 혐의들에서 자신을 옹호했다. 하지만 개츠비가 한 마디 할 때마다 데이지는 점점 더 안으로 움츠러들었고, 결국 그는 설득을 포기할 수밖에 없었다. 오후가 소멸해가는 사이, 그의 죽은 꿈은 더는 만질 수 없는 것을 만지려고 안간힘을 쓰면서 방 저 건너편에 있는 잃어버린 목소리를 향해 불행하지만 포기할 줄 모르는 투쟁을 이어갔다.

그 목소리가 또다시 이곳을 나가자고 애원했다.

"제발요, 톰! 더는 못 견디겠어요."

공포에 질린 눈은 데이지가 어떤 마음으로 어떤 용기를 품고 이곳에 왔건 이제는 없던 일이 되었음을 말해주었다.

"데이지, 당신들 둘이 먼저 집으로 출발해. 개츠비 저 인간 차로 말이야."

톰이 말했다.

그녀는 화들짝 놀라 톰을 바라봤지만 그는 그까짓 것쯤 대수롭지 않다는 듯 노골적으로 멸시감을 나타내며 말했다.

"어서 가. 저자가 앞으로 당신을 괴롭힐 일은 없을 거야.

자기가 저지른 주제넘고 한심한 불장난이 끝난 줄 알 테니까."

두 사람은 사라졌다. 말 한 마디 없이, 눈 깜짝할 사이에, 우연히 벌어진 일처럼, 고립된 채로, 마치 유령처럼, 심지어 우리의 연민에서도.

잠시 후 톰은 일어서서 뚜껑도 따지 않은 위스키를 도로 수건에 싸기 시작했다.

"누구 이거 필요한 사람? 조던? ······닉?"

나는 대답하지 않았다.

"닉?"

그가 다시 물었다.

"왜?"

"좀 마시지?"

"아니······. 그러고 보니 오늘이 내 생일이군."

오늘로 나는 서른 살이 되었다. 불길하고 위협적인 십 년이 내 앞에 펼쳐져 있었다.

우리가 톰의 쿠페를 타고 롱아일랜드로 출발했을 때는 일곱 시였다. 톰은 의기양양해서 연신 너털웃음을 터뜨리며 끝없이 떠들어댔지만 그의 목소리는 인도를 지나는 외국인들의 외침이나 머리 위 고가도로에서 나는 시끄러운 소음만큼이나 조던과 내게서 아득히 멀리 있었다. 인간의 동정심은 끝이 있게 마련이라 우리는 그들의 비극적인 논쟁 일체가 등 뒤에 놓인 도시의 불빛과 더불어 서서히 사라지게 내버려두면 그것으로 충분하다고 생각했다. 서른. 또 다른 십 년의 약속. 외로움은 점점 깊어질 테고 미혼 남성이 알아야 할 것들의 목록은 줄어들 것이다. 열정이 담긴 서류 가방은 두께가 점점 얇아질 것이고 머리숱도 점점 줄어들 것이다. 하지만 내 곁엔 조던이 있었다. 데이지와 달리 워낙 현명한 여자라 한 살 한 살 나이가 들면서 쉽게 잊어버리는 꿈들을 계속 마음에 품는 어리석은 짓 따윈 하지 않을 것이다. 컴컴한 다리를 지나자 그녀의 야윈 얼굴이 아주 천천히 내 코트 어깨 위로 내려앉았다. 서른이라는 나이가 주는 무시무시한 타격은 불안을 잠재우는 무게감을 지닌 그녀의 손길 아래서 서서히 잦아들었다.

그렇게 우리가 탄 차는 식어가는 석양을 뚫고 죽음을 향해 질주했다.

곳곳에 쌓인 잿더미 옆에서 구멍가게 겸 식당을 운영하는 그리스 청년 미카엘리스가 그 사고의 주된 목격자였다. 푹푹 찌는 무더위 속에서 다섯 시가 넘어서야 잠에서 깬 미카엘리스는 윌슨의 자동차 정비소 쪽으로 산책을 나갔다가 아픈 몸으로 사무실에 있는 그를 발견했다. 그는 심하게 앓은 듯 머리 색깔 못지않게 창백한 얼굴로 온몸을 부들부들 떨고 있었다. 미카엘리스가 침대에 가서 누우라고 했지만 윌슨은 처리할 일이 산더미 같다며 말을 듣지 않았다. 그래도 이웃이라 어떻게든 쉬라고 설득해보려는데 별안간 위층에서 와장창 하면서 요란한 소리가 터져 나왔다.

"내가 집사람을 위층에 가둬놨거든. 집사람은 내일모레
까지 저기 있다가 나하고 여길 떠날 거야."

월슨이 차분하게 설명했다.

미카엘리스는 기가 막혔다. 두 사람은 사 년이나 이웃에
살았지만 월슨은 어렴풋하게라도 여길 떠날 거라는 생각을
내비친 적이 없었다. 그는 늘 지쳐 있었다. 일을 하지 않을
때면 문가에 놓인 의자에 앉아서 길을 지나는 사람이며 차
들을 물끄러미 바라봤다. 누가 말이라도 걸면 늘 상냥하지
만 무미건조한 웃음을 터뜨렸다. 그는 누군가의 남편이었
을 뿐 그 이상도 이하도 아니었다.

미카엘리스의 처지에서야 무슨 일이 있었는지 궁금해하
는 게 당연했지만 월슨은 좀처럼 입을 열지 않았다. 그 대신
자기를 찾아온 방문객에게 호기심과 의심이 뒤섞인 눈길을
던지며 몇 날 몇 시에 뭘 하고 있었는지 캐묻기 시작했다.
미카엘리스는 자꾸만 불안해졌고 마침 인부 몇 명이 정비
소 앞을 지나 자신의 식당을 향하자 이때다 싶어 나중에 다
시 올 작정으로 자리를 피했다. 하지만 그는 돌아오지 않았
다. 단지 잊어버렸다는 것이 그가 댄 이유였다. 일곱 시가
조금 지나 다시 바깥으로 나오고 나서야 그는 아까 월슨과
주고받았던 얘기가 떠올랐다. 정비소 아래층에서 월슨 부
인의 시끄러운 목소리가 들려왔다.

"그래, 어디 한번 패봐! 날 패대기쳐서 한번 두들겨 패보

라고, 이 더럽고 멍청한 겁쟁이야!"

그녀가 소리를 질러댔다.

잠시 후 머틀 윌슨은 악을 쓰고 두 손을 마구 내저으며 땅 거미 속으로 뛰쳐나갔고, 미카엘리스가 가게 문에서 걸음을 떼기도 전에 상황은 끝이 났다.

각종 신문에서 부르는 대로 이른바 그 '죽음의 차'는 끝내 멈추지 않았다. 몰려오는 어둠 속에서 뛰쳐나온 자동차는 한순간 비극적으로 요동치다가 곧바로 굽은 길모퉁이 너머로 사라졌다. 마브로미카엘리스는 차의 색깔조차 확신할 수 없었다. 처음 도착한 경찰에겐 연녹색이라고 말했다. 뉴욕으로 가던 다른 차 한 대가 90미터쯤 지나서 멈춰 서더니 운전자가 황급히 머틀 윌슨이 있는 곳으로 달려왔다. 그녀는 목숨이 끊긴 채 처참한 몰골로 찻길에 무릎을 꿇고 있었으며, 그녀의 몸에서 흘러나온 탁하고 시커먼 피는 흙과 뒤범벅이 되어 있었다.

미카엘리스와 이 운전자는 그녀를 발견하자마자 땀으로 축축한 블라우스를 찢었다. 하지만 이미 그녀의 왼쪽 가슴은 찢어진 덮개처럼 너덜거렸기에 그 밑의 심장 소리에 귀를 기울일 필요조차 없었다. 오래도록 품어온 터질 것 같은 생명력을 포기하면서 숨이 막혔던 듯 그녀의 입술 양쪽 가장자리가 약간 찢어진 채 힘없이 벌어져 있었다.

제법 먼 거리였는데도 자동차 서너 대와 사람들이 웅성

거리는 모습이 눈에 들어왔다.

"교통사고군! 잘됐네. 윌슨에게 드디어 일거리가 생겼으니."

톰이 말했다.

그는 속도를 늦추긴 했지만 그때까지는 차를 세울 생각이 없었다. 그러다가 현장에 가까워지면서 사람들이 숨을 죽인 채 정비소 문 앞에 모여 뭔가를 뚫어져라 바라보는 광경을 보더니 자동적으로 브레이크를 밟았다.

"무슨 일인지 알아봐야겠어."

그는 궁금증에 가득 차서 말했다.

"그냥 한번 보자고."

그제야 나는 정비소 안에서 허망한 울부짖음이 끊임없이 흘러나온다는 사실을 깨달았다. 우리가 쿠페에서 내려 문으로 걸어가자 그 소리는 숨 가쁜 신음 속에서 끝없이 되풀이되는 "오, 안 돼!"라는 목소리로 바뀌었다.

"대단히 골치 아픈 일이 터진 모양이군."

톰이 흥분해서 말했다.

그는 다가가서 까치발을 하고 둥그렇게 모인 사람들의 머리 너머로 정비소 안을 들여다봤다. 천장에 대롱대롱 매달린 금속 바구니 안에 노란 등 하나만 켜져 있었다. 톰은 거친 신음소리를 내뱉더니 힘센 팔을 무자비하게 휘두르며 사람들을 밀치고 들어갔다.

막무가내로 밀치는 그를 두고 사람들 사이에 잠시 훈계

와 충고가 뒤섞인 잔소리가 이어졌지만 원은 다시 닫혀버렸다. 결국 나는 간발의 차로 아무것도 볼 수가 없었다. 새로운 구경꾼들이 속속 도착하면서 원이 다시 허물어지자 조던과 나는 갑자기 안으로 떠밀려 들어갔다.

머틀 윌슨의 시신이 마치 무더운 밤에 오한에 시달리는 사람처럼 담요 한 겹을 두르고 또 다른 담요에 싸인 채 벽에 붙은 작업대 위에 놓여 있었다. 톰이 등을 돌린 채 못 박힌 듯 그녀의 시신을 굽어보고 있었다. 그 옆에선 오토바이를 타고 온 경찰관이 땀을 줄줄 흘려가며 작은 수첩에다 이름을 적었다 고쳤다 하고 있었다. 처음엔 아무것도 없는 정비소 밖으로 요란하게 메아리치는, 신음이 뒤섞인 고성이 어디서 나오는지 몰랐다. 그런데 사무실 문지방에 올라서서 양손으로 문설주를 움켜쥐고 앞뒤로 몸을 흔드는 윌슨의 모습이 보였다. 웬 남자가 그의 어깨를 이따금 다독이면서 낮은 목소리로 이런저런 말을 걸고 있었다. 하지만 윌슨에겐 그 소리도 들리지 않고 그 모습도 보이지 않는 듯했다. 그의 시선은 천장의 흔들거리는 불빛에서 천천히 머틀의 시신이 놓인 벽 옆의 작업대로 떨어졌다가 다시 전등 불빛으로 홱 돌아갔다. 그의 입에선 공포에 질린 높은 울부짖음이 끊임없이 터져 나왔다.

"아, 아니야! 아니야, 안 돼! 안 돼! 아니야!"

같은 시각, 톰은 갑자기 고개를 쳐들고 정비소 안을 멍한 눈으로 둘러보곤 경찰관에게 두서없이 뭔가를 중얼거렸다.

"M, a, v······."

경찰관은 이렇게 말하고 있었다.

"···o···."

"아뇨, r······. M, a, v, r, o······."

그 남자가 정정해주었다.

"내 말 좀 들어봐요!"

톰이 격앙된 목소리로 외쳤다.

"r······ o······."

경찰이 말했다.

"g······."

"g······."

경찰은 톰의 넓적한 손이 자신의 어깨를 아프게 내리치고 나서야 고개를 들었다.

"뭐가 알고 싶으신 거죠?"

"어떻게 된 겁니까? 제가 알고 싶은 건 그겁니다."

"차에 치였어요. 즉사했습니다."

"즉사했다고요."

톰은 물끄러미 경찰을 바라보며 그가 한 말을 따라 했다.

"이 여자가 갑자기 찻길로 뛰어들었어요. 그런데 망할 놈이 차를 세우지도 않았답니다."

"차는 두 대였어요. 하나는 오고 있었고, 하나는 가고 있었죠. 아시겠어요?"

미카엘리스가 말했다.

"어딜 가고 있었다고요?"

경찰이 예리한 질문을 던졌다.

"서로 반대 방향으로요. 아, 글쎄 저 아주머니가."

담요가 덮인 시체를 향해 올라가던 그의 손이 중간쯤에 멈춰 서더니 다시 옆구리로 툭 떨어졌다.

"아주머니가 저기로 뛰쳐나갔는데 뉴욕에서 오던 차가 그냥 확 들이받았어요. 시속 50, 아니 60킬로미터쯤으로 달리고 있었을 거예요."

"여기 지명이 뭡니까?"

경찰관이 물었다.

"지명 같은 건 없는데요."

그때 창백한 얼굴에 잘 차려입은 흑인 한 명이 가까이 다가오더니 말했다.

"노란색 차였습니다. 크고 노란 차요. 새것이었어요."

"사고 장면을 직접 봤습니까?"

경찰이 물었다.

"아뇨. 하지만 그 차가 제 옆을 지나갔어요. 시속 50킬로미터는 넘었어요. 한 80에서 100킬로미터 가까이 됐을 거예요."

"이리 와서 성함 좀 알려주시죠. 자, 좀 비켜주세요. 저분 성함을 알아야겠습니다."

윌슨은 여전히 사무실 문가에서 몸을 흔들고 있었는데 이들이 나누던 대화 일부가 그의 귀에 들어갔음이 분명했다. 그가 내뱉고 있던 숨 가쁜 비명 사이로 새로운 주제가 목소리를 찾았다.

"어떤 차였는지 말 안 해도 돼요! 내가 다 알고 있으니까!"

톰의 어깨 뒤 근육이 코트 밑에서 단단히 뭉치는 게 눈에 띄었다. 그는 얼른 윌슨에게 다가와 정면으로 마주 서서 그의 팔뚝을 꽉 움켜쥐었다.

"정신 똑바로 차리게."

그는 거칠고 무뚝뚝한 목소리로 위로의 말을 건넸다.

윌슨의 시선이 톰에게로 향했다. 그는 까치발을 하고 서서 톰을 빤히 노려보았는데, 톰이 단단히 붙잡지 않았으면 당장이라도 바닥에 무릎을 꿇고 쓰러졌을 것이다.

"잘 들어."

톰이 그를 약하게 잡아 흔들며 말했다.

"나는 방금 전에 뉴욕에서 이곳에 도착했어. 자네하고 내가 그간 의논했던 쿠페를 가져오던 길이었다고. 아까 낮에 내가 몰던 노란색 차는 내 차가 아니야. 알아들어? 난 오후 내내 그 차를 본 적도 없어."

톰의 목소리를 알아들을 만한 거리에 있는 사람은 아까 그 흑인과 나밖에 없었다. 그러나 경찰관은 톰의 말투가 뭔가 수상쩍다 싶었는지 심문하는 눈빛으로 그를 건너다봤다.

"그게 무슨 얘기죠?"

경찰관이 따지듯 물었다.

"저는 이 사람 친굽니다."

톰은 고개를 돌렸지만 두 손으론 여전히 윌슨의 몸을 단단히 움켜잡고 있었다.

"이 사람이 사고를 낸 차를 안다고 해서요……. 노란색 차였다고 하네요."

경찰관은 어렴풋이 무슨 직감을 느꼈는지 수상쩍은 눈으로 톰을 바라봤다.

"그럼 당신 차는요, 무슨 색이죠?"

"파란색입니다. 차종은 쿠페고요."

"우린 뉴욕에서 곧장 이리로 왔습니다."

내가 말했다.

우리보다 조금 뒤에서 차를 몰고 있던 사람이 내 말이 맞다고 하자 비로소 경찰관은 고개를 돌렸다.

"자, 성함 좀 정확히 다시 알려주시겠습니까?"

톰은 윌슨을 인형처럼 집어 들다시피 해서 사무실로 데려가 의자에 앉힌 다음 다시 정비소로 돌아왔다.

"아무나 이쪽으로 와서 저 사람 곁에 좀 앉아주시죠."

톰은 위압적으로 쏘아붙였다. 그러고는 바로 옆에 서 있던 두 남자가 서로 흘깃거리다 마지못해 사무실로 들어가는 모습을 지켜봤다. 그는 두 사람 등 뒤로 문을 닫더니 애써 작업대를 외면하며 계단을 내려왔다. 그리고 내 옆을 지나며 속삭였다.

"나가지."

다른 사람들의 눈을 의식하며 우리는 막무가내로 길을

헤치는 그의 당당한 두 팔에 의지해 여전히 속속 모여들고 있는 사람들을 뚫고 밖으로 나갔다. 의사 한 명이 가방을 들고 다급히 우리 옆을 지나갔다. 혹시라도 살려볼 수 있을까 하는 한 가닥 희망을 품은 누군가가 삼십 분 전에 그에게 연락한 것이다.

톰은 모퉁이를 돌아설 때까지 차를 천천히 몰다가 어느 순간 발에 힘을 꽉 주기 시작했다. 쿠페는 밤을 뚫고 질주했다. 얼마 안 가서 나지막하고 약간 쉰 듯한 흐느낌과 함께 눈물이 그의 얼굴을 타고 하염없이 흘러내렸다.

"빌어먹을 겁쟁이 자식! 그 상황에서 차를 멈추지 않았다니."

그는 훌쩍였다.

마치 어디선가 떠다니다 온 것처럼 뷰캐넌 부부의 집이 바스락거리는 어두운 나무들 사이로 갑자기 우리를 향해 다가왔다. 톰은 현관 앞에 차를 세우고 2층을 올려다봤다. 창문 두 개가 포도 넝쿨 사이로 불을 환하게 밝히고 있었다.

"데이지는 집에 왔군."

그가 말했다. 모두 차에서 내리자 그는 나를 바라보며 미간을 살짝 찌푸렸다.

"닉, 자네를 웨스트에그에 내려주는 걸 깜빡했네. 오늘 밤엔 우리가 할 수 있는 게 없군."

심경의 변화 때문인지 톰의 말투는 무겁고 결연했다. 그는 우리와 함께 달빛이 내려앉은 자갈길을 지나 현관으로 가면서 몇 마디 말로 상황을 정리했다.

"전화를 걸어서 자네를 집으로 데려다줄 택시를 부를 거야. 기다리는 동안 자네하고 조던은 주방으로 가서 저녁거리를 좀 만들어달라고 하는 게 좋겠어. 물론 생각이 있을 때 얘기지만."

그는 현관문을 열었다.

"들어오지."

"아니, 난 됐어. 그런데 나를 생각해서 택시를 불러주면 그건 고맙겠네. 밖에서 기다릴게."

조던이 손을 내 팔에 얹었다.

"닉, 같이 안 들어갈래요?"

"아뇨, 난 됐어요."

나는 몸도 안 좋고 혼자 있고 싶었다. 조던은 안으로 들어가지 않고 잠시 미적거렸다.

"겨우 아홉 시 반밖에 안 됐어요."

그녀가 말했다.

내가 톰의 집으로 들어간다면 그것이야말로 미친 짓이었다. 불과 하루 만에 나는 그들 모두에게 질릴 만큼 질려버렸고, 언제부터인지 모르겠지만 그 안에 조던도 포함되어 있었다. 홱 돌아서서 현관 계단을 뛰어올라 집으로 들어간 걸 보면 그녀 역시 내 얼굴에서 비슷한 감정을 읽었음이 틀림없었다. 머리를 두 손에 묻고 한참을 앉아 있는데 안에서 전화기를 집어 드는 소리와 함께 택시를 부르는 집사의 목소리가 들렸다. 나는 정문 근처에서 기다리려고 집을 벗어나 천천히 진입로를 내려갔다.

불과 20미터나 갔을까, 누군가 나를 부르는 소리가 나더니 오솔길 어귀에 있는 잡목 사이에서 개츠비가 걸어 나왔다. 그때 내 기분이 얼마나 기이했던지, 그가 입고 있던 분홍색 정장이 달빛을 받아 형광색으로 빛나던 기억 말곤 아무 생각도 나지 않는다.

"여기서 뭘 하는 겁니까?"

내가 물었다.

"그냥 서 있습니다, 친구."

왠지 나는 그가 비열한 짓을 하고 있는 것만 같았다. 내 눈엔 당장이라도 이 집을 털려는 사람처럼 보였다. 어두컴컴한 관목 숲에서 그의 등 뒤로 음산하고 기분 나쁜 '울프심의 끄나풀들'이 모습을 드러낸다 해도 그러려니 했을 것이다.

"오다가 찻길에서 무슨 일이 일어난 것 봤습니까?"

잠시 후 그가 물었다.

"네."

그는 망설였다.

"그 여자, 죽었나요?"

"네."

"역시 그랬군요. 데이지에게도 그런 것 같다고 했어요. 충격을 받을 거면 차라리 한꺼번에 받는 게 나아요. 데이지는 제법 잘 견디고 있습니다."

개츠비는 세상에서 데이지의 반응이 가장 중요하다는 듯이 말했다.

"여긴 샛길로 왔습니다. 차는 차고에 넣어뒀어요. 우리를 본 사람은 아무도 없는 것 같습니다. 물론 장담은 못 합니다만."

그는 계속해서 말을 했다.

그 순간 나는 그에게 지독한 환멸을 느껴서 당신 생각이 틀렸다는 말을 해줄 필요조차 못 느꼈다.

"그런데 그 여잔 누구랍니까?"

그가 물었다.

"윌슨이라는 여자예요. 남편이 자동차 정비소를 운영하죠. 도대체 어떻게 된 겁니까?"

"그게, 내가 운전대를 돌리려고 했는데……."

그가 잠시 말을 멈춘 순간 나는 문득 이 일이 내가 예상하던 것과 다를지도 모른다는 생각이 들기 시작했다.

"혹시 데이지가 운전했나요?"

"네."

그는 조금 망설이다가 대답했다.

"하지만 물론 내가 했다고 말할 겁니다. 알다시피 뉴욕을 출발했을 때 데이지는 몹시 흥분해 있었죠. 그래서 운전이라도 하면 마음이 가라앉을 줄 알았어요. 그런데 반대 방향에서 오던 차를 막 지나치는 순간 그 여자가 갑자기 우리 쪽으로 뛰어든 겁니다. 눈 깜짝할 새 일어난 일이지만, 왠지 그 여자가 우리한테 할 말이 있었던 것 같아요. 우리를 자기가 아는 사람들로 잘못 본 거죠. 그게, 데이지도 처음엔 그 여자를 피해서 반대쪽으로, 다른 차가 있는 쪽으로 방향을 틀었는데 그만 겁을 먹고 다시 돌린 겁니다. 내가 얼른 운전대를 잡았는데 충격이 느껴졌어요. 그 여자, 틀림없이 그 자리에서 죽었을 겁니다."

"그 모습이 얼마나 처참했……."

"그만, 그만해요, 친구."

그는 움찔했다.

"왜 그랬는지…… 데이지는 속도를 줄이지 않았어요. 내가 어떻게든 멈춰보려고 했는데 말을 듣지 않아서 할 수 없이 비상브레이크를 잡아당겼어요. 그 바람에 데이지는 내 무릎에 고꾸라졌고요. 그때부터 내가 차를 몬 겁니다."

그는 곧 이렇게 덧붙였다.

"데이지는 내일이면 괜찮아질 거예요. 나는 여기서 기다리면서 그자가 혹여 오늘 낮에 있었던 불쾌한 일로 데이지를 괴롭히지 않는지 두고 볼 겁니다. 데이지는 지금 방에 틀어박혀 있는데 만일 그자가 눈곱만큼이라도 야만스러운 짓을 저지를 낌새가 보이면 스위치를 올렸다 내렸다 하기로 했습니다."

"톰은 데이지를 건드리지 않을 겁니다. 지금 그 친구에겐 데이지는 안중에도 없어요."

내가 말했다.

"난 그자를 믿지 않습니다, 친구."

"여기서 얼마나 기다릴 생각입니까?"

"필요하다면 밤새도록요. 어쨌거나 두 사람 모두 잠자리에 들 때까지는 기다릴 겁니다."

문득 내 머릿속에 새로운 생각이 떠올랐다. 만약 데이지가 운전했다는 사실을 톰이 알아낸다면, 그는 그 일에서 모종의 연관성을 찾아내려고 할 게 분명했다. 얼마든지 그러고도 남을 인간이었다. 나는 그의 집을 쳐다봤다. 아래층 창문 두어 곳에서 환하게 불이 켜져 있었고, 2층에 있는 데이지의 방에선 분홍색 불빛이 흘러나왔다.

"그럼 여기서 기다려요. 당신이 염려하는 일이 생길 조짐이 있는지 보고 올게요."

나는 이렇게 말하고 나서 잔디밭이 시작되는 지점을 따라 뒤로 돌아가서 소용히 자살실을 가로지른 다음 까치발을 하고 베란다 계단을 올라갔다. 응접실은 커튼이 젖혀진채 텅 비어 있었다. 석 달 전 6월의 그날 밤에 우리가 함께 저녁을 먹었던 현관 앞을 지나자 작고 네모난 불빛이 눈에 들어왔다. 식료품 창고 창문에서 새어나오는 것 같았다. 블라인드가 내려진 창문 밑으로 약간의 틈이 보였다.

데이지와 톰이 차갑게 식은 닭튀김 접시와 맥주 두 병을 놓고 식탁에 마주 앉아 있었다. 톰은 건너편에 앉은 데이지에게 무슨 이야긴가를 열심히 하면서 진심인 것처럼 한 손을 뻗어 그녀의 손을 감싸 쥐었다. 데이지는 이따금 고개를 들고 그를 바라보며 알겠다는 듯 고개를 끄덕였다.

둘은 행복해 보이지 않았고 식탁 위에 놓인 닭요리나 술에는 손도 대지 않았다. 그러나 특별히 불행해 보이지도 않았다. 둘의 그림에서 풍기는 자연스럽고 친밀한 분위기는 누가 봐도 둘이 뭔가를 공모하고 있음을 보여주었다.

까치발을 하고 현관을 나오는데 택시가 캄캄한 찻길을 더듬더듬 다가오는 소리가 들렸다. 개츠비는 내가 머물라고 한 진입로에서 기다리고 있었다.

"조용합니까?"

그가 근심스럽게 물었다.

"네, 아주 조용합니다."

나는 망설이다가 말했다.

"차라리 집으로 돌아가서 눈 좀 붙이시죠."

그는 고개를 저었다.

"데이지가 잠자리에 들 때까지 여기서 기다릴 겁니다. 조심해서 가세요, 친구."

개츠비는 양손을 코트 주머니에 넣고 의욕에 넘치는 얼굴로 이 집을 세심하게 살펴야 하는 자신의 일로 돌아갔다. 마치 내가 있으면 자신이 서야 할 불침번의 신성함이 훼손된다는 듯이 말이다. 결국 나는 그가 감시할 게 아무 것도 없는 줄 알면서도 그를 달빛 속에 내버려둔 채 그 집을 떠났다.

7장

나는 잠을 이룰 수가 없었다. 밤새 해협에선 안개를 주의하라는 경적이 신음하듯 끊임없이 들려왔다. 나는 실제로 아픈 사람처럼 기괴한 현실과 야만적이고 무시무시한 꿈들 사이에서 밤새도록 뒤척여야 했다. 새벽 무렵 개츠비의 집 진입로로 택시 들어서는 소리가 들리자 나는 침대에서 벌떡 일어나 옷을 주워 입기 시작했다. 그에게 무슨 말이든, 아니 무슨 경고든 해줘야 할 것 같았다. 아침까지 기다렸 간 너무 늦을 터였다.

잔디밭을 지나 그의 집에 도착하니 현관문이 여전히 열려 있었다. 그는 낙담해서인지 그냥 잠을 못 자서인지 어깨가 축 처진 채로 홀 안의 탁자에 등을 기대고 있었다.

"아무 일도 없었습니다."

그는 힘없이 말했다.

"계속 기다렸는데, 네 시쯤이었나 데이지가 창가로 다가와서 잠시 가만히 서 있더군요. 그러고는 불을 껐습니다."

그날 밤 우리는 담배를 찾아 큰 방들을 뒤지고 다녔는데,

그때만큼 그의 집이 어마어마하고 넓게 느껴진 적은 없었던 것 같다. 우리는 가설 건물과도 같은 커튼들을 옆으로 연신 밀쳐가며 전기 스위치를 찾아 캄캄한 벽을 하염없이 더듬었다. 한번은 괴물 같은 피아노 건반 위에 철퍼덕 엎어진 적도 있었다. 곳곳에 먼지가 엄청나게 쌓여 있었고 오랫동안 환기를 시키지 않은 듯 방에선 퀴퀴한 냄새가 났다. 마침내 처음 보는 탁자 위에서 찾아낸 담뱃갑엔 말라비틀어진 담배 두 개비가 들어 있었다. 우리는 거실의 커다란 유리문들을 활짝 열어젖히고 어둠 속으로 담배 연기를 내뿜었다.

"떠나는 게 좋겠어요. 틀림없이 당신 차를 추적해올 겁니다."

내가 말했다.

"지금 당장 떠나란 말인가요, 친구?"

"일주일 정도 애틀랜틱시티에 가 있어요. 아님 몬트리올로 가든지요."

그러나 개츠비는 떠날 생각이 없었다. 데이지가 어떻게 할 것인지 알기 전에는 그녀를 떠날 수 없는 듯했다. 그는 마지막 희망을 부여잡고 있었다. 나는 그런 그에게 정신 차리라는 말도, 그 희망을 놓으라는 말도 할 수가 없었다.

개츠비가 내게 댄 코디와 함께 보낸 청년 시절에 겪었던 희한한 이야기를 들려준 것도 그날 밤이었다. 내게 그런 이야기를 털어놓은 건 '제이 개츠비'라는 존재가 톰의 단단한 악의성에 부딪혀 유리처럼 산산조각이 났고, 그 결과 길고 은밀하고 화려한 쇼가 종말을 고했기 때문이다. 이렇게 된 이상 무엇이든 허심탄회하게 털어놓을 법도 하련만 정작 그는 데이지에 대해 더 말하고 싶어 했다.

　데이지는 개츠비가 알고 지낸 여자들 가운데 처음으로 만난 '근사한' 여자였다. 다방면에 숨겨진 능력 덕분에 그는 데이지와 같은 부류의 사람들과 만날 기회가 있었지만 그들과의 사이엔 늘 이해할 수 없는 벽이 가로놓여 있었다. 데이지는 가슴이 뛸 만큼 매력적이었다. 처음엔 캠프 테일러의 다른 장교들과 함께 그녀의 집을 찾았지만 나중엔 혼자서 움직였다. 그녀의 집은 그에게 경이로움 그 자체였다. 그는 그전까지 그렇게 아름다운 집을 본 적이 없었다. 하지만 그 집이 그에게 숨 막힐 듯 강렬했던 이유는 바로 데이지가 그곳에 살았기 때문이다. 부대의 텐트가 그에게 일상적이듯 그 집 또한 데이지에겐 대수로운 것이 아니었다. 그녀의 집엔 무르익은 신비가 있었다. 위층의 침실은 그 어떤 침실보다 아름답고 시원할 것 같았고, 복도 곳곳에서는 즐거워서 죽을 만큼 행복에 넘치는 일들이 벌어질 것 같았다. 그녀의 집에선 곰팡내를 풍기며 라벤더 꽃 사이에 내팽개쳐진 로맨스가 아니라 그해에 처음 선보인 눈부신 자동차처럼 향기롭고 신선하고 살아 숨 쉬는 로맨스가 일어날 것 같았다. 또한 시들지 않는 꽃밭에선 늘 댄스파티가 열릴 듯했다. 그는 데이지를 사랑하는 남자가 많다는 사실에 흥분했고, 그래서 그녀가 더욱 탐이 났다. 개츠비는 그들의 존재가 그녀의 집 곳곳에 가득하며, 그들의 살아서 팔딱이는 감정이 그늘과 메아리가 되어 온 집 안을 가득 채우고 있다는 것을 느꼈다.

그러나 개츠비는 자신이 데이지의 집에 온 것이 엄청난 우연임을 잘 알았다. 제이 개츠비의 미래가 제아무리 화려하다 한들 그는 과거가 없는 가난뱅이 청년에 불과했고, 걸치고 있는 제복의 투명 망토 또한 언제든지 벗겨질 수 있었다. 그래서 그는 자신이 누리고 있는 여건을 최대한 이용했다. 그리고 자신이 얻을 수 있는 것을 탐욕스럽고 악랄한 방법으로 쟁취했다. 마침내 10월의 어느 고요한 밤에 그는 데이지를 차지했다. 그녀의 손조차 만질 권리가 없었기에 했던 행동이다.

분명 그릇된 의도로 데이지를 차지했으니 얼마든지 그런 자신을 경멸할 수 있었다. 있지도 않은 수백만 달러를 가짜로 내세웠기 때문이 아니라 교묘한 방법으로 그녀에게 안정감을 주었기에 하는 말이다. 그는 데이지에게 자신을 같은 계층 출신으로, 그래서 그녀를 전적으로 책임질 수 있는 남자로 믿게 했다. 사실 그에겐 그럴 만한 장치가 없었다. 뒤를 받쳐줄 안락한 가족도 없었고 비인격적인 정부가 변덕을 부리면 세상 어디라도 당장 불려가야 할 의무가 있었다.

그러나 개츠비는 자신을 경멸하지도 않았고 자신이 바라는 대로 상황이 이루어지지도 않았다. 그는 자신이 할 수 있는 것을 얻고 떠날 생각이었을지도 모른다. 하지만 이제껏 자신이 성배를 좇는 일에 몸 바쳤음을 깨달아야 했다. 그는 데이지가 특별한 여자인 줄은 알았지만 '근사한' 여자가 얼마나 특별할 수 있는지는 알지 못했다. 그녀는 개츠비를 철저히 혼자 내버려두고 자신의 부유한 집으로, 자신의 부유하고 충만한 삶 속으로 사라져버렸다. 그는 그녀와 결혼했다고 느꼈지만 그게 다였다.

이틀 뒤 두 사람이 다시 만났을 때 정작 가슴을 졸이고 배신을 당한 쪽은 개츠비였다. 데이지의 집 현관에는 곳곳에서 사들인 사치품들이 별처럼 환하게 빛을 발했다. 그녀가 그를 향해 돌아앉았고 다시 그가 호기심에 가득 차고 사랑스러운 그녀의 입술에 키스를 하자 긴 고리버들 의자(단단하게 짜여진 섬유를 사용하여 만든 의자—옮긴이)가 근사한 소리를 내며 삐걱거렸다. 감기에 걸려 그 어느 때보다 매력적인 데이지의 쉰 목소리를 들으면서 개츠비는 부(富)가 가두고 보존해주는 젊음과 신비, 수많은 옷이 가져다주는 신선한 매력을 깨달았다. 그리고 가난한 이들의 뜨거운 투쟁 너머에서 안전하고 당당하게 은처럼 환하게 반짝이는 데이지라는 존재를 가슴 벅차게 깨닫고 있었다.

"내가 데이지와 사랑에 빠졌다는 사실을 알고 얼마나 놀랐는지 말로 표현할 수가 없습니다, 친구. 한동안은 차라리 그녀가 나를 버려주길 바란 적도 있었죠. 하지만 데이지는 그러지 않았습니다. 그녀도 나를 사랑했으니까요. 데이지는 자기가 모르는 것들을 안다는 이유로 내가 아는 게 많다고 믿었어요. 아무튼 그때 난 내 야망은 까맣게 잊고 매 순간 점점 더 깊이 사랑에 빠져들었고, 언젠가부터 야망 따위엔 신경조차 쓰지 않았습니다. 데이지 곁에서 앞으로 이러저러하게 대단한 일을 해나갈 거라고 미래를 설계하면서 얼마든지 행복할 수 있는데 굳이 그런 일들을 할 필요까진 없지 않습니까?"

어느 날 오후, 출국 전 마지막으로 데이지를 만난 자리에서 그는 그녀를 품에 안은 채 아무 말 없이 한참을 앉아 있었다. 쌀쌀한 가을날이라 방 안에 불을 지펴서 그녀의 얼굴은 발갛게 달아올라 있었다. 그녀가 이따금 몸을 움직이면 그는 그때마다 팔의 위치를 조금씩 바꿔주었고, 그녀의 까맣게 빛나는 머리칼에 한 차례 입을 맞추기도 했다. 오후의 시간은 이튿날로 예정된 기나긴 이별을 앞두고 깊은 추억을 만들려는 두 사람을 한동안 평온하게 감싸주었다. 두 사람이 사랑을 나눈 한 달이라는 기간 동안 코트를 걸친 그의 어깨에 그녀가 고요한 입술을 살짝 비볐던 그때만큼 그리고 혹시 잠이라도 들었을까 봐 그가 그녀의 손끝을 가만히 건드렸던 그때만큼 두 사람이 가까웠던 적도, 서로가 깊이 소통했던 적도 없었다.

개츠비는 전장에서 혁혁한 공을 세웠다. 그는 전선으로 투입되기 전에 이미 대위가 되었고 아르곤 전투가 끝나자 소령으로 진급해서 기관총 사단의 사단장이 되었다. 휴전이 이루어진 뒤 필사적으로 귀국하려 했지만 알 수 없는 복잡한 사연 탓인지 아니면 오해 탓인지 고향이 아닌 옥스퍼드로 가게 되었다. 그는 점점 더 걱정이 되었다. 데이지가 보내오는 편지에 묻어나는 불안한 절망감 때문이었다. 그녀는 왜 그가 고향으로 돌아올 수 없는지 이해하지 못했다. 그녀는 바깥세상의 압박을 받는 상황에서 어떻게든 그를 만나 바로 옆에서 그의 존재를 느끼고, 결국 자신이 옳게 행동하고 있다는 확신을 얻고 싶었다.

그만큼 데이지는 어렸고 그녀가 속한 잘 꾸며놓은 세계에서는 난초의 향기와 즐겁고 쾌활한 속물근성 냄새 그리고 삶의 슬픔과 암시를 새로운 곡조로 빚어내며 그해의 리듬을 선도하는 오케스트라 냄새가 풍겼다. 금색과 은색으로 빛나는 슬리퍼 수백 켤레가 반짝이는 흙을 살살 끌고 다니면 색소폰들은 밤새 〈빌스트리트 블루스〉(1917년 W. C. 핸디가 작곡해 유명해진 곡—옮긴이)의 가슴 쓰라린 선율을 구슬프게 연주했다. 주변의 흥분이 가라앉고 차를 마시는 잿빛의 시간이 되면 곳곳의 방마다 어김없이 낮고 달콤한 열기가 끊임없이 고동쳤고, 마치 슬픈 뿔피리 소리에 장미꽃잎이 흩날리듯 신선한 얼굴들이 마루를 누비며 이리저리 떠다녔다.

이와 같은 황혼 녘의 우주 안에서 데이지는 다시 계절의 변화에 맞춰 움직이기 시작했다. 하루에 여섯 명의 남자와 여섯 번의 데이트를 하기 시작했고 새벽이 되면 침대 옆 바닥에서 시들어가는 난초와 자신이 입은 시폰 소재의 야회복 자락이며 구슬장식이 뒤엉키는 것에 전혀 아랑곳하지 않고 졸다가 잠이 들곤 했다. 그러는 동안에도 그녀의 내면은 결정을 내려야 한다고 부르짖었다. 그녀는 자신의 삶이 하루빨리 구체적인 모습을 갖추기를 원했고, 그 결정을 내릴 수 있는 것은 가까이에 있는 어떤 힘이라고 믿었다. 그것은 사랑일 수도, 돈일 수도 그리고 의문의 여지가 없는 현실성일 수도 있었다.

봄이 한창일 즈음 톰 뷰캐넌의 등장과 함께 비로소 그 힘은 구체적인 형태를 갖추었다. 그의 외모와 지위가 풍기는 유익한 막강함 앞에서 데이지는 우쭐해졌다. 물론 그녀 안에는 투쟁과 안도감이 공존했다. 그녀의 편지가 도착했을 때 개츠비는 여전히 옥스퍼드에 있었다.

롱아일랜드는 이제 새벽이었다. 우리는 아래층을 돌아다니며 남은 창문들을 열고 잿빛에서 다시 황금빛으로 변해가는 햇빛으로 집 안을 가득 채웠다. 나무 그림자 하나가 갑자기 이슬 너머로 툭 떨어지더니 유령 같은 새들이 푸른 잎사귀 사이에서 노래하기 시작했다. 바깥 공기에선 느리고 기분 좋은 움직임이 느껴지고, 어쩌다 부는 바람은 시원하고 기분 좋은 날을 예고하는 듯했다.

"데이지는 절대 그자를 사랑했을 리 없어요."

개츠비는 창가에서 돌아서며 도발적인 표정으로 나를 바라봤다.

"친구, 데이지가 아까 낮에 얼마나 흥분했는지 당신도 분명히 봤을 겁니다. 그자는 데이지를 윽박지르면서 겁을 줬어요. 나를 싸구려 협잡꾼으로 전락시키면서 말입니다. 데이지는 자기가 무슨 말을 하는지도 모르고 있었어요."

그는 침울한 표정으로 주저앉았다.

"물론 결혼했을 당시엔 아주 잠깐은 그자를 사랑했을 수도 있어요. 하지만 그 순간에도 나를 더 사랑했단 말입니다. 알겠어요?"

갑자기 그가 희한한 말을 꺼냈다.

"뭐가 됐든 개인적인 문제였지만요."

그걸 어떻게 이해해야 했을까? 나로선 단지 추측하기 어려운 애정 문제에 대해 그가 지나치게 자의적인 해석에 빠져 있다고 짐작할 뿐이었다.

톰과 데이지가 한창 신혼여행 중일 때 프랑스에서 귀국한 그는 군에서 받은 마지막 급료를 들고 루이빌로 비참하지만 거부할 수 없는 여행을 떠났다. 그는 두 사람의 또박거리는 발소리가 11월의 어느 날 밤을 뚫고 울려 퍼지던 바로 그 거리를 거닐고 데이지의 흰색 차로 함께 갔던 호젓한 곳들을 다시 찾으며 일주일을 보냈다. 그에게 데이지의 집이 다른 집들보다 훨씬 신비스럽고 활기차게 보였던 것처럼 비록 그녀는 떠나고 없었지만 그 도시에 대한 그의 기억도 우울하고 슬픈 아름다움으로 가득 차 있었다.

개츠비는 좀 더 적극적으로 수소문했으면 그녀를 찾았을지도 모른다는 아쉬움 때문에 왠지 그녀를 두고 떠나는 기분이 들었다. 빈털터리로 올라탄 보통 객차는 찜통이었다. 그는 탁 트인 연결통로로 가서 접이식 의자에 앉았다. 역이 눈앞에서 스르르 사라지고 낯선 건물의 뒷모습들이 눈앞을 스쳐 지나갔다. 곧바로 봄 녘의 들판이 펼쳐지면서 승객을 실은 노란 전차가 아주 잠시 그가 탄 기차를 부지런히 따라왔다. 그들도 언젠가는 아무 근심과 걱정 없는 루이빌의 거리에서 그녀의 얼굴에서 풍기는 창백한 마법과 마주친 적이 있었으리라.

굽이진 철로를 만나면서 이제 기차는 해를 등지고 달아났다. 점점 밑으로 기우는 해는 뒤로 사라져가는 도시에, 그녀의 숨결이 드리워진 그곳에 두루두루 축복을 내리는 듯했다. 그는 공기 한 줌이라도 낚아채려는 듯, 그래서 데이지 덕분에 아름다운 기억으로 남게 될 이곳에서 아주 작은 조각 하나라도 가져가려는 듯 필사적으로 손을 뻗었다. 하지만 그의 흐릿한 눈엔 모든 것이 너무나 휙휙 지나가버렸다. 이로써 그는 가장 신선하고 가장 최고였던 기억의 한 부분을 영영 잃어버렸다는 사실을 깨달았다.

우리가 아침 식사를 마치고 현관에 나와 앉았을 때는 아홉 시였다. 날씨는 밤새 급격히 변해 있었고 공기에선 가을 냄새가 묻어났다. 개츠비의 집에서 일하던 하인들 가운데 마지막으로 남은 정원사가 계단 발치로 다가왔다.

"개츠비 씨, 오늘 수영장 물을 비울까 합니다. 이제 곧 낙엽이 질 텐데 그럼 꼭 수도관에 문제가 생기거든요."

"오늘은 하지 말게."

개츠비는 이렇게 대답한 뒤 내게 돌아서며 변명하듯 말했다.

"친구, 알다시피 여름 내내 나는 한 번도 저 수영장에 들어가지 않았잖습니까?"

나는 시계를 들여다보고 자리에서 일어섰다.

"기차 시간이 십이 분 남았네요."

나는 시내에 가기 싫었다. 일이 손에 잡힐 리도 없었지만 사실 다른 이유가 있었다. 개츠비를 놔두고 가기가 싫었다. 나는 타기로 한 기차와 다시 그다음 기차까지 놓치고 나서야 그곳을 떠날 수 있었다.

"전화할게요."

마침내 내가 말했다.

"그러세요, 친구."

"정오쯤 전화하겠습니다."

우리는 계단을 천천히 내려왔다.

"데이지도 전화를 걸 겁니다."

그는 맞장구를 쳐주었으면 하는 걱정스러운 얼굴로 나를 바라봤다.

"그럴 겁니다."

"그럼 조심해서 가십시오."

악수를 나눈 뒤 나는 길을 떠났다. 울타리에 다다르기 직전에 나는 문득 할 말이 생각나서 뒤를 돌아보았다.

"그 사람들은 인간쓰레기예요. 그 사람들을 죄다 합쳐놔도 당신 한 사람만 못하단 말입니다."

나는 잔디밭 너머로 외쳤다.

지금도 나는 그 말을 하길 잘했다고 생각한다. 그 말은 내가 그에게 해준 유일한 칭찬이었다. 처음부터 끝까지 그를 인정하지 않았으니까. 그는 처음엔 공손하게 고개를 끄덕이더니 곧바로 환하고 너그러운 미소가 얼굴 위로 번져갔다. 그 미소를 보니 마치 그동안 우리가 줄곧 그런 생각을 품고 열렬히 결탁해온 사람들처럼 느껴졌다. 그가 입은 후줄근한 정장의 화려한 분홍색과 흰 계단이 대조를 이루면서 그가 서 있는 자리가 유독 환해 보였다. 나는 석 달 전 조상 대대로 물려받았다던 그의 집을 처음 찾아왔던 날 밤을 떠올렸다. 그날 개츠비의 잔디밭과 진입로는 사람들로 인산인해를 이루었고 그의 집을 찾은 사람들은 하나같이 그를 부패 인사로 지목했다. 그리고 개츠비는 절대 부패할 수 없는 꿈을 숨긴 채 바로 이 계단 위에서 그들에게 손을 흔들며 작별 인사를 고했다.

나는 나를 환대해준 그가 고마웠다. 우리는 언제나 그 점에 대해 그에게 고마워했다. 나도, 다른 사람들도.

"갑니다. 아침 잘 먹었어요, 개츠비."

내가 외쳤다.

뉴욕에 돌아간 뒤 나는 한동안 끝이 보이지 않을 만큼 어마어마한 양의 주식 시세를 정리하느라 땀을 흘리다가 회전의자에 앉은 채로 잠에 빠져들었다. 정오가 되기 바로 직전, 전화벨 소리에 화들짝 놀라 깨어보니 이마에 땀이 줄줄 흐르고 있었다. 조던 베이커였다. 그녀는 종종 이 시간에 전화를 걸었는데, 호텔과 클럽과 집을 오가는 시간이며 노선이 불규칙해 달리 시간 내기가 어려웠기 때문이다. 평소 전화기 너머로 들리는 그녀의 목소리는 초록색 골프 코스에서 뜯겨나간 작은 잔디 조각이 사무실 창가로 날아오는 듯 신선하고 시원했지만 그날 아침은 목이 잠긴 듯 건조했다.

"데이지 집에서 나왔어요."

그녀가 말했다.

"지금은 햄스테드에 있는데 오후에 사우샘프턴으로 내려갈 거예요."

분위기로 보아 데이지의 집을 떠나는 편이 좋다고 판단한 모양인데 나는 그녀의 그런 행동이 거슬렸다. 그녀의 입에서 뒤이어 나온 말은 가뜩이나 언짢은 내 기분에 찬물을 끼얹었다.

"어젯밤 당신은 내게 배려가 부족했어요."

"그 상황에서 그게 그렇게 중요하던가요?"

잠시 침묵이 흘렀다. 그런 다음 그녀는 말했다.

"그건 그렇지만⋯⋯. 보고 싶어요."

"나도 보고 싶어요."

"내가 사우샘프턴에 안 간다고 하면 오후에 시내로 올래요?"

"아뇨. 오늘 오후에는 안 될 것 같아요."

"그렇군요."

"오늘 오후는 불가능해요. 이것저것⋯⋯."

우리 대화는 한동안 그렇게 이어지다가 어느 순간 갑자기 끊겼다. 날카로운 철컥 소리와 함께 수화기를 먼저 내려놓은 사람이 누구였는지는 기억나지 않지만 그게 누구든 중요하지 않았다. 설령 그녀와 두 번 다시 말을 할 수 없다해도 그날은 그녀와 작은 탁자에 마주앉아 이야기를 나눌 기분이 아니었다.

몇 분 뒤 개츠비의 집으로 전화를 걸었지만 통화 중이었다. 나는 네 번이나 다시 걸었고, 마침내 교환원이 잔뜩 짜증을 내며 개츠비의 전화선이 디트로이트에서 온 장거리 전화와 연결되어 있다고 말해주었다. 나는 기차 시간표를 꺼내 세 시 오십 분 기차에 조그맣게 동그라미를 쳤다. 그러고는 의자에 등을 기대고 앉아 생각해보려고 애썼다. 낮 열두 시 정각이었다.

그날 아침 기차가 '재의 계곡'에 있는 잿더미들을 지나치기 직전에 나는 일부러 반대편으로 자리를 옮겨 앉았다. 사고 현장은 종일 호기심 많은 구경꾼으로 북새통을 이룰 것 같았다. 시커멓게 변한 핏자국을 찾아 골똘히 흙바닥을 살피는 아이들도 있을 테고 간밤의 사고가 이러저러했다더라 하고 끝없이 떠들어대는 수다쟁이들도 있을 터였다. 그러다 사고의 현실성이 점점 사라지면 그들의 입은 더는 떠들지 않게 될 테고 머틀 윌슨의 비극적인 일도 사람들의 기억 속에서 영영 잊힐 터였다. 이제 나는 조금 뒤로 돌아가서 사고가 나던 날 밤, 우리가 윌슨의 정비소를 떠난 뒤에 그곳에서 무슨 일이 있었는지 말하려고 한다.

수사관들은 머틀의 여동생, 즉 캐서린을 찾느라 애를 먹었다. 그녀는 언니 집에 도착한 뒤에 구급차가 이미 플러싱으로 떠났다는 이야기를 전해 듣고도 술에 취해 무슨 일이 일어났는지 모르고 해롱거렸다. 그녀의 금주 원칙이 그날 밤엔 깨졌다는 뜻이다. 사람들이 구급차가 떠났다는 사실을 거듭 확인시켜주자 그녀는 마치 그 사실이 이 사건에서 가장 괴로운 부분인 듯 그 자리에서 까무러쳤다. 친절인지 호기심인지 몰라도 누군가가 그녀를 차에 태워 머틀의 시신이 있는 곳으로 데려다주었다.

밤이 한참 깊은 뒤에도 정비소 앞은 새로운 구경꾼들로 장사진을 이루었고, 그동안에도 조지 윌슨은 사무실 소파에 앉은 채 몸을 앞뒤로 흔들어댔다. 한동안 사무실 문이 열려 있어서 정비소 안으로 들어온 사람들은 누구랄 것 없이 호기심을 견디지 못하고 사무실 안을 흘깃거렸다. 그 모습을 보다 못한 누군가가 부끄러운 줄 알라면서 문을 닫아버렸다. 미카엘리스와 몇몇 사람이 그의 곁을 지켰다. 처음엔 네댓이었다가 나중엔 두엇으로 줄어들었다. 한참 뒤에도 미카엘리스는 마지막으로 그의 곁을 지키고 있던 낯선 사람에게 십오 분만 더 기다려달라고 부탁한 뒤 가게로 돌아가서 커피 한 주전자를 만들어왔다. 그러고는 동이 틀 때까지 월슨과 단둘이 사무실을 지켰다.

횡설수설하던 월슨의 웅얼거림이 다른 내용으로 바뀌기 시작한 것은 새벽 세 시쯤이었다. 그는 시간이 지나면서 말이 줄더니 노란색 차에 대해 이야기하기 시작했다. 그는 차 주인을 알아낼 자신이 있다며 두 달 전 자기 아내가 얼굴에 멍이 들고 코가 부어오른 채 뉴욕에서 돌아온 적이 있다는 말을 불쑥 꺼냈다.

그러나 정작 그 말에 자기가 움찔하더니 도로 "아, 아니야!"라고 탄식하듯 울부짖기 시작했다. 미카엘리스는 관심을 다른 데로 돌려보려고 어설픈 방법을 동원했다.

"조지, 결혼한 지 얼마나 됐어요? 그만 진정하고 잠깐만이라도 여기 가만히 앉아서 내가 묻는 말에 대답해봐요. 결혼한 지는 얼마나 됐어요?"

"십이 년."

"애는 안 낳았어요? 조지, 제발 정신 차리고 가만히 앉아 계시라니까요. 내가 지금 물었잖아요. 애는 아예 한 명도 안 낳은 거예요?"

껍질이 단단한 갈색 풍뎅이들이 흐릿한 전등갓에 연신 몸뚱이를 부딪혔다. 바깥의 찻길에서 자동차가 질주하는 소리가 들리면 미카엘리스는 그 소리가 마치 몇 시간 전에 들었던, 멈추지 않고 계속 달리던 그 차 소리인 것만 같았다. 그는 머틀의 시신에서 흘러나온 피로 얼룩진 작업대 때문에 정비소에 들어가기 싫어서 안절부절못하며 사무실 안만 뱅뱅 돌았다. 그래서 아침이 되기 전 사무실 안에 무엇 무엇이 있는지 훤히 꿸 수 있게 되었다. 그런 와중에도 그는 짬짬이 윌슨 옆에 앉아 어떻게든 그를 진정시키려고 애썼다.

"조지, 가끔이라도 가는 교회 없어요? 오랫동안 간 적이 없더라도 예전에 다니던 교회가 있을 거 아니에요. 내가 그 교회에 전화해서 목사님더러 오셔서 말씀 좀 나눠달라고 부탁해볼까요?"

"없어."

"조지, 이럴 때를 대비해서 교회는 다녀야 해요. 아무리 그래도 한 번은 가봤을 거 아니에요. 교회에서 결혼식을 올리지 않았어요? 조지, 들어봐요. 내 말 좀 들어보라고요. 교회에서 결혼식 안 했어요?"

"옛날 일이야."

애써 대답하느라 리듬이 깨졌는지 흔들어대던 그의 몸이 잠시 가만히 있었다. 잠시 후 초점을 잃어가던 그의 눈에 또다시 어렴풋한 표정이 돌아왔다.

"거기 서랍 좀 뒤져봐."

그는 책상을 가리키며 말했다.

"어떤 서랍이오?"

"저 서랍. 저거."

미카엘리스는 바로 옆에 있는 서랍을 열었다. 안에는 가죽과 실처럼 꼰 은으로 만든, 작고 값비싼 개 줄 하나밖에 없었다. 새것처럼 보였다.

"이거 말이에요?"

그는 개 줄을 들어 올리며 물었다.

월슨은 물끄러미 바라보더니 고개를 끄덕였다.

"어제 오후에 찾은 거야. 집사람은 여차저차해서 난 거라고 열심히 떠들어대던데 내가 보기엔 뭔가 수상했어."

"아줌마가 이걸 샀단 말이에요?"

"화장지에 싸서 자기 서랍장에 넣어뒀더군."

딱히 이상한 점을 찾지 못한 미카엘리스는 월슨에게 그의 아내가 이 개 줄을 살 법한 이유를 열 가지도 넘게 말해주었다. 하나 머틀한테서 그전에 비슷한 이야기를 들은 적이 있었는지 월슨은 또다시 "아니야!"라는 말을 신음처럼 내뱉기 시작했다. 미카엘리스가 위로하며 했던 숱한 말은 허공에 흩어지고 말았다.

"그래서 그놈이 머틀을 죽인 거야."

월슨이 말했다. 갑자기 그는 입을 쩍 벌렸다.

"그게 누군데요?"

"알아낼 방법이 있어."

"조지, 아저씬 지금 정상이 아니에요."

미카엘리스가 말했다.

"이 일로 너무 진이 빠져서 지금 무슨 말을 하는지도 모르고 있다고요. 그러지 말고 아침까지 여기 앉아서 어떻게든 마음을 진정시켜 보세요."

"그놈이 집사람을 죽였어."

"조지, 그건 사고였어요."

윌슨은 고개를 가로저었다. 그는 눈을 가늘게 뜨고 입술 한쪽을 추어올리며 두고 보라는 듯이 "흠!" 하고 소리를 냈다.

"난 알아."

그는 단호하게 말했다.

"난 남을 속일 줄도 모르고 누구한테 해를 끼칠 사람도 아니지만 내가 안다고 할 땐 제대로 아는 거야. 그 차에 타고 있던 놈이 맞아. 머틀이 그놈에게 할 말이 있어 뛰쳐나갔는데 그놈이 멈추지 않은 거라고."

미카엘리스도 그 광경을 보긴 했지만 그땐 별다르게 생각하지 않았다. 그는 윌슨 부인이 남편을 피해 도망치는 줄로만 알았지 어떤 차를 세우려 하는 줄은 몰랐다.

"아줌마가 어떻게 그럴 수가 있어요?"

"속을 알 수 없는 여자니까."

윌슨은 그 말이 물음에 대한 답이라도 되는 듯이 말했다.

"아…… 아…… 아…….."

그는 또다시 몸을 흔들기 시작했고 미카엘리스는 옆에 서서 손에 든 개 줄을 비비 꼬았다.

"조지, 어디 연락할 만한 친구는요, 그런 친구 없어요?"

그건 쓸데없는 질문이었다. 미카엘리스는 윌슨에게 친구가 없다는 것을 거의 확신했다. 그는 자기 아내 한 명만 감당하기에도 힘이 부치는 사람이었다. 잠시 후 미카엘리스는 사무실 창가에 푸르스름한 하늘빛이 속속 다가드는 것을 보고 이제 곧 새벽이구나 하는 생각에 안도감을 느꼈다. 다섯 시쯤 되자 불을 꺼도 될 만큼 바깥이 파래졌다.

윌슨은 게슴츠레한 눈으로 바깥의 잿더미를 바라봤다. 비현실적인 형태를 띤 작은 회색 구름들이 희미한 새벽바람을 타고 이리저리 종종걸음을 쳤다.

"내가 집사람한테 그랬어. 나를 속일 순 있어도 하늘은 못 속인다고. 그러고는 집사람을 창가로 데려갔지."

윌슨이 오랜 침묵을 깨고 말했다.

그는 가까스로 일어나 뒤쪽 창문으로 걸어가서 창문에 얼굴을 기댔다.

"그리고 이렇게 말했어. '하늘은 당신이 이제껏 무슨 짓을 저질렀는지 다 알아. 그것도 하나도 남김없이. 당신이 나를 속일 수 있을지는 몰라도 하늘을 속일 수는 없어!'라고 말이야."

윌슨은 스러져가는 밤을 뚫고 나와 이제 막 그 모습을 드러낸, 창백하고 거대한 닥터 T. J. 에클버그의 눈을 바라보며 말했다. 미카엘리스는 그런 그를 뒤에서 망연자실한 표정으로 바라봤다.

"하늘은 모든 걸 알아."

월슨은 같은 말을 되풀이했다.

"저건 그냥 광고판이에요."

미카엘리스는 그에게 사실을 일깨워줬다. 무슨 이유에선지 미카엘리스는 창가에서 고개를 돌려 방 안을 둘러봤다. 하지만 월슨은 창문에 얼굴을 댄 채로 새벽하늘을 향해 고개를 끄덕이며 그렇게 한참을 서 있었다.

여섯 시가 되자 미카엘리스는 완전히 진이 빠졌고, 밖에서 차 멈추는 소리가 들리자 고마워서 절이라도 하고 싶은 심정이었다. 전날 밤에 월슨을 보살펴주던 사람들 중 한 명이 다시 오겠다는 약속을 지켰다. 미카엘리스는 세 사람분의 아침을 만들었지만 방금 온 남자와 함께 나눠 먹었다. 월슨도 한결 안정되어 미카엘리스는 집으로 돌아가 잠을 청했다. 네 시간 뒤 그가 잠에서 깨어 정비소로 황급히 달려왔을 때 월슨은 그곳에 없었다.

내내 걸어 다녔던 월슨의 행적은 루스벨트 항을 거쳐 개즈힐(1920년대의 롱아일랜드 지도에 이런 지명은 없으므로 피츠제럴드가 만들어낸 가공의 지명으로 추정됨—옮긴이)까지 추적되었는데, 이곳에서 샌드위치와 커피 한 잔을 샀지만 샌드위치는 먹지 않았다. 정오까지 개즈힐에 도착하지 못한 것으로 보아 지쳐서 빨리 움직이지 못한 게 분명했다. 여기까지는 그의 행적을 시간에 맞춰 계산하기가 어렵지 않았다. '미친 사람처럼 구는' 남자를 봤다는 사내아이들도 있었고, 찻길 옆에 서서 자기를 기분 나쁘게 노려봤다는 운전자들도 나왔다. 그러나 그 후 세 시간은 종적이 묘연했다. 경찰은 윌슨이 미카엘리스에게 했던 "찾아낼 방법이 있다"는 말에 착안해 그가 행적을 알 수 없는 세 시간 동안 정비소를 샅샅이 뒤지며 노란색 차의 주인을 캐묻고 다녔을 거라고 추정했다. 하지만 그를 봤다는 정비소 주인이 한 사람도 나오지 않은 것으로 보아 그보다 쉽고 확실하게 알아낼 방법이 있었던 것도 같다. 오후 두 시 반쯤 그는 웨스트에그에서 누군가를 붙잡고 개츠비의 집으로 가는 길을 물었다. 그때 이미 개츠비라는 이름을 알았다는 이야기다.

두 시 정각, 수영복으로 갈아입은 개츠비는 누가 전화를 걸어오거든 수영장으로 알려달라는 말을 집사에게 남겼다. 그는 차고에 들러 여름 내내 손님들을 즐겁게 해준 매트리스 모양의 튜브를 꺼낸 뒤 운전기사의 도움을 받아 바람을 넣었다. 그런 다음 운전기사에게 무개차는 무슨 일이 있어도 절대 꺼내지 말라는 지시를 내렸다. 오른쪽 앞바퀴 위쪽 몸체를 수리해야 하는데 왜 그런 말을 하는지 이상했다.

개츠비는 바람을 채운 튜브를 어깨에 짊어지고 수영장으

로 향했다. 중간에 걸음을 멈추고 튜브의 위치를 바꾼 적이 있었는데, 운전기사가 도와주겠다고 하자 고개를 가로젓곤 노랗게 물들어가는 나무들 사이로 금세 자취를 감췄다.

걸려온 전화는 한 통도 없었지만 집사는 낮잠도 거르고 네 시까지 기다렸다. 만에 하나 전화가 오면 그걸 전해줄 사람이 있어야 했기 때문이다. 어쩌면 개츠비 자신도 전화가 올 거라고 믿지 않았으며 더는 개의치 않았을지도 모른다는 생각이 든다. 실제로 그랬다면 틀림없이 그는 예전의 따스했던 세상이 영영 사라졌음을 절감하며 단 한 가지 꿈을 너무 오래 품고 산 것에 대해 혹독한 대가를 치른다고 생각했을 것이다. 그는 공포감을 자아내는 나뭇잎들 사이로 낯선 하늘을 올려다봤을 것이다. 또한 장미 한 송이가 얼마나 기괴하며, 듬성듬성한 풀밭을 비추는 햇빛이 얼마나 조악한지를 깨닫고 몸서리쳤을 것이다. 현실감이 없는 물질, 가난한 유령들이 마치 공기를 들이마시듯 꿈을 호흡하며 무심코 여기저기 떠다니는 새로운 세상이 형체를 알 수 없는 나무들을 뚫고 잿빛의 기괴한 형체처럼 그를 향해 미끄러지듯 다가오고 있었다.

울프심의 하수인 중 한 명이었다는 운전기사가 뒤에 내놓은 유일한 설명으로는 총성을 듣기는 했지만 딱히 별스럽게 생각하지 않았다고 했다. 나는 역에서 차를 타고 곧장 개츠비의 집으로 향했다. 내가 걱정스러운 표정으로 집 앞 계단을 황급히 올라간 뒤에야 다들 무슨 일이 일어났나 싶은 표정을 지었다. 하지만 나는 그들이 분명히 알고 있었다고 확신한다. 개츠비의 운전기사와 집사, 정원사, 나 이렇게 네 명은 뭐라고 말할 새도 없이 서둘러 수영장으로 뛰어갔다.

수영장의 한쪽 끝에서 나오는 깨끗한 물이 반대편 배수구를 향해 흘러가면서 알아차릴 수 없을 만큼 희미한 물의 흐름이 느껴졌다. 개츠비를 실은 매트리스 튜브는 물결의 흔적 정도밖에 안 되는 자잘한 파문을 일으키며 물의 흐름을 따라 정처 없이 움직였다. 우연한 짐 하나를 짊어진 매트리스의 우연한 경로는 수면에 물결을 만들지도 못할 만큼 작고 약한 바람 한 줄기에도 쉽게 흐트러졌다. 나뭇잎 한 더미가 와 닿자 매트리스는 마치 컴퍼스 다리처럼 물속에 가늘고 붉은 원을 그리며 천천히 맴을 돌았다.

우리가 개츠비의 시신을 수습해서 집으로 출발한 지 얼마 안 돼 정원사가 풀밭에서 조금 떨어진 곳에서 윌슨의 시신을 발견했고, 비극은 그렇게 끝이 났다.

8 장

이 년이 흐른 지금 내가 기억하는 그날의 남은 시간과 그
날 밤 그리고 그 이튿날은 오직 경찰과 사진기자와 신문기
자들이 개츠비의 집 현관을 반복 훈련하듯 끝없이 드나들
었다는 사실뿐이다. 경찰은 정문을 밧줄로 가로막은 뒤 그
옆에서 보초를 서며 궁금해하는 사람들의 출입을 막았다.
하지만 얼마 지나지 않아 아이들은 우리 집 마당을 거치면
그 집에 들어갈 수 있다는 사실을 알아냈고, 그때부터 수영
장 주위엔 늘 서너 명의 아이가 입을 벌린 채 옹기종기 모여
있었다. 적극적인 태도로 미루어 형사로 짐작되는 누군가
가 그날 오후 윌슨의 시신을 굽어보며 '미치광이'라는 표현
을 사용했고, 그의 목소리가 지닌 우발적인 권위는 이튿날
아침 신문 기사들의 근거 자료가 되었다.

그렇게 실린 기사들은 대부분 악몽에 가까웠다. 기괴한
데다 정황적인 근거밖에 없었으며 하나같이 열띤 어조였
지만 사실과 달랐다. 경찰 조사에서 밝힌 미카엘리스의 증
언은 아내의 부정에 대한 윌슨의 의심을 만천하에 드러냈

고 이제 그들의 사연이 짜릿한 재밋거리가 되어 사람들의 입방아에 오르내리는 것은 시간문제였다. 하지만 무슨 말이든 했을 법한 캐서린은 정작 한 마디도 하지 않았을뿐더러 놀라울 정도로 대담함까지 보여주었다. 그녀는 그려 넣은 눈썹 밑의 단호한 의지가 담긴 눈으로 검시관을 바라보며 언니는 개츠비를 만난 적이 한 번도 없고 형부와 아무 문제 없이 행복했으며 어떤 경우에도 부정한 짓을 저지른 적이 없다고 맹세했다. 그녀는 실제로도 그렇게 확신하는 사람처럼 어떻게 그런 의심을 할 수 있느냐는 듯 손수건에 얼굴을 묻고 대성통곡했다. 결국 월슨은 '슬픔에 겨워 정신이 나간' 인간쯤으로 간단히 정의되었고, 이 사건은 단순한 치정 사건으로 종결되었다.

그러나 내가 볼 땐 하나같이 사건의 본질과 거리가 멀었다. 나도 모르는 새 나는 개츠비 편이 되어 있었다. 게다가 혼자였다. 내가 이 비극적인 사건을 웨스트에그 마을에 전화로 알린 그 순간부터 개츠비에 대한 추측과 실질적인 질문은 모조리 내게 쏟아졌다. 처음엔 놀랐고 또 혼란스러웠다. 그러다 자기 집에 누운 채 몇 시간이고 움직이지도 않고 숨도 쉬지 않고 말도 하지 않는 그를 보면서 아무래도 내가 책임을 져야 할 것 같다는 생각이 들기 시작했다. 나 이외엔 누구도 그에게 관심이 없었다. 여기서 내가 말하는 관심은 비록 보잘것없을망정 마지막 순간에 인간이면 누구나 누릴 권리에 대해 가져야 할 깊은 관심을 말한다.

나는 개츠비의 시신을 발견한 지 삼십 분 뒤에 데이지에게 전화를 걸었다. 아무 망설임 없이 본능적으로 전화를 걸었던 것이다. 하지만 그녀와 톰은 그날 오후 일찌감치 짐 가방을 챙겨서 떠났다고 했다.

"주소도 안 남겼나요?"

"네."

"언제 돌아온다는 얘기도 없었습니까?"

"없었습니다."

"어디로 갔는지 짐작 가는 데 없어요? 어떻게 연락할 방법이 없겠습니까?"

"모르겠는데요. 말씀드릴 수가 없습니다."

나는 누구라도 그에게 도움이 될 만한 사람을 찾고 싶었다. 그가 누워 있는 방으로 들어가서 그를 안심시켜주고 싶었다.

"개츠비, 당신에게 도움이 될 사람을 구해올게요. 나만 믿어요. 당신에게 도움이 될 사람을 구해올 테니……"

그의 전화번호부를 뒤져봤지만 마이어 울프심의 이름은 없었다. 집사에게 브로드웨이에 있는 그의 사무실 주소를 건네받은 뒤 전화번호 안내국에 연락해서 연락처를 알아냈다. 하지만 이미 다섯 시가 한참 지난 뒤라 아무도 전화를 받지 않았다.

"다시 걸어주시면 안 되겠습니까?"

"벌써 세 번째예요."

"아주 중요한 일입니다."

"죄송합니다. 아무도 없는 것 같네요."

나는 개츠비가 누워 있는 응접실로 돌아가서 잠시 생각했다. 갑자기 이곳을 가득 메운 공식 인사라는 이 사람들은 실은 어쩌다 들른 방문객이라고 말이다. 그들이 개츠비의 시신을 덮은 천을 들추고 충격에 휩싸인 눈으로 그를 바라볼 때마다 내 귀에는 계속해서 그의 억울한 하소연이 들려왔다.

"이봐요, 친구. 진심으로 나를 생각해주는 사람을 데려다줘요. 열심히 좀 알아봐달란 말입니다. 나 혼자선 감당해낼 수가 없어요."

누군가가 질문을 쏟아내기 시작했지만 나는 위층으로 몸을 피한 뒤 자물쇠가 채워지지 않은 그의 책상을 여기저기 급히 뒤졌다. 생각해보니 그한테서 부모님이 세상을 떠났다는 이야기를 들은 기억이 없었다. 하지만 아무것도 없었다. 오직 댄 코디의 사진, 잊힌 폭력의 징표만이 벽에서 나를 내려다보고 있었다.

이튿날 아침 나는 울프심 앞으로 쓴 편지를 집사에게 건네며 뉴욕으로 가달라고 했다. 유가족에 대한 정보를 알려달라는 것과 다음 기차 편으로 속히 와달라는 부탁이 담겼다. 편지를 쓸 때만 해도 나는 그런 부탁까지는 안 해도 될줄 알았다. 정오가 되기 전에 데이지한테서 전보가 올 거라고 믿었던 것처럼 신문 기사를 보면 그가 당연히 와줄 줄 알았던 것이다. 하지만 전보는 없었고 울프심도 오지 않았다. 더 많은 경찰과 사진기자와 신문기자들이 몰려왔을 뿐 그 외에 온 사람은 아무도 없었다. 집사가 울프심의 답장을 갖고 돌아왔을 때 나는 속에서 뭔가가 욱 치밀어 오르면서 개츠비와 내가 경멸심으로 똘똘 뭉친 동맹을 맺고 그들 모두와 맞서는 듯한 기분을 느꼈다.

친애하는 캐러웨이 씨. 이번 일은 내가 이제껏 살면서 겪은 너무나도 끔찍한 충격 중 하나이며, 이것이 사실이라는 게 도무지 믿어지지 않습니다. 그자가 저지른 미친 짓은 우리 모두를 깊은 고민에 빠뜨리는군요. 나는 매우 중요한 일에 매인 몸이라 지금은 갈 수가 없고, 이 일에 얽혀서도 안 됩니다. 시간이 좀 지난 뒤에 내가 도울 수 있는 일이 있다면 에드거 편에 편지를 보내주십시오. 이런 소식을 접하면 참으로 어찌해야 할지 착잡합니다. 충격이 너무 커서 아무 일도 할 수가 없군요.

당신의 친구,
마이어 울프심

바로 밑에 급하게 쓴 추신이 있었다.

장례식과 그 밖의 일정이 언제로 잡혔는지 알려주시고, 참고로 그의 가족에 대해선 전혀 아는 바가 없습니다.

그날 오후 전화벨이 울리고 장거리 전화 교환수가 시카고에서 걸려온 전화라고 했을 때 나는 드디어 데이지가 전화를 건 거라고 믿었다. 하지만 연결된 전화에선 웬 남자의 목소리가 멀리서 아주 가늘게 들려왔다.

"슬레이글인데요……."

"네?"

낯선 이름이었다.

"무슨 그런 거지 같은 일이 있답니까? 내 전보 받았어요?"

"전보는 온 적이 없는데요."

"파크 그 멍청한 자식한테 문제가 생겼어요."

그는 빠르게 말했다.

"채권을 불법 거래하는 현장을 놈들이 덮쳤어요. 일이 성사되기 정확히 오 분 전에 놈들이 채권 번호가 적힌 뉴욕발 회람을 손에 넣었답니다. 이 일에 대해 뭐 아는 것 없어요? 이런 촌구석에선 도무지 무슨 일인지 알 수가……."

"이봐요!"

나는 기가 막혀서 그의 말을 잘랐다.

"이것 봐요. 난 개츠비 씨가 아닙니다. 개츠비 씨는 이미 죽었습니다."

전화선 반대편에서 긴 침묵이 이어졌다. 뒤이어 탄식 소리가 한 차례 들리더니…… 짧게 삐익 소리가 나면서 그만 전화가 끊어졌다.

헨리 C. 개츠라는 서명이 적힌 전보가 미네소타의 한 마을에서 온 것은 아마도 사흘째 되는 날이었을 것이다. 전보에는 보낸 이가 당장 이곳으로 올 것이며, 그가 도착할 때까지 장례식을 미뤄달라고만 적혀 있었다.

전보를 보낸 사람은 개츠비의 아버지였다. 따스한 9월의 한낮에 긴 싸구려 얼스터코트를 몸에 칭칭 감고 침통한 표정으로 나타난 이 노인은 몹시 무기력하고 낙심천만한 모습이었다. 놀란 마음에 그의 눈에서는 연신 눈물이 흘러내렸다. 내가 가방과 우산을 받아들자 그는 몇 가닥 안 되는 잿빛 턱수염을 하염없이 잡아당기기 시작했고 그 바람에 그의 외투를 벗기는 데 한참 애를 먹었다. 나는 쓰러지기 직전인 그를 음악실로 데리고 들어가 의자에 앉힌 뒤 사람을 시켜 먹을 것을 가져오게 했다. 그러나 그는 음식을 좀처럼 입에 대려 하지 않았고 손이 떨려서 들고 있던 우유마저 바닥에 엎질렀다.

"시카고 신문에서 보고 알았어요. 시카고 신문마다 크게 났더군요. 그걸 보자마자 바로 떠났소."

그가 말했다.

"연락드릴 방법이 없었습니다."

그는 아무것도 제대로 보지 못하는 눈으로 끊임없이 방 안을 살폈다.

"미친놈이었더군요. 미치지 않고서야 그런 짓을 하겠소."

"커피 좀 갖다 드릴까요?"

나는 그에게 물었다.

"생각 없어요. 난 괜찮소, 이름이……."

"캐러웨이입니다."

"그렇군, 난 괜찮아요. 지미는 어디 있나요?"

나는 그를 그의 아들이 누워 있는 응접실로 데려다주고 조용히 밖으로 나왔다. 계단 위까지 올라와서 홀을 들여다보는 아이들이 있어 지금 온 사람이 누군지 알려줬더니 마지못해 다들 물러갔다.

얼마 뒤 개츠 씨가 문을 열고 밖으로 나왔다. 약간 상기된 얼굴로 입을 멍하니 벌리고 있었는데 눈에선 시도 때도 없이 눈물이 흘렀다. 그의 나이엔 죽음이 더는 섬뜩하고 놀라운 일이 아니었다. 그는 처음으로 주변을 둘러봤다. 높고 화려한 홀과 방에서 방으로 이어지는 큰 방들을 보자 그의 비통함은 경외감에 가까운 자부심과 뒤섞이기 시작했다. 나는 그를 부축하고 위층에 있는 침실로 데려갔다. 그가 코트와 조끼를 벗는 동안 나는 그가 올 때까지 모든 절차를 미뤄뒀다고 말했다.

"어르신 의중이 어떠신지 몰라서요, 개츠비 씨……."

"개츠가 내 성이오."

"……개츠 씨. 아드님 시신을 서부로 데려가고 싶어 하실지 모른다고 생각했습니다."

그는 고개를 저었다.

"지미는 항상 여기 동부를 더 좋아했소. 아들은 동부에서 자수성가해서 이 자리까지 올랐지요. 그쪽은 내 아들놈 친구였나요, 이름이……?"

"우린 가까운 친구였습니다."

"알다시피 녀석은 앞날이 창창한 놈이었소. 나이는 얼마 안 됐지만 여기가, 이게 보통 똑똑하지 않았지."

특이하게도 그는 자기 머리를 손가락으로 톡톡 두드렸다. 나는 고개를 끄덕였다.

"이렇게 세상을 떠나지만 않았으면 훌륭한 인물이 되었을 거요. 못해도 제임스 J. 힐(피츠제럴드의 고향인 미네소타 주 세인트폴에 살던 철도 재벌로 오대호와 태평양 연안을 잇는 그레이트 노던 레일로드를 건설함—옮긴이) 정도의 인물은 되었겠지. 이 나라를 세우는 데 이바지한 인물 아니겠소."

"맞는 말씀입니다."

나는 거북하지만 맞장구를 쳤다.

그는 자수가 놓인 침대보를 침대에서 더듬더듬 벗겨내더니 뻣뻣한 몸을 침대에 뉘곤 곧바로 잠이 들었다.

그날 밤 잔뜩 겁에 질린 목소리로 누군가가 전화를 걸어와선 자기 이름은 대지도 않고 대뜸 나보고 누구냐고 물었다.

"캐러웨이라고 하는데요."

내가 대답했다.

"아!"

그는 마음이 놓이는 눈치였다.

"클립스프링어입니다."

마음이 놓이기는 나도 마찬가지였다. 개츠비의 무덤에 또 다른 친구가 올 수 있다는 희망이 엿보이는 듯해서였다. 나는 구경꾼이 모여드는 게 싫어서 신문에 부고를 올리지 않고 직접 몇몇 사람에게만 연락하던 참이었다. 그런데 좀처럼 연락이 되지 않았다.

"장례식은 내일이에요. 이 집에서 세 시에 할 겁니다. 혹시 관심 있어 하는 사람이 있으면 그렇게 전해주셨으면 합니다."

내가 말했다.

"아, 그럴게요."

그는 급하게 말했다.

"물론 그런 사람이 있을 것 같진 않지만, 혹시라도 만나면 그렇게 전하겠습니다."

왠지 그의 말투가 석연치 않았다.

"물론 그쪽은 참석하시겠죠?"

"그게, 당연히 그러려고 노력할 겁니다. 제가 전화를 건 용건은……."

"잠깐만요."

나는 그의 말에 끼어들었다.

"온다고 말해야 하는 것 아닌가요?"

"그게, 실은, 솔직히 말씀드리면 지금 여기 그리니치에 함께 머무는 일행이 있거든요. 그 사람들이 저보고 내일 같이 있어달라고 해서요. 실은 내일 야유회 비슷한 게 있거든요.

물론 저야 빠져나가려고 최선을 다할 겁니다."

나도 모르게 입에서 "허!"라는 소리가 터져 나왔다. 그 또한 신경질적인 목소리로 말을 이어간 걸로 봐선 내 말을 들은 게 틀림없었다.

"제가 전화를 건 이유는 그 집에 신발 한 켤레를 두고 와서입니다. 크게 곤란하지 않으면 집사 편에 보내주셨으면 합니다. 보시면 알겠지만 테니스 신발이에요. 그게 없으면 전 아무것도 할 수가 없거든요. 받는 사람은 B. F.…….."

나는 그 뒷말을 더는 듣지 않았다. 이미 전화기를 내려놨기 때문이다.

클립스프링어의 전화를 받고 나니 개츠비에게 참으로 죄스러운 마음이 들었다. 내 전화를 받은 어떤 신사는 개츠비가 그런 일을 당한 건 인과응보라는 듯이 말했다. 하지만 그건 내 잘못이었다. 그는 개츠비가 베푼 술의 힘을 빌려 가장 독하게 개츠비를 조롱한 사람들 가운데 하나였다. 그런 작자에게 전화를 하다니 내가 잘못한 것이었다.

장례식 날 아침, 나는 마이어 울프심을 만나러 뉴욕으로 갔다. 그와 연락할 방법이 달리 없었기 때문이다. 엘리베이터 보이가 알려준 대로 나는 '스와스티카 지주 회사'라고 적힌 문을 밀치고 들어갔다. 처음엔 아무도 없어 보였다. 하지만 내가 허공에 대고 "계십니까?"라고 여러 번 외치자 칸막이 뒤에서 옥신각신하는 소리가 터져 나오더니 곧바로 아리따운 유대인 여성이 안쪽 문 앞에 모습을 드러내곤 적

개심이 가득한 까만 눈으로 나를 훑어보았다.

"안엔 아무도 없어요. 울프심 씨는 시카고에 가셨어요."

그녀가 말했다.

앞의 말은 거짓말이 뻔했다. 누군가가 안에서 소리 안 나게 속삭이듯 '묵주기도'를 외는 소리가 들렸다.

"캐러웨이가 뵙고 싶어 한다고 전해주십시오."

"시카고에 계신 분을 나더러 불러오라는 얘긴가요?"

바로 그때 울프심의 것이 분명한 목소리가 문 반대편에서 "스텔라!"라고 외쳤다.

"책상 위에 이름을 남겨두세요."

그녀가 급하게 덧붙였다.

"돌아오시면 전해드릴게요."

"저 안에 계신 줄 다 압니다."

그녀는 내 앞으로 한 발짝 다가오더니 잔뜩 열이 오른 표정을 하고 양손으로 엉덩이를 쓸어내리기 시작했다.

"당신 같은 풋내기들은 아무 때나 자기 맘대로 밀고 들어올 수 있다고 생각하나 본데요."

그녀는 야단치듯이 말했다.

"우린 그런 일이 딱 질색이거든요. 내가 그분이 시카고에 있다고 하면 그런 줄 알아야죠."

나는 개츠비의 이름을 끄집어냈다.

"어머!"

그녀는 나를 다시 한 번 죽 훑어봤다.

"잠깐만, 그럼…… 이름이 뭐라고요?"

그리고 그녀는 사라졌다. 잠시 뒤 마이어 울프심이 침통한 표정으로 문가에 서서 양손을 내밀었다. 그는 경건한 목소리로 우리 모두에게 지금은 참으로 슬픈 시간이라면서 나를 사무실로 데리고 들어가 시가 한 대를 권했다.

"기억을 되짚어보니 처음으로 그 친구를 만났을 때가 떠오르는군."

그가 말했다.

"육군에서 갓 제대한 젊은 소령이었는데 전쟁에서 받은 무공훈장을 주렁주렁 매달고 있었네. 워낙 형편이 어려워 변변한 옷가지 하나 사 입을 돈이 없어 허구한 날 군복만 입고 다녔지. 내가 그를 처음 본 건 그 친구가 43번가에 있는 와인브레너 당구장을 찾아와서 일자리를 구할 때였어. 이틀 동안 굶었다기에 내가 '이리 와서 나하고 점심이나 같이 하지'라고 했더니 불과 삼십 분 만에 4달러어치가 넘는 음식을 먹어치우더군."

"개츠비가 일을 시작하게 도와주셨나요?"

내가 물었다.

"시작하게 도와줬다? 내가 그 친구를 만들었네."

"아."

"내가 아무것도 없던 그 친구를 바로 그 시궁창에서 끌어내 키웠지. 나는 그 친구를 보자마자 외모도 훌륭하고 신사다운 기품이 있는 청년이라고 생각했네. 게다가 옥스포드에 있다고 하기에 제법 쓸 만하겠다 싶었지. 재향군인회에 들여보내 줬더니 높은 자리까지 올라가더군. 그 뒤에 곧바로 올버니에 있는 내 고객을 위해 일을 좀 했지. 우린 매사에 죽이 잘 맞았네."

그는 둥글납작한 손가락 두 개를 들어 올렸다.

"어딜 가든 함께 다녔거든."

나는 그가 말하는 동업자 관계에 1919년 월드시리즈 거래도 포함되었는지 궁금했다.

"이제 그는 죽었습니다."

나는 잠시 여유를 두고 말했다.

"당신은 그 사람과 가장 가까운 친구였으니 오늘 오후에 있을 장례식에 오고 싶어 할 거라고 믿습니다."

"가고 싶네."

"오십시오, 그럼."

그의 코털이 살짝 흔들렸다. 그는 눈에 눈물이 가득 고인 채 고개를 저었다

"갈 수가 없네. 이 일에 얽혀들 순 없어."

그는 말했다.

"얽히고 말고 할 일도 없습니다. 다 끝난 일이에요."

"살인 사건 같은 일엔 절대, 어떤 식으로라도 얽히고 싶지 않네. 난 그런 일엔 가까이 가지 않아. 젊었을 땐 그러지 않았네. 친구가 죽으면 어떻게 죽었든지 간에 끝까지 그의 가족들 곁을 지켰지. 감상적이라고 생각할지 모르지만 사실

일세. 끝까지 함께 있었네."

나는 그가 나로선 짐작하기 어려운 이유로 개츠비의 장례식에 오지 않을 거라는 사실을 확인하고 자리에서 일어섰다.

"혹시 대학 나왔나?"

그가 난데없이 내게 물었다.

혹시 나에게 자기 일과 '연관된 일'을 제안하려나 싶어 잠시 고민했지만 그는 내 대답에 그저 고개만 끄덕이더니 악수를 청했다.

"사람이 죽은 다음에 말고 살아 있을 때 우정을 보여주는 법을 배워보세나. 누군가 죽었다고 하면 다 놓아버리자는 게 내 철칙이네."

그가 말했다.

울프심의 사무실을 나섰을 때 하늘은 이미 어두웠다. 나는 가랑비를 맞으며 웨스트에그로 돌아왔다. 옷을 갈아입고 옆집으로 갔더니 개츠 씨가 한껏 흥분한 채 홀을 오르내리고 있었다. 아들과 아들의 소유물에 대한 그의 자부심은 갈수록 높아졌다. 그는 내게 보여주고 싶은 게 있다고 했다.

"지미가 이 사진을 보내줬소."

그는 떨리는 손으로 지갑을 꺼냈다.

"거기 봐요."

바로 이 집을 찍은 사진이었는데 귀퉁이 여기저기가 찢어지고 손때가 꼬질꼬질했다. 그는 내게 세세한 것까지 빠짐없이, 그것도 아주 열심히 설명해주었다.

"이거 봐요!"

그는 말하면서 내 얼굴에서 감탄하는 기색을 찾았다. 예전에도 수시로 남들에게 자랑해서 그런지 지금 그에게는 이 집 자체보다 그 사진이 더 현실처럼 느껴지는 듯했다.

"지미가 이걸 내게 보내줬다오. 아주 멋진 사진이지. 집이 아주 잘 나왔어."

"진짜 잘 나왔네요. 혹시나 최근에 아드님을 만난 적이 있으세요?"

"이 년 전에 날 찾아와서 지금 내가 살고 있는 집을 사줬소. 물론 집에서 도망칠 땐 돈 한 푼 없었지만 이제 보니 왜 그랬는지 알 것 같군. 그놈은 자기 앞에 위대한 미래가 놓여 있다는 걸 알고 있었소. 그리고 성공한 뒤부턴 내게 무척이나 잘했지."

그는 사진을 넣기 싫었는지 내 앞에서 한참을 미적거리며 들고 있었다. 그러고는 지갑에 도로 넣고 호주머니에서 《호팔롱 캐시디》(Hopalong Cassidy, 클래런스 E. 멀포드의 1910년 작 동명 소설에 등장하는 카우보이 영웅. 따라서 개츠비가 적어 넣은 1906년 9월 12일이라는 날짜는 사소한 착오에서 비롯되었다고 봄─옮긴이)라는 제목의 낡은 책 한 권을 꺼냈다.

"봐요. 우리 애가 어릴 적에 갖고 있던 책이오. 보기만 해도 알 거요."

그는 뒤표지를 젖히고 내가 읽을 수 있게 책을 돌렸다. 빈

속지 맨 마지막 장에 '시간표'라는 제목과 함께 1906년 9월 12일이라는 날짜가 기록되어 있었다. 그리고 그 밑에는 이렇게 적혀 있었다.

일어나기 ································· 오전 6:00

아령 운동과 벽 타기 ················ 오전 6:15~6:30

전기와 그 밖의 분야 공부하기 ············ 오전 7:15~8:15

일하기 ···························· 오전 8:30~오후 4:30

야구와 다른 운동하기 ················ 오후 4:30~5:00

웅변 연습과 침착성 쌓기, 침착해지는 법 익히기

······································ 오후 5:00~6:00

발명에 필요한 공부하기 ·············· 오후 7:00~9:00

평소 다짐

섀프터스나 ooo(이름을 읽기 어려움)에서 시간 낭비 하지 않기

더는 담배를 피우거나 껌을 씹지 않기

이틀에 한 번 목욕하기

일주일에 한 권씩 도움이 되는 책이나 잡지 읽기

일주일에 ~~5달러~~ 3달러 저금하기

부모님께 더 잘하기

"우연히 이 책을 발견했다오. 보기만 해도 어떤지 알겠지요?"

노인이 말했다.

"바로 알겠네요."

"지미는 성공할 수밖에 없는 아이였소. 늘 이런저런 결심을 세워두었지. 그 애가 생각을 키우고 가다듬는 데 얼마나 열심이었는지 아시오? 그 점만큼은 훌륭했지. 한번은 아비인 나한테 돼지처럼 먹는다고 말해서 흠씬 두들겨 맞은 적도 있었소."

그는 책을 덮기가 싫었는지 큰 소리로 한 줄 한 줄 읽곤 대단하지 않으냐는 표정으로 나를 바라봤다. 지금 생각하니 나더러 살아가는 데 이 정도 목록은 필요할 테니 어서 받아 적으라는 의도였던 것 같다.

세 시가 되기 직전에 루터교 목사가 플러싱에서 도착했다. 나는 혹시 오는 차가 더 있을까 싶어 나도 모르게 창밖을 내다보기 시작했다. 그러기는 개츠비의 아버지도 마찬가지였다. 시간이 지나고 하인들이 들어와 줄지어 서서 기다리자 그는 수심에 잠긴 얼굴로 연신 눈을 껌뻑거리더니 자신 없는 목소리로 비 때문에 사람들이 못 오는 모양이라고 말했다. 목사가 자꾸만 시계를 흘깃거리기에 나는 보다 못해 그를 옆으로 데려가 삼십 분만 기다려달라고 부탁했다. 하지만 괜한 짓이었다. 그 뒤로 온 사람은 아무도 없었다.

차량 석 대로 이루어진 장례 행렬이 굵어진 빗줄기 속에서 묘지 정문에 멈춰 선 것은 다섯 시쯤이었다. 처음 차는 처참할 정도로 젖은 까만색 영구차였고 다음은 개츠 씨와 목사 그리고 내가 탄 리무진이었다. 그리고 웨스트에그의 우편배달부와 하인 네댓 명을 태운 개츠비의 스테이션왜건이 조금 늦게 도착했는데, 사람이고 차고 할 것 없이 비에 흠뻑 젖어 있었다. 정문을 지나 묘지 안으로 막 들어서는데 어디선가 차 멈추는 소리가 나더니 잠시 후 누군가가 질척한 땅에 흙탕물을 튀기며 우리를 쫓아오는 소리가 들렸다. 나는 뒤를 돌아봤다. 석 달 전 그날 밤 개츠비의 도서관에서 그의 장서에 찬사를 늘어놓던, 바로 올빼미 눈처럼 생긴 안경을 쓴 그 남자였다.

그날 이후로 나는 그 남자를 본 적이 없었다. 나는 그가 어떻게 해서 개츠비의 장례식을 알게 됐는지는 물론이고 그의 이름조차 알지 못했다. 두꺼운 안경 위로 빗줄기가 마구 쏟아지자 그는 안경을 벗어서 닦곤 개츠비의 무덤에서 벗겨낸 보호막을 바라봤다.

나는 잠시 개츠비의 기억을 떠올려보려 했지만 그는 이미 너무 먼 곳에 있었다. 내가 기억할 수 있는 것은 오직 데이지가 메시지나 꽃 한 송이 보내지 않았다는 사실뿐이다. 하지만 화가 나지는 않았다. 어렴풋이 "죽은 자는 복이 있나니 빗물이 그 위에 떨어지리라"라고 중얼거리는 소리가 들리더니 잠시 후 올빼미 안경을 쓴 남자가 씩씩하게 "아멘"을 외쳤다.

우리는 빗속을 뚫고 각자 타고 온 차로 종종걸음을 쳤다.

올빼미 안경을 쓴 남자가 정문 앞에서 내게 말을 걸었다.

"집으론 갈 수가 없었소."

그가 말했다.

"다른 사람들도 마찬가지였어요."

"갑시다!"

그는 출발하면서 말했다.

"참으로 통탄스럽군! 그 집에 놀러갈 땐 몇백 명씩 떼로 몰려가 놓고 말이야."

그는 안경을 벗어서 다시 안팎을 닦으며 말했다.

"불쌍한 자식."

내가 가장 선명하게 기억하는 한 가지는 고등학교 때 그리고 그 뒤 대학을 다닐 때 크리스마스를 맞아 서부로 돌아오던 일이다. 시카고보다 먼 곳으로 떠난 친구들은 12월의 어느 날 저녁 여섯 시쯤 낡고 침침한 유니언 역으로 삼삼오오 모여들곤 했다. 시카고에 사는 친구 몇몇도 합류했는데 우리는 각자 휴일을 보낼 생각에 들떠서 잘 가라는 인사를 바삐 주고받았다. 이런저런 파티며 모임에서 돌아오는 아가씨들이 입고 있던 털 코트와 하얗게 얼어붙은 입김 속에서 이어지던 그들의 재잘거림, 예전에 알고 지낸 사람들을 발견하고 머리 위로 손을 흔들던 풍경 그리고 서로 어느 집에 초대받았는지 맞춰보던 기억.

"넌 오드웨이 네로 갈 거니? 허시 네? 슐츠 네로 간다고?"

그러고는 장갑 낀 손으로 꽉 움켜쥐었던 긴 초록색 기차표. 마지막으로 문밖 선로에 크리스마스가 다가와 있음을 느끼며 시카고와 밀워키, 세인트폴을 잇던 누렇고 칙칙한 객차들마저 신나게 보이던 기억까지.

우리를 태운 기차가 겨울밤으로 들어서고 우리가 아는 그 진짜 눈밭이 양옆으로 펼쳐지면서 창밖을 눈부시게 만들고 위스콘신의 작은 역들에서 새어나오는 희미한 불빛이 옆을 스쳐 지나가기 시작하면 공기 중에서 갑자기 날카롭고 거친 느낌이 확 묻어났다. 저녁 식사를 마치고 추운 연결 통로를 지나 각자의 자리로 돌아오면서 우리는 마치 심호흡을 하듯 그 공기를 들이마셨다. 말로 표현할 수 없는 그 희한한 한 시간은 우리가 그 지역과 하나임을 깨닫게 해주었고, 그때부터 우리는 다시 그곳과 혼연일체가 되었다.

그것이 내가 아는 중서부의 모습이다. 밀이나 대평원이나 스웨덴인들이 거주하던 황폐한 소도시들이 있는 곳이 아니라 청년 시절 고향으로 돌아오는 한껏 들뜬 기차와 서리가 내려앉은 어둠 속에서 보이던 가로등, 썰매 종소리 그리고 눈 속에서 불 켜진 창문에 내걸려 있던 호랑가시나무 화환의 그림자들이다. 나는 그곳의 일부다. 기나긴 겨울을 겪으며 조금 엄숙해진 모습으로 그리고 수십 년 전과 변함없이 사는 사람들, 집안 이름이 곧 주소가 되는 도시에서 캐러웨이 가의 일원으로 자랐다는 사실에 조금은 우쭐해하는 모습으로 말이다. 결국 이 글이 서부에 관한 이야기임을 이제는 안다. 톰과 개츠비, 데이지와 조던 그리고 나는 모두 서부 출신이었다. 어쩌면 우리는 같은 결핍을 공유했고, 그런 이유로 미묘하게 동부의 삶에 적응할 수 없었는지 모른다.

심지어 내가 동부에 가장 열광했을 때조차도, 즉 아이들과 나이 많은 노인들을 제외하곤 끝도 없이 남의 삶에 참견하기 좋아하는 사람들이 버글거리는 오하이오 너머의 그 따분하고 무질서하며 대책 없이 불어난 소도시들에 비하면 동부는 정말 우월하고 대단한 곳이라고 통감하던 때조차도 내게 동부는 늘 뒤틀리고 왜곡되어 있었다. 특히 웨스트에그는 내가 어쩌다 꾸는 비현실적인 꿈속에 여전히 등장한다. 그것도 엘 그레코(14~15세기 스페인의 르네상스 화가―옮긴이)가 그린 밤의 풍경으로 말이다. 그림선 전통적이면서 기괴하게 생긴 수많은 집이 뿌루퉁하게 돌출된 하늘과 윤기를 잃은 달 아래 웅크리고 있다. 앞쪽에는 침통스러운 표정을 한 예복 차림의 남자 넷이 들것을 들고 인도를 걷고 있으며, 들것 위에는 야회복 차림을 한 여자가 술에 취해 누워 있다. 들것 옆으로 축 처진 그녀의 손이 보석들로 차갑게 반짝거린다. 남자들은 장엄하게 어느 집으로 들어선다. 엉뚱한 집이다. 하지만 누구도 그 여자의 이름을 알지 못하고 상관하지도 않는다.

개츠비가 죽은 뒤로 동부는 수시로 그런 모습으로, 내 눈이 고칠 수 있는 한계를 넘어선 비틀린 모습으로 나를 괴롭혔다. 결국 바스러지는 낙엽을 태우는 푸른 연기가 공기 중에 피어오르고 빨랫줄에 매달린 빨래가 바람에 뻣뻣하게 얼어갈 무렵 나는 고향으로 돌아가기로 결심했다.

떠나기 전에 한 가지 할 일이 있었다. 어색하고 하기 싫은 일이라 그냥 내버려두는 게 나을 수도 있었다. 하지만 나는 주변을 정리하고 싶었으며, 그 친절하고 무심한 바다가 내 쓰레기를 씻어가 줄 것 같지도 않았다. 나는 조던 베이커를 만나 그간 우리에게 벌어진 일과 개츠비가 죽고 나서 내게 벌어진 일들을 전부 말했다. 그녀는 큰 의자에 가만히 누워서 꼼짝도 하지 않고 내 말에 귀 기울였다.

조던은 골프복 차림이었는데 그 모습이 마치 근사한 그림 같았던 기억이 난다. 멋 부리듯 살짝 치켜든 턱, 가을 낙엽 빛깔이 나는 머리칼, 무릎에 놓인 벙어리장갑과 똑같이 갈색빛이 나는 얼굴. 내 말이 끝나자 그녀는 내 이야기에는 아무런 대답도 하지 않은 채 다른 남자와 교제하고 있다고만 했다. 고갯짓 한 번이면 결혼할 남자들이 줄을 서 있는 줄은 알았지만 왠지 그 말이 믿어지지 않았다. 하지만 나는 일부러 놀란 척해주었다. 내가 혹시 실수했나 싶어 잠시 헷갈렸지만 재빨리 생각을 정리하고 일어나서 그녀에게 작별 인사를 했다.

"아무리 그래도 당신은 나를 찼어요."

조던이 문득 말했다.

"당신은 전화 한 통으로 나를 차버렸다고요. 지금은 당신 따윈 안중에도 없지만 그런 일은 나로선 처음이었어요. 한

동안 머리가 다 아플 정도였죠."

우리는 악수를 나눴다.

"아, 그리고 기억나요?"

그녀는 이렇게 덧붙였다.

"자동차 운전에 대해 우리가 했던 얘기요."

"그럼요. 정확히는 아니지만."

"당신이 부주의한 운전자는 또 다른 부주의한 운전자를 만나기 전까지만 안전하다고 말했죠? 그렇다면 내가 바로 그 또 다른 부주의한 운전자를 만난 거 맞죠? 내 말은 그런 착각을 한 내가 경솔했다는 얘기예요. 난 당신이 솔직하고 아주 담백한 사람인 줄 알았어요. 그게 당신이 가진 은밀한 자부심인 줄 알았죠."

"내 나이 서른입니다. 자신을 속이고 그걸 명예라고 부르는 건 지금보다 다섯 살 어렸을 때나 하는 일이죠."

나는 말했다.

조던은 어떤 대답도 하지 않았다. 나는 화가 났지만 반쯤은 그녀에 대한 애정을 품고, 그래서 더할 나위 없이 미안한 마음을 안고 돌아섰다.

10월 하순의 어느 날 오후 나는 5번가를 걷다가 톰 뷰캐넌을 만났다. 그는 누가 끼어들면 당장이라도 싸울 듯이 기민하고 공격적인 자세로 두 손을 약간 앞쪽으로 내밀고 한시도 가만두지 못하는 시선을 따라 고개를 좌우로 홱홱 돌려가며 내 앞에서 걷고 있었다. 혹시 마주 걷는 일이 생길까 봐 일부러 걸음을 늦추고 있는데, 그가 걸음을 멈추고 찌푸린 얼굴로 보석가게의 창문을 들여다봤다. 그러다 문득 나를 발견하곤 걸어와 손을 내밀었다.

"뭐야, 닉? 나하고 악수도 안 하겠다는 건가?"

"맞아. 내가 자넬 어떻게 생각하는지 알잖아."

"정신 나갔군, 닉."

그는 재빨리 말했다.

"정신이 나가도 완전히 나갔어. 난 자네가 왜 이러는지 모르겠군."

"톰. 그날 낮에 윌슨에게 뭐라고 했나?"

그는 말없이 나를 노려봤고, 그 순간 나는 사라진 몇 시간에 대한 내 짐작이 맞았음을 직감했다. 내가 막 돌아서려는데 그가 한 발짝 다가서며 내 팔을 움켜쥐더니 말했다.

"난 그놈에게 사실을 말했을 뿐이야. 우리가 떠날 차비를 하고 있는데 그놈이 집으로 찾아왔더군. 아무도 없다고 알려주라 했는데 놈은 위층까지 막무가내로 쳐들어올 기세였어. 내가 차 주인을 말하지 않았으면 미쳐서 당장이라도 날 죽일 판이었다고. 우리 집에 있는 내내 그놈은 호주머니 안에 권총을 쥐고 있었어……."

그는 억울하다는 듯이 잠시 말을 끊었다.

"내가 말한 게 뭐 잘못됐나? 모두가 그 자식이 자초한 일이야. 그 자식은 데이지한테 한 것처럼 자네 눈에도 흙을 던져 넣었어. 하지만 만만한 놈이 아니었지. 마치 개를 깔아

뭉개듯 그 자식은 머틀을 차로 깔고 지나가면서도 결코 차를 세우지 않았다고."

그게 사실이 아니라는, 차마 입 밖에 낼 수 없는 사실 한 가지 말곤 내가 할 말은 없었다.

"그리고 나는 하나도 안 힘들었을 거라고 생각하나 본데, 이봐, 머틀과 함께 지내던 아파트를 팔러 갔거든. 그런데 그 망할 놈의 개 비스킷 상자가 싱크대 한쪽에 버젓이 놓여 있더라고. 나는 그 자리에 주저앉아 어린애처럼 엉엉 울었어. 맙소사, 참담해서 내가 진짜⋯⋯."

나는 그를 용서할 수도, 좋아할 수도 없었지만 그가 한 일이 그 자신에게만큼은 전적으로 합당한 일이었음을 깨달았다. 모두 경솔함과 혼란에서 빚어진 일이었다. 톰과 데이지는 자기들 말곤 어떤 것에도 아랑곳하지 않는 사람들이었다. 두 사람은 물건이든 목숨이든 엉망진창으로 박살을 내놓곤 도로 자기네들의 돈 속으로, 또는 자기네들의 막대한 경솔함 속으로, 또는 뭐가 됐든 두 사람을 함께 묶어주는 것 속으로 숨어버렸다. 다른 사람들에게 자기네들이 만든 쓰레기를 깨끗이 치우라고 하곤⋯⋯.

나는 그와 악수를 나눴다. 하지 않는 게 오히려 우스운 것 같았다. 불현듯 내가 어린아이하고 이야기를 나누고 있다는 기분이 들어서였다. 그로써 그는 나의 촌스러운 예민함을 훌훌 떨치고 진주 목걸이를 산다며 보석가게로 들어갔다. 아니, 어쩌면 그가 사고 싶은 물건은 단지 커프스버튼

한 쌍이었는지도 모른다.

개츠비의 집은 내가 떠날 때까지 비어 있었다. 잔디밭의 풀은 우리 집 잔디밭 못지않게 길게 자라 있었다. 동네의 택시 기사 누군가는 그의 집 정문을 지나서 요금을 받을 때면 반드시 차를 멈추고 그 안을 가리켰다. 아마도 사고가 나던 날 밤에 데이지와 개츠비를 이스트에그까지 태워다준 사람이었을 테고, 그 사고를 두고 자기 마음대로 이야깃거리를 만들어냈을 것이다. 나는 그런 이야기가 듣기 싫어 기차에서 내리면 일부러 그를 피했다.

나는 토요일이면 뉴욕으로 가서 밤을 보냈다. 개츠비의 집에서 열리던 눈부시고 찬란한 파티들이 눈앞에 선했다. 그곳에서 들리던 음악과 그의 정원에서 희미하지만 끊임없이 들려오던 웃음소리 그리고 그의 집 진입로를 오르내리던 자동차 소리가 계속 귓가에 맴돌아 견딜 수가 없었다. 어느 날 밤 실제로 차가 다가오는 소리가 들리더니 그의 집 현관 계단 앞에서 전조등 불빛이 꺼졌다. 하지만 나는 나가보지 않았다. 아마도 그 차의 주인은 지구 저 끝으로 가 있다가 파티가 끝난 줄 모르고 찾아온 마지막 손님이었을 것이다.

마지막 날 밤, 트렁크에 짐을 싸고 타던 차를 식료품집 주인에게 판 다음 나는 그의 집으로 건너가 거대하지만 모순된, 실패작이 되어버린 집을 한 번 더 쳐다봤다. 흰 계단 위에 웬 아이가 벽돌 조각으로 휘갈긴 욕설이 달빛을 받아 선명하게 드러났다. 나는 신발로 계단의 돌을 박박 문질러서 낙서를 지웠다. 그런 다음 해변으로 천천히 걸어 내려가 모래 위에 대자로 드러누웠다.

해변의 저택들은 이제 대부분 문이 잠겼고 해협을 건너는 유람선이 만들어내는 어둑어둑한 불빛 말곤 좀처럼 불빛을 찾기 어려웠다. 점점 높아지는 달을 따라 있어도 그만 없어도 그만인 집들이 차츰 사라지는 광경을 보며 나는 이 섬의 옛 모습을, 한때 네덜란드 선원들의 눈에 새로운 세계의 싱싱한 초록색 젖가슴으로 꽃처럼 피어났던 이 섬의 과거 모습을 천천히 눈앞에 그렸다. 이제는 사라진 나무들, 개츠비의 저택에 자리를 내주고 사라졌던 그 나무들은 한때 인간의 모든 꿈 가운데 가장 궁극적이고 위대한 꿈을 향한 속삭임에 영합했다. 덧없는 마법에 걸린 한순간을 위해 인간은 이해하지도 못하고 간절히 원하지도 않은 심미적 사색에 자기도 모르게 빠져들었을 테고, 자신이 감당할 수 있는 최대한의 경이로움에 필적하는 존재와 마지막으로 얼굴을 마주하고 이 대륙 앞에서 틀림없이 숨을 죽였을 것이다.

그곳에 앉아 알려지지 않은 과거의 세계에 대해 사색하다가 나는 데이지의 집 선창머리에 있던 초록색 불빛을 처음 발견하고 개츠비가 느꼈을 경이로움을 떠올렸다. 그는 기나긴 길을 지나 이 푸르른 잔디밭에 이르렀고, 자신의 꿈이 바로 눈앞에 있다고 확신했기에 그 꿈을 움켜쥐는 데 실패할 거라고는 전혀 생각하지 않았다. 그 꿈이 이미 등 뒤로, 이 도시 너머의 광막하고 알 수 없는 뒤편으로, 이 공화국의 캄캄한 들판들이 밤하늘 아래 뒹구는 곳으로 지나갔음을 그는 알지 못했다.

개츠비는 그 초록색 불빛을, 한 해 한 해 지나면서 우리 앞에서 멀어지게 마련인 쾌락의 절정과도 같은 미래를 믿었다. 그때는 용케 우리를 피해 갔지만 아무래도 상관없다. 내일이면 우리는 두 팔을 더 멀리 뻗고 더 빨리 달릴 테니까. 어느 화창한 아침이 올 때까지…….

그렇게 우리는 싸울 것이다, 조류와 맞서는 배처럼 과거로 끊임없이 떠밀려가면서.

옮긴이 김소연

고려대학교 영어영문학과를 졸업하고, 현재 출판번역에이전시 베네트랜스에서 전문 번역가로 활동 중이다. 옮긴 책으로는 《천 개의 파도》《숨은 꽃》《전설의 리더, 보》《19장의 백지수표》《와이프를 찾습니다》《지도 제작자의 아내》《페이책》 등이 있다.

위대한 개츠비

초판 1쇄 발행 | 2018년 2월 20일

지은이 | 프랜시스 스콧 피츠제럴드
옮긴이 | 김소연

펴낸이 | 이삼영
책임편집 | 카후, 고현진
마케팅 | 푸른나래
디자인 | 호기심고양이

펴낸곳 | 별글
블로그 | http://blog.naver.com/starrybook
등록 | 128-94-22091(2014년 1월 9일)
주소 | 경기도 고양시 덕양구 오금로 7 305동 1404호(신원동)
전화 | 070-7655-5949   팩스 | 070-7614-3657

ISBN 979-11-86877-58-6
       979-11-86877-49-4(세트)

• 별글은 독자 여러분의 책에 대한 아이디어와 원고 투고를 기다리고 있습니다. 책 출간을 원하시는 분은 이메일 starrybook@naver.com으로 간단한 개요와 취지, 연락처 등을 보내주세요.